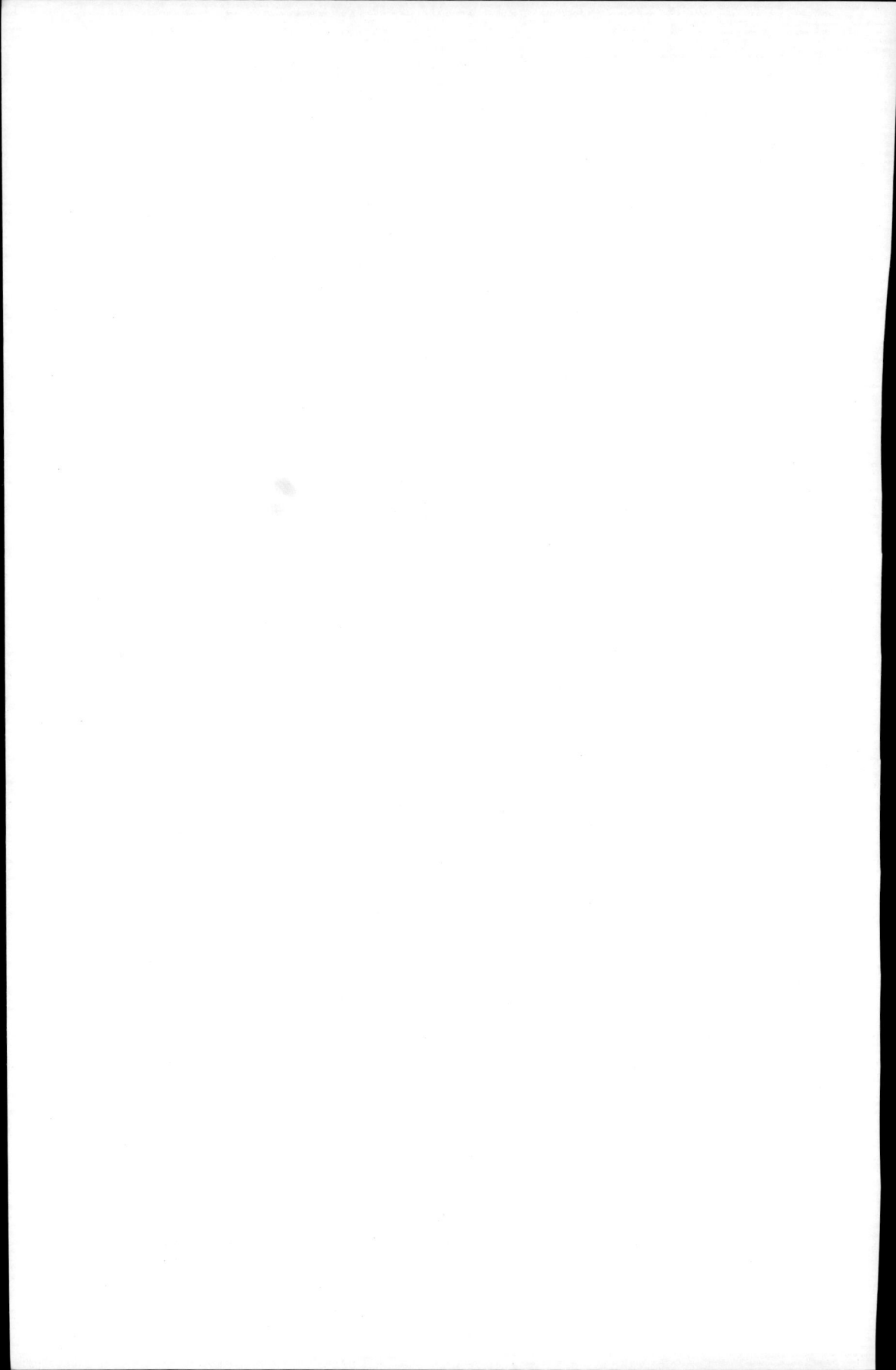

大国顶梁柱

——"央企楷模"报告文学作品集

国务院国资委党委宣传部 编

（第二辑）

作家出版社

目录

央企楷模

时代楷模

央企楷模

痴情一片为嫦娥　英雄本色泽九州

——记嫦娥四号探测器总设计师孙泽洲

◎文／庞丹

　　2018年12月8日凌晨2时23分，伴随着西昌卫星发射中心点火指令的发出，托举着嫦娥四号探测器的长征三号乙运载火箭腾空而起，随着器箭分离和太阳翼顺利展开，发射任务取得圆满成功。1月3日10时26分，嫦娥四号探测器成功着陆在月球背面东经177.6度、南纬45.5度附近的预选着陆区，并通过"鹊桥"中继星传回了世界第一张近距离拍摄的月背影像图，揭开了古老月背的神秘面纱。此次任务实现了人类探测器首次月背软着陆、首次月背与地球的中继通信，开启了人类月球探测新篇章。

　　随着嫦娥四号探测器在月球背面成功落地的精彩瞬间，北京航天飞行控制中心爆发出经久不息的掌声，经历了近3年艰辛研制历程的探测器系统总设计师孙泽洲，绽放出灿烂的笑容……

结缘嫦娥　勇挑重担

嫦娥四号卫星总设计师孙泽洲出生于辽宁沈阳，天生就带着东北汉子热辣辣的血性——热爱挑战，永不言败。

1992年，从南京航空航天大学电子工程专业毕业的孙泽洲，来到中国空间技术研究院，并先后参与了资源一号卫星、资源二号卫星和实践五号卫星的总体工作。回想自己的经历，他常感慨地说："小时候听老师讲院士、科学家的事迹，特别佩服崇拜他们，没想到长大后，自己能够有幸与院士、科学家们一起奋斗，真的从心底感到光荣。"

当然，与光荣的使命感同生的是压力和挑战。但是这不能使他畏缩，反而转化为前进的动力，让他干劲十足，永不懈怠——2000年，他被委任为资源一号02星总体副主任设计师，分管测控和载荷，参与了卫星在巴西的测试，负责飞控工作。

说起与"嫦娥"的缘分，时光要回溯到2001年，那一年"嫦娥"进入了为期三年的可行性论证阶段，而孙泽洲正值"而立之年"。从那时开始参与绕月探测工程的前期论证，并负责星载测控系统论证工作，一直到现在，他与广大深空探测研制人员一起并肩作战，先后实现了嫦娥一号卫星成功绕月，创造了我国航天史上第二座里程碑；嫦娥三号探测器首次成功实现月球软着陆和巡视勘察，树立了我国航天事业又一座里程碑；嫦娥四号探测器成功着陆月球背面，开创世界航天史上的先河。在将近20年的光阴里，孙泽洲将满腔热血倾情注入以"嫦娥"为代表的我国深空探测事业，用不断探索的创新精神交出一张张高分考卷。

"嫦娥工程"听上去是一个多么美丽而诗意的名字。然而，研制工作却云山雾罩，困难重重，与以往研制的任何卫星相比区别都特别大，而且资料不多，经验不足，进度紧张，几乎可以说是"白手起家"。约38万公里的地月距离，导致星地无线信号的衰减，对现有的星载测控分系统的研制是相当大的挑战！然而负责星载测控的孙泽洲并没有被吓退。他知道，无限风光在险峰，越是不好走的路，他就越想去走一走。反正自己还年轻，跌倒了拍拍土就能站起来继续打拼，所以，他在心底发誓，一定要干出个样来。背负着领导的信任和大家的期望，孙泽洲不分昼夜地与数据和资料打起了交道。他积极主动地与专家沟通，击败了一个又一个"拦路虎"，最终创造性地设计了我国首个深空探测测控数传星载系统，解决了月球探测卫星40万公里的远距离地月测控通信的设计难题；后期阶段，当工作向工程层面转化，孙泽洲又及时转变了工作思路，重点关注工程系统中各大系统间的接口问题，保证了工作有效平稳的进行。

2003年，在各系统的共同努力下，"嫦娥"工程方案基本确定，孙泽洲由于高超的技术水平和出色的协调能力，开始协助叶培建总师负责卫星总体技术管理工作。在此期间，他协助叶培建总师组织制定了顶层规范，明确了整星各项性能指标要求、设计要求、可靠性要求等，为整个卫星研制工作的开展奠定了基础。同时，他还配合总设计师审查把关，为各个分系统制定规范，提出性能指标要求，并参与前期文件讨论。从总体角度出发，协调各个分系统，保证总体优化，成为孙泽洲工作中的一个关键任务；与此同时，他还负责分析审查卫星各分系统的方案，从总体角度进行优化。协调工作很杂、很累、很烦琐，需要经常在各个分系统之间奔波、沟通、说服。而孙泽洲似乎乐在其中。因为正是在这些工作中，他对"嫦娥"有了更为系统和全面的了解，仿佛一个探险的人走入了大山，看到了更多更广阔的风景，这也为他日后担任副总师打下了良好基础。

2004年，嫦娥一号卫星研制队伍正式成立，孙泽洲被任命为副总设计师，协助总设计师叶培建分管测控与数传、天线、机构与结构、热控、数管、供配电六个分系统的总体技术管理工作。正当壮年，被委以重任，孙泽洲深感肩上担子之重。跟以前在总体室负责的总体工作全然不同，走上副总师岗位的他，需要把握总体需求，确保总体的高效和系统优化，也要求对各个专业的知识都有所掌握，跟原有的专业相比跨度非常大。为此，孙泽洲凭着一股刻苦钻研和永不服输的拼搏劲头，阅读了大量书籍，向相关专家请教，很快就把"课"补到专业水准。特别是面对系统级遇到的最大创新挑战——月食问题。

当时恰逢嫦娥一号卫星初样即将转正样的某一天，孙泽洲突然一激灵想到，如果 2007 年 4 月嫦娥一号卫星发射，可能会遇上 2007 年 8 月和 2008 年 2 月的两次月食。从时间上分析，第一次月食可以过去，但第二次要过去就比较困难。问题一提出来，就显得相当严峻——月食相当于地球把太阳挡住，而嫦娥实际是采用太阳帆板供电的。这就要求把"嫦娥"在轨运行期间的阴影期加强，从原来的 45 分钟延长到 3 小时。阴影时间没有太阳帆板供电，需要运用蓄电池实现整星电源的供给，功率能量很大。怎么办？

问题严重，时间紧迫。孙泽洲迅速组织专家论证，经过对月食期间的环境温度、轨道条件和卫星姿态等进行分析比对，他很快发现蓄电池组低温放电能力、温度维持能力和各设备的低温耐受能力是解决月食影响的关键所在。思路理顺，他迅速带领设计师开展技术攻关，在最短的时间内建立了整个月球温度场模型，并大胆采用新技术，研制出一套适应月球环境的温控系统，合理调整飞行程序，尽最大可能把能源平衡好，最终攻下了这道难关。

回忆起那段时间的工作，孙泽洲风趣地形容为"按下葫芦浮起了瓢"，每天都会有既定工作之外的新工作，每天都要制订工作计划，经常要工作到晚上九十点钟，如遇突发情况，加班到下半夜也是平常事。虽然会因高负荷运转而疲惫，但孙泽洲却从未感到懈怠。他说，没有结果的累是最累的，累而有成，就感觉欣慰！

少帅点兵　征战月宫

时光流转。中国探月的时间指针滑向 2008 年，年仅 38 岁的孙泽洲被任命为嫦娥三号探测器系统总设计师。与嫦娥二号、嫦娥一号相比，嫦娥三号的技术跨度大、设计约束多，所有系统的继承性都不强。探测器由着陆器和巡视器两部分组成，从某种意义上讲相当于两颗卫星。"嫦娥三号的任务要求决定了总体优化设计难，推进系统研制难，着陆器的制导、导航与控制难，着陆缓冲分系统研制难，热控分系统研制难，巡视器移动难，巡视器自主导航控制与遥控操作难……"孙泽洲总师一连串说了好几个"难"，涉及嫦娥三号探测器各个分系统，因为所有系统的继承性都不强，大多需要从零开始设计研制，而其后的研制、试验、验证等过程更是充满了挫折。

有难度才会有动力。要想登陆月球，首先要解决的就是着陆方式问题。在嫦娥三号探测器发射以前，当时国外最新发射成功的行星探测器"机遇号"和"勇气号"都是采用的气囊缓冲式着陆，那么我国首次月面软着陆是否可以借鉴这种方式呢？为此，孙泽洲总师带领着陆缓冲研究团队夜以继日地开展攻关论证，仔细查阅、比较了美国勘察者号、阿波罗号以及苏联的月球号等多个探测器的文献和资料，一点一点勾勒适应我国国情的最佳着陆方式，大胆提出"悬臂梁式"着陆腿方案。这一全新思路刚一提出，立即遭到各方专家的质疑。对此，孙泽洲总师带领研制团队在短短几个月的时间内再次进行艰难论证，逐条梳理关键技术点，一组组进行数据计算、分析与比对，画出的各种草图不计其数，最终用大量数据和试验向各位专家证明了"悬臂梁式"着陆腿方案更符合我国"绕落回"的探月实际，并可大大缩短研制周期，降低研制费用。有理有据的论证最终得到了专家的认可。虽然着陆方式问题形成了明确结论，但着陆点的月面情况到底是什么样的、着陆时冲起的月尘会不会对任务的实施产生负面影响，都存在不确定性。为了消除种种不确定性，孙泽洲总师率领研制人员建立了包括月表地形地貌模型、月尘模型在内的多个模型，通过系统仿真进行初步分析与设计。特别设计了模拟地球 1/6 重力状态下的各种试验，模拟软着陆冲击、月面移动试验中的月

壤、光照环境；在机构等性能试验中，模拟月尘环境、舱外设备月夜储存环境等，并根据试验标准进行再分析，通过对薄弱环节的不断改进，逐步提高了嫦娥三号探测器的性能。

有风险才会有担当。一般卫星的新研产品和新技术只有20%~30%，而嫦娥三号新研产品和新技术却占到了80%，包括诸多重要单机，如变推力发动机、GNC的关键敏感器、着陆缓冲机构、热控的关键产品等。特别12分钟软着陆过程基本是靠探测器自主完成的。虽然风险大，孙泽洲总师却认为，"新产品有新产品的好处。随着整个行业的质量管理水平的提高，新产品在初始设计的时候，某些设计环节考虑得会更充分一些，因此在设计上本身固有的可靠性也就会得到相应的保证"。对于嫦娥三号探测器软着陆的风险，孙泽洲总师简短的话语中透露出十足的信心。

作为整个任务成败的关键，动力下降段又被称为"黑色720"秒。孙泽洲总师介绍说："这个过程时间只有十几分钟，就是靠着陆器的自导导航与控制飞行系统来完成这个自主的控制。一旦我们开始15公里往下走了，就必须要一直落到月面，很多关键的环节都是一次性，开弓没有回头箭。"自从"动力下降"的指令注入、主发动机点火开始，嫦娥三号基本上就失去了"重新再来"的机会，一旦出现问题，人也很难有时间判断故障并及时实施抢救措施。为此，在孙泽洲总师的带领下，研制人员进行了上万次数学仿真、成百上千次桌面联试以及模拟月球重力环境和月表地形地貌，发动机点火，与真实情况相配合的多次大型地面试验。比如在设计难度非常大的着陆悬停与避障试验中，研制人员在试验场搭起百米高的试验架，利用试验设施，可模拟地球1/6重力条件。场内铺设了火山灰等材料来模仿月面，还摆放了各种障碍物来模拟着陆时可能遇到的各种情况。谈到这个试验时，孙泽洲总师回忆说："进行着陆试验有些'靠天吃饭'的味道，因为月球表面是无风的，而一天里早晨的试验条件最佳。为此，试验人员经常是凌晨就开始准备试验，东方露出鱼肚白就进行测试。如果天气不好，即使前期工作都准备好了，也必须等待条件具备后才能开始试验。"

类似的大型试验还有很多很多，孙泽洲总师始终站在研制的最前沿。在短短5年多的时间里，他率领研制团队在创新的道路上扎实地前行着，一一攻克"安全着陆""可靠分离""月面工作""月夜生存"等道道关卡，实现了嫦娥三号"出得去""刹得住""控得精""落得准""走得稳"，最终用一项项自主创新铺就了一条完美的踏月之路！

首探月背　追求极致

2019 年 1 月 11 日，嫦娥四号任务取得圆满成功。嫦娥四号任务是人类首次在月球背面软着陆并开展巡视勘察，被习近平总书记亲自批准为探月工程四期首战任务，是我国最具影响力、最具代表性的高科技实践活动之一，也是我国月球和深空探测事业发展的里程碑事件，更是我国发展航天事业，建设航天强国的重大标志性工程，被媒体列为中国 2018 年十件大事之一，是十九大召开后，中国航天承担的最重要的一次飞行任务。在这次任务中，孙泽洲总师带领着广大设计师奋力拼搏，取得了又一次丰硕的果实。

2016 年，当中国火星探测任务和嫦娥四号探测器任务分别正式立项，孙泽洲被任命为两大探测器的"双料"总设计师，开始了一边飞"月球"一边奔"火星"的"超常"职业生涯。而在他被正式任命为嫦娥四号总设计师前，他早已带领团队为嫦娥四号探测任务开展了大量、充分的论证工作，在数十个方案中，锁定"月球背面"，誓破人类首次。

常人眼里，嫦娥四号探测器继承嫦娥三号，一直被当作成熟型号对待，却不知嫦娥四号研制要攻克四大技术难题，实现三个国际首次、两个国内首次目标，特别是要面临其他航天器从未到过的月球背面的全新环境，技术新、难度大。

"去月球背面比去正面风险大了很多，崎岖的地形给设计师带来必须要面对的问题，但在月面更为精确的着陆是未来所需要的。"孙泽洲总师说。在诸多设计难度和风险中，首当其冲的关键性难题，就是如何实现月背和地面的通信。这一次，放眼世界都没有成熟的经验可供借鉴。孙泽洲总师鼓励大家："这个成熟经验注定了我们来给！"他带领团队沉下心来，扎进论证工作，不仅理顺了思路，还对先后提出的环月中继、地月拉格朗日 L2 点中继等多个中继通信方案进行系统分析、论证，最终确定新研和发射一颗中继卫

星，在地月拉格朗日 L2 点为月球背面的着陆器和巡视器与地球之间搭建一条通信的纽带，命名"鹊桥"。同时，他从系统最优的角度出发，完成了嫦娥四号中继系统总体方案设计，提出中继转发体制与系统工作模式，解决了远距离中继通信链路等多项工程难题，使我国月球探测第一次走到了世界最前列。

认识孙泽洲总师的人，一般都知道他爽朗热情，但是在技术面前他却"较真"到极致。嫦娥四号月背和地面的通信总体方案虽然确定了，但孙泽洲认为不容有失，只有通过充分的验证才能确保胜券在握。他沉在一线，带领设计师们挑灯达旦，办公桌前一坐就是十几个小时，腿麻了、腰累了，就和大家在屋里踱步讨论……最终从系统层面提出了一套完整的地月通信系统验证方法体系。同时，孙泽州还组织建造了国际首个针对地月 L2 点中继卫星的中继载荷在轨测试地面验证系统，成功完成了"鹊桥"中继载荷的在轨测试工作，甚至在嫦娥四号着陆月背前，还充分利用环月段宝贵时间，争分夺秒地做了最后的在轨验证，最终确保了中继通信畅通无阻。此外，为了更精准、安全地着陆月球背面，孙泽洲总师还带领设计师开展了精准的轨道设计实施与控制策略制定，突破了定时定点着陆轨道设计技术，为准确瞄准着陆区奠定良好基础；同时，充分考虑着陆区附近的地形地貌特征以及动力下降的飞行过程，优化动力下降策略，确保飞行轨道安全；针对机构多、风险大的特点，开展一系列机构专项试验，确保产品状态满足要求，为嫦娥四号任务圆满成功打牢基础。

下一目标　登陆火星

嫦娥四号圆满成功后，孙泽洲来不及花太多时间去庆祝，转身又投入到了中国"探火"团队紧锣密鼓的研制工作中。

"中国的火星探测器将一次完成对火星的绕、落、巡，这样的形式还没有哪个国家实现过。"孙泽洲总设计师坦言，"但是，正因为有压力，才能带来技术的进步。"地球距离月球 38 万公里，而距离火星约 4 亿公里，孙泽洲带着团队发挥首创精神继续前进。

"我们希望用有限的条件尽可能多地获得一些成果，在已有技术条件的基础上，希望一步迈得大一点儿，更高效地推动技术进步。"孙泽洲总设计师充满希望和自信地说。而他的这种希望和自信正是源于他投身中国航天事业二十余年的艰辛探索和悉心积累，从嫦娥一号发射成功开创我国航天第三个里程碑，到嫦娥三号完美的落月之旅；从顺利登陆月球背面实现人类首次，再到接过中国火星探测任务的大旗，从距离地球 40 万公里的月背拓展到 4 亿公里远的火星，孙泽洲和他带领的团队一步一个脚印，迈出中国深空探测一连串雄浑的足音。

自 20 世纪 60 年代以来，国际上已经实施了 42 次火星探测任务，成功率仅为 52%。"我们这次火星探测任务最核心、最难的地方，就是探测器进入火星大气层后气动外形和降落伞减速的过程，只有一次机会，必须确保成功。"对于"探火"任务孙泽洲有着冷静而清晰的认识。目前，他正带领设计师们争分夺秒开展各项关键技术攻关。"研制过程中，团队要特别关注关键技术，确保关键技术见底；特别关注重大过程，确保风险识别控制到位；特别关注重大保障条件建设，确保充分试验验证，而做好这些工作的前提则是确保责任落实。"他说。对此，他再次动情地回忆起曾经在母校南京航空

痴情一片为嫦娥　英雄本色泽九州

航天大学演讲中说过的一句话："当我成为总师的时候，也要像叶培建院士一样成为一棵'大树'，遇到困难的时候，首先把责任承担起来。"

狠抓质量　较真管理

在狠抓技术攻关的同时，作为团队的带头人，孙泽洲总师也非常注重质量管控和人才培养工作。早在嫦娥一号卫星进入正样阶段后，身为副总师的他，就对卫星的 168 台相关设备亲自逐一把关，他说："只赶进度而忽略质量，就如同生命没有灵魂。"在担任嫦娥三号探测器总设计师时，孙泽洲总师依然把狠抓质量管理放在重要位置。嫦娥三号探测器是一个全新的航天器，由于自身任务的特殊性在技术管理、质量管理方面都有自己特殊的地方。在方案阶段，孙泽洲带领设计人员在设计输入的准确性和正确性上下了很大功夫，开展了大量探索性试验，对一些关键技术难点作了多套方案。此外，他非常重视责任制的落实，强调各项规章制度的落实检查；在探测器转入初样研制阶段后，他又带领研制人员梳理关键技术，并对这些关键技术环节进行了高标准、严要求的攻关，力求彻底解决问题。此外，他严格按照集团公司和院的有关要求，实施精细化管理，切实做好"九新分析""四个确认"和"质量与可靠性数据包复查"等工作，加强过程控制，保证产品质量高、可靠。

说话大嗓门，语速很快，眼光炽烈充满激情，言谈举止透着东北汉子特有的爽快和洒脱。这是孙泽洲总师给人的第一印象。其实，工作中，他是个特别"较真儿"的人。这一点除了在质量管理上得到了充分印证，在团队建设上也表现得淋漓尽致。孙总师常常强调，要以最小的资源来解决问题，要求各个分系统主任设计师作为系统的骨干和主管，要打造和谐的工作氛围，实现信息共享和对年轻人的支持。在培养新人方面，孙泽洲总师常常教导年轻人，不清楚的事情不能放过，一定要"打破砂锅问到底"。就像考试以后不会的问题要尽快解决，能力才能得到提高。此外，还要多问几个"为什么"，不能就事论事。比如年轻人写文件出现了错误，他不但要指出，还要问理由，让年轻人追溯错误的根源，举一反三，从而不再犯类似的错误。正是在孙泽洲总师独特的"较真儿"管理方式下，嫦娥四号探测器研制团队逐渐形成了可贵的内在精神——思维严谨，不耻下问，集思广益，信息共享，个人的不足可以通过集体来弥补，集体因为大家的协调合作而变得更为强大。

将满腔热血注入"嫦娥"脉搏，将火热激情寄托广袤天宇，这就是孙泽洲总师的梦想。相信随着"嫦娥姑娘"的翩跹舞步，这位航天将才还将继续谱写出新的生命华章。

大国铸"箭"师邹汝平

◎文 / 李亚明

> 邹汝平，我国制导兵器领域的领军人才，专注坚守国防科技事业 36 年，先后主持车载多用途导弹、机载空地导弹、弹炮一体防空导弹以及远程制导火箭的工程研制，取得了重大的、具有开拓性和里程碑意义的技术突破，为装备技术发展做出了突出贡献。
>
> ——第三届"央企楷模"颁奖词

2018 年 8 月，西北大漠，骄阳似火。某集团军某旅远程机动，进行实弹射击演练。一发发导弹呼啸而出，拔点夺要，精准点穴，对目标实施毁灭性打击。机动转移的反坦克导弹连，接到了作战指挥系统传来的战场态势信息：超低空突防的模拟直升机群来袭。官兵根据指挥系统提供的目标方位，对目标进行快速定位与锁定。发射车内两名射手，先后按下发射按钮。发射车在敌机的观瞄范围之外，连续发射两发红箭 -10 导弹，分别攻击各自目标。

这是红箭 -10 导弹对远距离被遮蔽目标实施超视距精确打击的首次公开展示。

2012 年，正式列装部队。

2014 年，上合组织联合演习首次亮相。

2015 年，参加世界反法西斯暨中国人民抗日战争胜利 70 周年阅兵。

2017 年，参加庆祝中国人民解放军建军 90 周年的朱日和沙场阅兵。

2018 年 1 月 3 日，习近平主席登上红箭 -10 导弹发射车，详细了解装备战技性能。

2019 年 10 月 1 日，参加庆祝中华人民共和国成立 70 周年国庆阅兵。红箭-10 多用途导弹，在国人面前一步步揭开面纱。

红箭-10 有多牛？

下面这一段话或许可以作一点概括：

　　"红箭-10"是我国首型可精确打击各类坦克装甲、坚固工事及低空飞行目标的一体化先进多用途导弹武器系统，具有攻击目标种类多、信息化程度高、抗干扰能力强，可连续多目标打击、适应复杂交战环境、可动态调整攻击任务、即时进行毁伤效果评估等先进技术特质，被外媒称为"坦克收割机""把射手的眼睛放在了导弹身上"。而且，"红箭-10"创建了国内首个光纤图像寻的制导系统，实现了精确制导武器核心技术的自主可控和关键部件的自主保障能力。"红箭-10"在我军反坦克导弹发展历程上具有划时代的意义，实现了陆军主战装备性能的跨代提升。

大国铸「箭」师邹汝平

以邹汝平为总设计师，以中国兵器工业集团有限公司科研力量为主体的红箭-10研发团队，在国家科技奖的领奖台上稍一亮相后，又默默地坚守于各自的岗位，继续在办公室，在试验场，在寒区，在高原，或坐定，或奔走……

磨　砺

时光回到20世纪的80年代。

1983年的夏天，还不满21岁的邹汝平，拿着北京工业学院（今天的北京理工大学）毕业证，回到了老家威海。在去单位报到前，他跟家人见个面。"辅导员说，'你是学导弹的，给你分配去搞反坦克导弹最厉害的单位吧。'我被分配去了西安的研究所。"邹汝平告诉家人。"西安啊。在大西北，那都是一片荒漠吧？"一直生活在海边的家人，对西安的想象，就是荒漠；对邹汝平未来工作生活的想象，就如当年搞"两弹一星"的先行者一样。

辞别家人，从威海坐了一天一夜的火车到了西安站，邹汝平一路询问，找到通往几十公里外青华村的公交车。在车上颠簸了两个多小时后，邹汝平到达了青华山下的研究所（今天的中国兵器工业集团西安现代控制技术研究所）。就这样，带着家人对大西北荒漠的想象，邹汝平参加了当时正进入研制后期的"红箭-8"项目。

红箭-8反坦克导弹是我军第二代反坦克导弹。纪录片《军工记忆·红箭-8反坦克导弹》回顾了红箭-8研制的艰苦过程。

红箭-8作为第二代反坦克导弹，1974年正式提出研制任务。而在5年前，美国的第二代反坦克导弹"陶"式已经试射成功。回顾当时的情景，时任所长、总设计师王兴治说："我们没有任何参考资料，要技术没技术，要手段没手段，我们只有一帮子人。"如果把红箭-8的研制比作盖房子，那么研究人员们是从水泥开始研究起的。绝大多数的试验设备，都是要自己研究制作：在河滩上修靶道，修发射台，用河滩上的鹅卵石和水泥修靶挡；发动机试验台，也是自己修的；各种试验需要用的设备，基本是自己动脑动手解决。在试验过程中，几乎没有部件没有出过问题。"每一个部件我都能举出很多例子，我们当时几乎走投无路。就像把我们扔到了大海里，连点光明都看不见。当时就是这样。"回忆最艰苦的日子，王兴治说。那个时候，成功的快乐只是脉冲，11年研制中的前几年，经历的挫折和磨难多到让人绝望。也曾有人提醒王兴治，有没有想过如果红箭-8最后做不成，该怎么办。王兴治说："你要是搞不出来，你身败名裂。这话我不听。看了国外的我不服气。他也是人，我们也是人。他能搞出来，我们为什么搞不出来？"

艰难困苦，玉汝于成。

1984年，红箭-8定型，并参加了国庆35周年阅兵。用"连作坊都不如的设备"，研制出"精确度、命中率、单发摧毁率方面都位居世界前列，在国际上享有盛誉"的红箭-8，参与其中的经历，给甫出校门的邹汝平深深的震撼。老一代兵工人严谨细致的作风，不畏困难的意志，应对挫折的坚韧，顾全大局的意识，勇于担当的精神，通过一步步具体的工作、一件件细小的事情，渗入血液，化作本能。

从以"画"+"打"为主要研制手段走来的前辈，对年轻人对新技术的追求，却给予了相当的尊重。研究所的第一台微机、第一台扫描仪、第一套联网计算机系统和导弹数字仿真软件系统，都是当时无职无权的邹汝平打报告经所里批准引进的。新技术的进展，激励着邹汝平。第一年参加工作，过年回不了家，邹汝平被组长领回家吃饺子；出差进个城，被年长的同事领回家去改善伙食。研究所家人般的情感，温暖着邹汝平。

"实话实说，当初真的没有想过要为国防科技事业奋斗终生，要创造世界第一，等等。就是想着多学苦练，能把事情做好。"回顾当时的情景，邹汝平这么说。我们历史的年轮，在20世纪的80年代中后期，刻下的是社会经济的飞速发展。在邹汝平刚走出校门时，社会的流行语还是"学好数理化，走遍天下都不怕"；可当他从项目中抬起头来，环顾四周时，我们的社会，已经在流传"搞导弹的不如卖茶叶蛋的"了。回头看看身后，一家三口就挤在十几平方米的小房间，没有独立的厨房和卫生间，还时不时得把孩子托付给同事的丈母娘带；再看看家乡威海，被国务院批准成立地级市，享受着沿海开放城市的一切政策，从一个滨海渔村，开始向现代化城市迈进，发展日新月异。"要不我回老家去？"在跟父亲聊天时，邹汝平顺嘴说。"你一个搞导弹的，回威海能干什么？"父亲的话，让邹汝平继续在青华山下住了下来。

于是——

2010年，组织某空地导弹武器系统研制，获国家科学技术进步一等奖；

2011年，主持某一体防空导弹系统，获国防科学技术进步二等奖；

2014年，获"全国优秀科技工作者"称号；

2016年，当选"国防科技工业十大创新人物"；

2017年，多用途导弹武器系统，国家科学技术进步一等奖；

2018年，获国防科技工业杰出人才奖；

2018年，获何梁何利科学技术进步奖；

……

中国的制导兵器领域，又有了一位领军人物。

砺"箭"

20世纪80年代末，世界主要军事强国启动了光纤制导导弹的研制计划。光纤信息传输带宽大，特别适合传输图像，而且保密性好，不受电子干扰，既可以通过射前锁定自动跟踪目标，也可以通过"人在回路"，人工选择目标，发射后锁定，打击隐藏在山背、低洼等处的隐藏目标，还能对付低空飞行的直升机。

此时，在总研究师张振家的带领下，入所6年的邹汝平，入所刚2年的张延风，还有入所3年、一直从事光纤研究的崔得东等，都加入了这个队伍，开始了光纤、导引头、发动机等各个专项技术攻关。1998—2000年，光纤图像制导关键技术进行集成演示验证。时任科研副所长的邹汝平担任了这个项目的总研究师，带领科研团队，突破了光纤图像寻的制导系统关键技术，创新研发了核心基础产品样机，圆满完成了演示验证目标。

2008年，红箭-10型号立项，但工程研制周期异常紧迫。红箭-10这样的一体化先进陆战系统，整个武器系统的研制时间只有4年半。

如果说演示验证成功前的十来年，是对研究所技术攻关的磨砺，那么演示验证后的8年"冷板凳",是对研究人员心性的锤炼,而从进入型号立项准备,则是对邹汝平带领的整个包含系统内外十余家单位500余人的研发团队全方位的考验。

红箭-10采用的新技术,在型号研制中是前所未有的,这极大地考验着总师队伍对新技术的攻关把控能力。

红箭-10整个研制过程中,诞生了上百项发明专利,200余项国防专利。从技术方案的论证确定、性能评估、数据分析、技术攻关到靶场试验,绝大多数关键的重要技术分析决策,都由总师邹汝平主持完成。"每一项技术方案的最后决策,都由他拍板;每一次重要试验,他都坚持直接在现场,以便最直观地发现问题,研究对策。"当年在红箭-10项目主管电气系统和检测测试的副总师徐宏伟说。

从20世纪90年代开始,张延风就作为主要成员参与了由邹汝平主持的多个项目科研工作,尽管有过多年搭档的经历,但常务副总师张延风在技术论证过程中,面对邹汝平坚持的几个技术先进、但可靠性在当时很难实现的决策,也有不同的意见。为了使传输回的图像更清晰,邹汝平提出了一种新的技术要求,这个要求技术先进,但实现起来难度相当大。在张延风看来,在当时的时间要求下,是不可能完成的任务。但,"邹总的技术思想过硬,无论是集团公司还是军方提出的技术要求,甚至是军方都没有想到的

一些性能，邹总都考虑到了。他在技术决策时坚持了两点：一要全面满足作战需求，把武器系统的实战化任务能力放在第一位；二要适应技术发展的趋势，实现工程化应用。事实也证明了他的前瞻性"。邹汝平坚持下来了，团队埋头去干了，最终的目标也实现了。"不管甲方提出了什么要求，他会提出更高的考核要求。指标要求符合技术发展的潮流，符合部队作战的需求。往往他提出的要求，比甲方提出的还要严格。开始我们也不理解，我们认为完成甲方的任务就行了。后来通过干了这几个项目，我觉得这个思想确实很好。"

从项目立项论证之初，邹汝平就提出要将其"搞成信息化装备。从一加电开始，到命中目标，要把整个过程的数据都拿下来，形成数据积累"。这给负责电气软件的副总师徐宏伟带来了不小的挑战，一些专家也觉得没有必要。邹汝平耐心解释了其对装备研制的意义，对射手训练和装备维护的意义。实践证明，数据记录仪在部队训练、提升射手水平、装备状态评定以及毁伤评估中都发挥了重要作用。

所以，尽管在技术讨论的时候，争得面红耳赤是经常的，但张延风还是说，"他人正直，是一个信得过的人，跟着他干比较舒心。不管是技术问题也好，管理过程中出现偏差也好，他都是很正面地跟我们讲明缘由，是一个很合格的带头人，心胸很宽阔。技术问题也好，其他问题也好，我们开诚布公，为工作为科研也鼓励我们随意地争论。但是，他不记仇，没有任何小心眼，小思想。他开放的心态，让我们把心里话说出来，把我们不同的意见充分提出来"。

在张延风的印象里，第一次重大的试验问题，出现在项目正式开始后不久，第二次带战斗部上实弹发射。但是，发生了近距掉弹，现场被严密封锁。邹汝平亲自察看导弹落地的姿态、距离、完整性等，与现场的技术负责人一起，通过弹道解算、分析，来查找处置问题的方法。

第二次的重大问题，发生在 2011 年，在军方某基地进行试验时，出现了两发掉弹。如果不归零，试验就面临退场，数百人团队多年的心血即将化为乌有。邹汝平带着试验团队在前方，连同后方的支援团队一起，三天三夜没合眼，计算、分析、复现……3 天后，故障得以定位。军方对这么快就能找到问题根源难以置信。最终，红箭 -10 项目转危为安。

红箭 -10 不仅考验团队的技术能力，也在不断考验邹汝平带领的这个团队的凝聚力和意志力。2008 年 5 月，在项目综合论证和工程立项最紧张、最忙碌的时期，负责项目总体研制工作的常务副总师张延风在一次试验中膝盖摔伤骨折。他来不及去医院好好处理，坚持守在一线，一瘸一拐四处奔波，确保了项目顺利进行，但他的腿却留下了永远的遗憾。主任设计师刘钧圣的儿子 7 月 1 日出生，7 月 7 日他就去了试验现场；射手小姚的妻子进产房时，他还在试验场打弹；小王在两次试验的中间给自己找了个结婚的日子，12 月 5 日当新郎的他，12 月 3 日还在办公室整理材料；副总师徐宏斌的肝上出现了一点问题，但来不及仔细检查，就奔赴试验现场，只有等试验后去医院，万幸的是良性；高原试验，年轻的赵工半夜发烧到 40℃，休息半天后，烧一退，他又赶赴试验场。有的人，半年里去外地出差 40 次；不少人，一年里，有 9 个月在试验现场；试验时，更是经常性地在海拔 4500 米高原，早上 5 点起床，6 点出发去试验场，晚上 10 点回来还要继续开会分析……诗与远方，工作与生活，牢牢粘连在一起。

在红箭 -10 的团队里，没有号召，没有规定，但"不让任何一个人掉队，任何一个人也不让自己掉队"成为了一种自觉。这种自觉，成就了红箭 -10。

"我们自己都觉得完成了一个不可能完成的任务。"回顾研制历程，红箭 -10 团队成员说。

盘"龙"

2018 年的马来西亚（吉隆坡）国际防务展，北方工业展台的远程制导火箭——火龙 280A 引起了多方兴趣。随后，某国即签订了产品及技术购买合同。"数十年前，你们是我们的学生；现在，我们是你们的学生。希望你们能毫无保留地把技术教给我们……"合同签订后的酒会上，对方负责人这样说。

关于火龙 280A，英国《简氏防务周刊》是这样报道的：

据公开的资料显示，"火龙 280A"导弹直径为 750 毫米，最大射程 290 公里，能够使用 AR-3 远程火箭炮发射系统发射。"火龙 280A"导弹采用复合制导，在最大射程时圆概率误差低于 30 米。一辆 AR-3 远程火箭炮发射系统能够搭载 2 枚"火龙 280A"导弹的发射器。该公司发言人在吉隆坡防务展上表示："这种导弹长度为 7.38 米，在 2017 年完成了研制试射，能够安装 480 公斤的高爆／预制破片战斗部。"

河东河西的变迁，仅仅是 20 年的时间。这 20 年里，是中国综合国力的增强，是中国兵工人眼光的拓展和不懈的奋斗。作为现代化新型陆军体系作战能力科研制造的主体，中国兵器工业集团紧跟国际新军事变革趋势，引领陆军装备能力与水平的提升，火龙 280A 就是这个重大工程的一个产品。邹汝平担任了项目总师（后转为项目的行政总指挥）。

这是中国兵器工业集团成立以来自筹经费研发的最大的一个项目，事关整个集团新领域的拓展。然而，当时面临的现状是：关键技术的积累严重不足，所内很多科研人员也认为超出了目前的科研能力。邹汝平跟大家交底："这不是我们跳一跳就能够着的，而是要站在桌子上再跳一跳才能够着的。但我们必须要去够着！这是党组从集团公司长远发展和履行核心使命上做出的决策。"

邹汝平提出从建立四个体系来系统推进工程研制。

第一是产品体系。第一步，研制一型验证产品，用来解决气动外形、结构与防热、弹箱车匹配、大动态范围飞行控制、高精度惯性导航系统、实时规划可变弹道轨迹、宽温大口径发动机等核心瓶颈技术难题，为技术群的武器化打好坚实基础；第二步，实现过渡验证产品的工程化，全面满足发射平台和环境适应性等要求；第三步，改进任务载荷、飞控系统等，打造出满足外贸需求的武器系统；第四步，优化完善弹体结构、飞控系统、动力系统、执行机构、任务载荷等，研制出满足国内装备需求的先进武器系统。

第二是技术体系。为了实现产品研制目标，我们必须突破一批关键技术，解决一批工程技术难题，创新研制一批基础产品，构建新型专业技术体系和研发队伍，建立完备的设计分析、性能测试、功能评估、联合试验、集成调试、系统验证的研发手段与科研设施，配套相关试制生产能力，创新大型项目的研制管理方法。强化顶层策划和总体设计，明确技术途径，确定技术路线，鼓励多方案探索，推动开放合作，在系统分析、产品设计、联试仿真、环境考核、产品鉴定等方面形成技术积累。

第三是人才体系。任何大型工程项目的成功研制，都是集体智慧的结晶。要以兵器科研试制队伍为主体，联合外部优势科研力量，形成适应项目研制需求的专业队伍结构和知识体系。团队主要成员应该具备百折不挠、完胜不骄的品格与担当，全体参研人员应具有甘于奉献、远离名利的毅力与坚守，做好长期艰苦奋斗、攻坚克难的准备。在科研系统形成勇担责任、主动作为、技术开放、团结协作的科研氛围，营造敢于突破、勇于创新、专注坚守、追求卓越的团队文化。团队成员要遵循科学规律，倡导技术民主，激励创新突破，在装备研制过程中，展现出优良的专业精神与科研能力。要通过知识的产生积累、共享运用以及科研实践锤炼的培养模式，为团队的持续发展壮大，为重大科研任务的顺利完成，提供坚实的人才保障。

第四是管理体系。开展如此艰巨项目的科研，实现从无到有的重大跨越，需要集团内外组成一个统一的科研协作体系。要以共平台、低成本、野战化来体现兵器装备的特色。项目管理的组织架构，顶层标准规范要求，工作界面与接口控制，过程管理协调，均要适应复杂而庞大的科研体系的顺畅运转。

"现在回想起来，当初这四个体系的策划，是整个项目能够行稳走远的基石。"主管结构的副总师李工说。

既然责无旁贷，那就坚定出征。按照邹汝平对技术体系的分解，调研组去高校、去部队、去国防科技工业系统内外的研究机构一次次拜访院士、专家，探讨相关技术和工艺。"不要干了，你们干不成的。"调研组成员的信心在调研中一次次被言语打击，但对关键技术及其实现途径的理解，却渐渐清晰。"干成了能有市场吗？"这也是别人的一个疑问。"没人要我要！"兵器工业集团的领导给了定心丸。

要组建一个"国家队"！邹汝平确定。于是，他一家单位、一家单位去谈。一个由兵器工业系统内单位和部队、高校共9个单位为主体的"国家队"组建了起来。已经担任中国兵器工业集团总工程师和中国兵器科学研究院院长的邹汝平，开启了周五晚上到西安与项目组讨论，周日晚上回北京上班的日常。

远程弹药，动力先行。发动机的研制任务交到了西安现代控制技术研究所。火龙280A发动机的口径达到了前所未有的尺寸，远远超出之前的最大口径。发动机的装药量，更是指数级的增加。项目组感觉难度很大，压力也很大。邹汝平给项目组鼓劲，指出关键在于大口径发动机的内弹道性能参数、装药工艺技术、满足环境使用要求以及安全性设计，并且提出了方向性的思路。邹汝平给发动机团队说："你们只管放开手去干。干成了是你们的。干不成，是我的！"邹汝平的这句话，给了团队极大的动力和信心。

跨越发展的路崎岖坎坷。摔倒是难免的。有时候可能有人能帮你一把，但终究要靠自己的力量去达到目标。邹汝平告诉项目组的是："对产品最了解的是项目组，其他专家可以帮我们定方向、找隐患、查问题、提建议，最后真正定决心、出方案，彻底解决问题，还是要靠项目组。"

发动机第一次点火成功后，主管副总师邓恒热泪纵横，失声痛哭。邹汝平拥着邓恒的肩，说了一句话："人品决定产品啊！"大家都明白，是人的干事业的决心、毅力决定了能否成功。作为行政总指挥，让研究所的这个团队来承担发动机研制任务，邹汝平是顶着很大压力的。"现在来看，把兵器大发动机交给研究所这个团队，是一个正确的决策。"发动机项目组这个时候，才体会到邹汝平的压力。发动机主任设计师小严在这个时候，想起来刚入所时，邹所长对他说过的一句话："干项目难，把项目干出色难上难。"此刻，对这句话有了更深的体会。

项目技术跨度大，在研制过程中出现一些失败是不可避免的。初次飞行试验，因为结构方面的问题出现闪失。"这事现在想起来还像噩梦里的场景。"负责结构方面的副总师，是入所还不到8年的李工。这是他首次在项目中任副总师。第一次，价值不菲的产品，掉在沙漠里，因为失控，也不知道飞到哪儿去了。李工和项目组的同事们，按照理论落点，划了3600平方公里的区域去找。现场里有沙丘，有山，有流沙，有沙尘暴。找了很多天，好在弹头被找回来了。技术分析之后，问题最后还是落在了结构上。拿着这个结论，李工和同事一起，心情沉重地找邹汝平汇报。这个项目同时还面临着外部的竞争，这次的掉弹，可能还会给整个项目的存续带来不好的影响。但真到邹汝平面前时，迎来的却是劝慰："你们不要一下就觉得没法交差了。出了问题，首先是我的问题，我没指挥好。你们的工作还要继续。经过排查，采取措施，要保证今后不能出重大问题，但是压力不要太大。接下来，我们把这个事情一步一步排查解决好。再打不成了，我先辞职。"在导弹第一次打成，达到射程之后，邹汝平把李学锋拉到一边，说："你们是好样的，争气！"

"干了这个项目之后，感觉自信更强了。知道了面对大系统的时候，应该怎样去分解，怎样把复杂的任务或项目，分解成可以一个个去攻克的节点，然后细化节点的具体工作要求。"回顾项目研制过程中的点点滴滴，李工这样总结自己的成长。

阶段性成果已经不小，但如今，团队还在继续前行。

树　人

"刘主任给邹院长写的PPT，是一字都不用改的。"和记者聊时，小王指着刘钧圣说，语气里充盈着羡慕。同一年入所的两人，都跟着邹汝平做了很多项目。这个"不刊之论"，邹汝平多次在内部会上赞赏过。

那是在2007年的时候，入所还不到两年的刘钧圣第一次参加某个防空导弹项目，试验取得了成功。邹汝平提出了纲要，嘱咐刘钧圣准备多媒体材料，第二天到北京汇报。从试验现场回到宿舍，当晚即开始准备材料。当刘钧圣从准备的材料中抬起头来时，屋外天已经放亮。在候机的期间，两人最后审定了汇报稿，下了飞机，直接赶往会议地点，顺利完成汇报。被以要求严厉闻名的邹所长点名表扬，刘钧圣成了同辈们的偶像。

小王的羡慕，源自自身的切身体会。那时他毕业没多久，刚到所里总体部。一次，老员工们都去试验了，给他留了一份文件，让他去找"邹所长"会签。小王把文件交给了邹汝平。邹汝平看了一眼后，把文件留下来了。不一会儿，部主任带着邹所长到了王琨的办公室。邹汝平亲自把文件送过来，小王惊呆了。还没反应过来，邹汝平又坐下来，开始给他指出了文件中存在的问题。一个个问题，都被邹汝平用笔清楚地标注了出来。文件前两页的会签表上，第一页的编写人、校核人、标准审查人、审定人、批准人五道关已经签了，第二页上项目所有相关负责人也都签了。邹汝平是会签的最后一道。但是，邹汝平指着其中一个公式说："按照你们给的输入条件，根据这个公式，推导不出文件中所说的输出。"——他已经把文件中的输入输出推导了一遍。邹汝平的严谨，给刚到所里一个月的小王树立了今后工作的标杆。

在所里读在职研究生，邹汝平是小王的大导师。2007 年 3 月，小王的硕士论文开题。他把开题报告双面打印，转交给了在基地试验的邹汝平。当小王收到返回的开题报告时，羞愧难当。开题报告封面的背面，邹汝平用蓝色

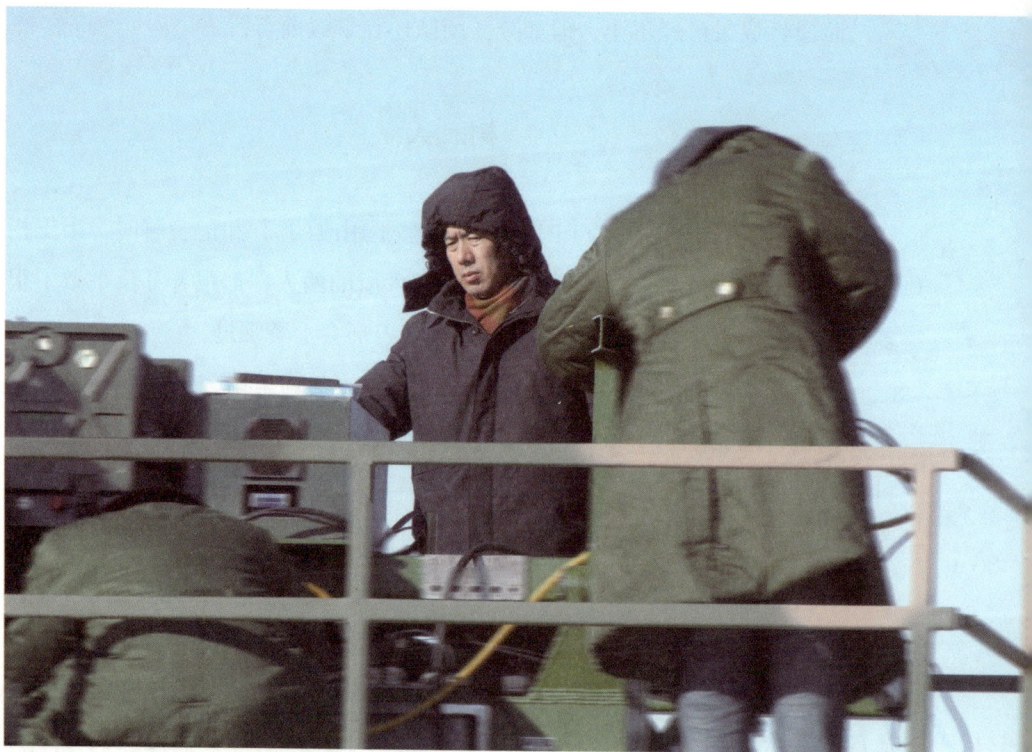

的钢笔，写上了满满的意见建议：研究的方向、应该采用的技术、文章的层次、小标题的名称，细细地指点，甚至是标点符号的错误也标出来了。最后还署上了"邹汝平×月×日于××基地"。开题报告，被邹汝平细化了很多，又深化了很多。"按照邹所长提的这个要点，你可以写博士论文了。把这个问题解决了，我们也可以结题了。"年长的同事告诉小王。知耻而后勇，在正式答辩时，小王的硕士论文被所里评为第一名。"现在同事们说我做事比较细，应该也是跟一入所时邹总的要求密不可分吧。"王琨说。

邹汝平"细到标点符号"的严格，让团队中的年轻人们形成了一种工作习惯。"现在，要跟邹总汇报的时候，我们都会提前一个小时自己先过一遍。"

邹汝平自己也清楚自己对团队成员的严苛。"我对他们的科研工作要求很严格，在很多细节上近乎于苛刻。"因为，从红箭-8、红箭-9老一辈科技工作者的教诲中，他已深深地体会到严谨细致的科研作风的重要性，"这些作风就像家风一样，必须传承下去。"

"我们所从事的是国家的重点装备研制项目，责任重大。搞系统总体的人员，如果我们下达的技术要求、验收规范、试验大纲等依据性文件存在错误，哪怕是一点点的偏差，都可能造成后续科研工作出现偏差、产品试制造成浪费、试验准备出现漏洞，研制计划出现拖延，科研经费重复投入等重大问题。另外，接收文件并承担研制的分系统、部件单位的人员，也不会重视你的产品性能和质量，因为你自身就不严谨，更不严守科研规则，就会形成恶性循环。"

严苛的要求，并没有阻挡西安现代控制技术研究所年轻人追随邹汝平的脚步。"邹总以他的人格魅力，吸引了一大批人才。在研究所，年轻人都愿意加入邹总为总师的团队。"副所长郑菊红说。

与严格要求相应的，邹汝平在年轻人的培养上，还循循善诱。

在进行某型空地导弹研制时，苹果公司的 iphone 4 刚出来。邹汝平入手了一台。人性化的便捷操作，引起了邹汝平的兴趣。"我们能不能把这样的操作用在我们产品的系统中？"邹汝平和年轻人一起探讨。

×××改型，邹汝平给发射车团队发送了宝马新型车的视频，让团队认真研看宝马车的操控，"咱们做不到宝马，做奥迪行不？"邹汝平关注着发射

大国铸『箭』师邹汝平

027

车内战士操控的舒适性。尽管民用技术转军用，由于使用条件的限制，技术移植面临很多困难，但邹汝平带着团队，不断精益求精。

在技术研讨时，邹汝平秉承的是一种开放的姿态。"在讨论技术问题的时候，他是允许技术人员拍桌子的。包括我们开会的时候，前面坐了一桌副总等一些项目经验比较丰富的员工，后面是新入职或年轻的员工，但会议现场，对于技术问题，不管是前排还是后排，都随时可以提出问题，进行交流，对他提出的观点，我们年轻人也可以发表不同意见。记得一次会议，有来自集团公司和军方的领导在，他谈到一个问题时，后边一个年轻人说：'这个地方好像不合适吧？'采用这个技术可能还有别的原因，但邹总没有立刻否定这个年轻人的意见，而是认真听完他的想法。当时军方人员很诧异：怎么在这样的会上，年轻人可以随便插话？其实，这在我们技术讨论中，这是常态。"小王说。

与严格要求相应的，邹汝平也给予了年轻人和同事充分的信任与支持。

"红箭-10"项目快结束时，为培养新人，后期的外场试验现场指挥交给了主任设计师刘钧圣。初次指挥，压力大，出现了一点问题，刘钧圣的心里颇为忐忑。晚上开会总结，邹汝平说："刘钧圣的指挥没有问题，以后要注意……"如今已是研究所总体部主任的刘钧圣，回忆起当时的情景，"给我犯错的机会，帮我树立了信心"。

红箭-10正在定型的关键时刻，所里任命徐宏伟去负责一个无人机专用导弹项目。"你去干吧。"邹汝平给予徐宏伟支持，鼓励他去干新的领域。

"跟着邹总干活比较累。他的眼睛很毒，一眼就能发现问题，但成长和进步也很大。"总师办的郭毅深有感触。

聚是一团火，散作满天星。如今，"红箭-10"最初的副总师们，都已经成了中国兵器科技带头人，带着一帮更年轻的科研人员，去争取了新的项目；当年的主任设计师们，也在各自的领域里披荆斩棘，不断收获。

做发射技术研究的七〇后徐宏斌，在红箭-10立项时，就被任命为负责发射车的副总师，进入了总师组。"他非常信任你，给你鼓励，给你好多建议和方向性的东西。"×××的改进型上马，他又被推到了总师的位置。"还是你来当总师，我继续跟着你干吧。"徐宏斌心里有些没底，对邹汝平说。

"经过红箭 –10 的这一轮工程实践，你们已经可以独立去负责重点项目了。"邹汝平说。

1977 年出生的马博士，到研究所做博士后，被邹汝平留了下来，在 2008 年底进入了"红箭 –10"总师组，如今已经是技术部主任，成了研究所防空领域的学科带头人。

2006 年入所的方工，在邹汝平的指导下在项目管理方法上进行了改进。随着研究所同步实施的项目增多，以往的管理方式难以适应需求。邹汝平对管理模式创新提出了要求，要运用新的管理模式和研发理念。邹汝平对图形化、表单化管理顶层要求前前后后改了十几稿，"现在，要干什么，怎么干，出现问题怎么解决，都心中有数了。对我管理水平的提升很有帮助"。

铸　魂

西安南郊科技园区，丈八东路。如果你有幸能走进中国兵器工业集团西安现代控制技术研究所的大门，就会注意到一座六层高的大楼。走进去，10 根巨大的方柱分列两边，支撑起大楼。其中的 9 根柱子上，各挂着一幅巨幅人像。这是西安现代控制技术研究所在国家层面有重大影响的科研项目的总师照片。

这座建成于 2006 年的科研楼，按照时任所长邹汝平的设想，就是研究所的"科技殿堂"。因此，擎楼大柱上挂的，是重大项目总师的照片；科技成果展厅里，也专门有一个部分，是历年来各科研型号项目总师们的名字。"等到这 10 根柱子都挂上了照片，研究所会有不一样的天地了吧。"在建设这座楼时，邹汝平是这么想的。只是，他没有想到，大楼建成后才几年，总师的照片，就要挂满了柱子。

研究所一直重视技术的积累。在红箭 –10 研制的时候，研究所每年的预研项目少则六七十个，多则一百三四十个，这里边既有单项技术，也有系统或部件技术，这种注重基础技术和先进技术研制的积累，在技术和人才上，也为红箭 –10 的厚积薄发奠定了基础。邹汝平，传承着研究所追求技术领先的传统，并且进一步强化着这种追求，让对技术的精益求精成为这个所的一种血脉相承的本能。

履行强军首责，是一个国防科技工业研究单位的使命所在。在技术思想上，邹汝平把满足作战需求放在了首位。无论是红箭-10的研制，还是远程制导火箭项目，以及其他的种种项目，邹汝平都坚持作战需求导向，坚定走着技术领先的路子。

邹汝平不仅常去部队，而且，随时听取一线使用人的意见。一次，首个列装红箭-10的某部的一个工程师到研究所来，要找徐宏斌。正在和徐宏斌一起讨论的邹汝平，把接下来的工作推后，"走，一起去见见。"这一讨论，就是一下午。

对细节的关注，是邹汝平对技术精益求精的一种本能。试验前期准备，跟他汇报的时候，他就特别关注之前试验中出现了哪些问题，怎么解决的，解决的措施对不对？试验之后，他也特别要求做到，不是光看命中目标就行，还要发现其中可能存在的其他问题，考虑下一次改进的空间。要求每个人谈谈自己负责的那一部分，有什么问题，下一步有什么改进的措施。总体组成员的体会是："在高原试验的时候，我们总体组最怕下午6点试验结束。因为7点要开试验分析会，我们得先准备材料，没有时间吃晚餐了。其次就是怕10点会议结束。因为那个时候，邹总总会说'总体或控制组再辛苦一下，总结总结，把明天用的数据再分析一下'。这一分析，就是12点之后了。邹总明明年龄比我们大不少，也跟着我们一起到那么晚，但第二天看他，还总是那么精神。那个时候，不管前一天到几点才休息，我们的精气神也好像被邹总给带动起来了。"

邹汝平在技术细节上的严格与严厉，并不只对年轻人。即便是多年合作的同事，在技术细节的要求上，邹汝平也绝不放松。张延风深有感触："我们几个都挨过批评。开始说了我们几次。每个人都挨说过，但说得不是很重。他看文件是非常细的，尤其是涉及技术要求、研究工作总结、方案设计报告，不管几页，他看得非常细，错别字、标点符号都能看出来。我就吃过这个亏。文件一般是我审定，他批准。开始时我也不是太细，我审定完，他给我批准的时候，发现很多问题。他就直接把文件给我转回来。面子真是有点挂不住。有过几次后，现在我审定完的东西到他那里基本都没问题了。开始的时候真是不适应。"

邹汝平的技术思想，包括信息化、顶层设计、实战需求等，对同伴们产生了重大的影响。在 2017 年的一次项目竞标中，张延风负责的一个项目，以近乎满分、超出第二名 40 多分的成绩成了唯一中标单位。回顾这次竞标经历，张延风总结的经验是：一是在吃透招标书要求的指标的基础上，根据实战需求，提出了部分比甲方要求更高、更严的指标；二是样机进行加严考核，进行可靠性加强试验，使可靠性成倍提高，所以竞标现场没有出现样机问题；三是全过程无低级失误。"我们这些人都是跟他干了多年。目前我们几个都是担任几个项目的总师了。我们在负责项目的过程中，经常有他的思想影子在。"张延风说。

在对技术细节关注的同时，邹汝平还同时特别关注技术人员的工作状态。作为研究所管理部门的一员，方飞的很大一部分工作就是做好试验现场的后勤保障工作。每次试验，邹汝平都要求把保障方案做充分。方工记得那次在海拔 4000 多米高原上的试验。从试验人员驻地到试验场地，要经过一片无人区，狼等各种野兽出没。手机也没有信号，靠对讲机联络。邹汝平带着越野车，一个工作点位一个工作点位走过去，问试验人员有无高原反应，能否正常操作。高原上，天气变化无常，烈日之后转瞬可能就是冰雹来袭。看到两个操作手小伙子的手都冻僵了，邹汝平把自己和车上同事的棉大衣给了这两个小伙穿上，又把方飞批评了一通。"有邹总在现场，大家都非常安心。"团队成员都说。

在邹汝平的概念里，承担一个项目，从项目本身的角度来说，不仅要满足作战需求，同时要符合技术发展趋势；完成一个项目，不仅要带出一批人，也要带动技术能力的积累、研发平台的建设。

通过红箭 -10 的研制，创立了众多的、对未来发展至关重要的专业技术领域，光纤图像寻的系统、惯性导航系统、一体化飞控系统、多效应毁伤系统、新型动力系统、集成化武器站硬件结构体系、在线测试模块化导弹电气系统等，创新研发了一批关键基础产品，成体系成系统构建了先进的研发条件，支撑了大量新型武器系统的研制。

　　这一切背后的动力，或许就是徐宏斌记得的 2008 年的那个晚上，他推开 4 层楼上邹汝平办公室的门时，正看着窗外马路对面的家属区的邹汝平回头对他说："看着家属区内员工家属们能够快乐生活，这就是我们最感欣慰的事了。"

情暖边疆的"石榴籽"

◎文／刘瑾　孙婧　朱丽婷

2018 年 12 月 25 日，是新疆华电喀什热电有限责任公司艾尔肯·买买提终身难忘的日子。

这天他脱下了跟着自己近二十年的工作服，穿上了妥帖的西装。身边站着的是主持设计"嫦娥四号"探测器顺利发射升空的总设计师孙泽洲、打破国外飞机制造商对飞机健康管理系统技术垄断的技术专家刘宇辉、向 17 个国家出口 56 条高品质玻璃生产线的领跑者彭寿等大国工匠，同他们一起接受第三届"央企楷模"颁奖。

领完奖，从北京回到喀什，艾尔肯还是觉得仿佛跟做梦一般。自己只不

过就是千千万万个电力产业工人中的普通一员，在岗位上完成着应该做好的工作，普通的不能再普通，却得到了如此"褒奖"——第三届"央企楷模"：情暖边疆的"石榴籽"。

宽厚的身板、黝黑的脸庞、自来卷的板寸头、浓眉大眼高鼻梁，看似粗犷的他，却执着于坚持把每件事细致地做到最好。每天上班，艾尔肯都提前半小时来到厂房，对设备进行"问诊"，为守护喀什的光明，这个工作习惯，他已坚持近 20 年。

24 岁那年，从一名少数民族中专生成长为公司第一位维吾尔族值长；先后带出 16 位不同民族的徒弟，个个都是生产骨干；团结生产一线发电运行部多民族员工紧紧抱在一起岗位建功，与团队共成长；荣获喀什地区十大杰出青年，新疆维吾尔自治区、中国华电集团有限公司劳动模范。艾尔肯这颗小小的"石榴籽"，就这样一步一个脚印，用脚步丈量，走出了自己的人生轨迹。

帐篷一住就是半年

1998 年 7 月毕业于新疆电力学校热动专业，艾尔肯被分到新疆电力公司疆南电力公司。

当时疆南电力公司刚成立，200 多名全国各地毕业生分到该公司，其中 25 人分到了巴楚燃气电厂，艾尔肯就是其中的一个。

刚毕业的年轻人意气风发，背着行李去报道，看到的却是一大片荒凉的白戈壁，狂风夹杂着沙土在戈壁滩上卷起一股股小小的旋涡。

莽莽苍苍的银灰色视野，满眼都是风走过的痕迹。远处褚黄色高峻的山体上都是千疮百孔的蜂窝眼，近处起伏和缓，沙形如盘龙的白龙堆，都是风的得意杰作。在戈壁滩，风最霸道、最无情，它无孔不入、无处不在。但凡风经过的地方，无论是砾石，还是沙丘，都会发出尖厉的哀嚎。狂风一起，漫天飞沙，天是黄色的，地也是黄色的。

这片白戈壁就是艾尔肯奋斗开始的地方。从小在新疆阿克苏柯坪县出生长大的艾尔肯已经习惯了戈壁滩的荒凉，肆虐的风沙，很快适应了艰苦的环境。

因为巴楚燃气电厂刚刚基建，住宿等生活设施还不完善。艾尔肯跟着保运师傅一起住帐篷，但没想到的是，这一住就是半年，一直跟完了机组基建、调试和试运行。

跟与自己一同工作的同事相比，艾尔肯只是中专学历，普通话水平也不是很好，学习起来接受能力跟其他人相比要弱一些。在无数个寂静的夜里，艾尔肯躺在帐篷里仰望着浩瀚的星空，扪心自问，我是谁？我从哪里来？我这只中专"菜鸟"能飞多高？

想起临行前父母对自己的一再嘱托：要好好学技术，认真干好工作。艾尔肯的内心深处有一个声音坚定地告诉他：笨鸟要先飞，坚持每天比别人多学一点，一定能早日成为一名合格的运行工人。

这不是口号。是抉择，是誓言，是坚持！

"这个巴郎子眼里有活，一点儿不怕脏不怕累。"虽然刚开始交流，语言上有困难。可是艾尔肯却是保运师傅最喜欢的徒弟。

在保运师傅的指导下，艾尔肯从熟悉设备和系统开始，按照系统图的标识与就地设备一一对应查找，一方面搞清楚设备的作用、特性和基本原理，另一方面弄清楚工程的流程，从单个设备到整个公用系统，任何一个角落都不放过。他每天坚持学习系统、学习设备原理和控制回路，每天写事故预想和操作票……艾尔肯执着的学习精神深深打动了师傅、同事们，大家都愿意为这位好学的维吾尔族小伙子讲解问题，传授操作要领。

当年12月，在艾尔肯和同事们的共同努力下，巴楚燃气电厂顺利投产发电。一直负责带他的保运师傅撤回之际拍着艾尔肯的肩膀说："好巴郎，我走了之后你也不用担心，你的技术水平现在已经超过我们厂很多员工了，我带出的徒弟没问题。"

保运师傅的肯定让艾尔肯觉得自己行。

保运师傅撤走后，每当遇到困难想要放弃的时候，他就对自己说，再坚持一下，不能给师傅丢脸。艾尔肯知道，只有自身技术过硬，才能解决工作中出现的困难，才能让自己站稳脚跟，机会只留给有准备的人。

短短两年时间，艾尔肯积累了丰富的运行实践经验，独立完成全厂停送电等操作，成功处理系统瓦解等事故。凭着执着刻苦钻研的学习精神，在第一批运行值长定岗名单上，出现了艾尔肯的名字，他成为巴楚燃气电厂第一批值长之一，成长为独当一面的操作能手和业务骨干。

遭遇下岗分流

新疆喀什，丝绸之路上的一颗明珠，素有"五口通八国，一路连欧亚"之说。夜幕降临，喀什古城灯火通明，热闹非凡。东湖的霓虹灯渐次亮起，现代化的建筑倒映在水面上，显出一派繁华景象。很难想象，十几年前，这里很多地方连电都用不上。

为彻底解决喀什以及南疆周边的缺电问题，2000 年，新疆华电喀什热电有限责任公司开工建设。此时，巴楚燃气电厂因天然气量不足关停，刚刚工作得到肯定的艾尔肯和其他员工一起遭遇下岗，分流到正在新建的喀什热电公司。

短暂的下岗经历，有的人觉得受到了打击转行干了别的工作，有的人觉得刚好趁这个机会可以内退。而艾尔肯觉得，这只是自己成长道路上一次别样的经历和体验，可以去学习不同的火力发电的新知识，成为华电大家庭的一分子，他特别珍惜这失而复得、重新上岗的机会。

一切都要从零开始。艾尔肯的身份从值长转变回了学员，不仅要跟老师傅，还要跟刚毕业的本科生、大专生一起学习排名。"我能行"，艾尔肯暗地里给自己加油鼓劲。

然而，首当其冲横在艾尔肯面前的还是语言问题。虽然都是发电设备，但燃煤机组相对于燃气机组而言，设备、系统要复杂得多。虽然日常交流沟通不存在障碍，但是很多火力发电的专业术语、原理解释等想要用普通话准确表达、文字书写出来，这对从小上维校、写维语的维吾尔汉子来说不是件容易的事。要掌握火力发电专业知识，必须要先学好普通话。

学习中，遇到复杂的专业术语，艾尔肯想问的问不出来，想表达的不知道该如何表达，有的时候不自觉地就急了起来。师傅郑万新发现了他的困难，鼓励他多交流，并利用工休的时间教他发音、学习普通话；中秋、春节等传统节日时，邀请艾尔肯一起过节，感受传统文化。在师傅的帮助下，艾尔肯暗下决心要快速啃下语言这块"硬骨头"。

不逃避困难，用心做到最好。为兼顾好学技术和语言，白天，艾尔肯和刚入厂的新工一样泡在正在安装的生产现场，熟悉专业系统流程，虚心向师傅学技术、学管理。晚上，自我加压、挑灯夜战，一边复习白天的专业知识，一边自学"普通话语言翻译"的专科课程。

为了提高学习进度，他走到哪儿都带着一个小本，将遇到的专业术语都记录下来，并用普通话、拼音、维吾尔语分别做出标注，边学习边总结技巧。

"如果竞聘不上岗位，很可能再次下岗。"每当学习懈怠的时候，他就这样暗暗告诫自己。现场、食堂、宿舍，三点一线的单调生活，"白＋黑"的学习模式，他硬是以超常的毅力坚持了下来。

异于常人的刻苦学习劲头，不到一年时间，艾尔肯就掌握了专业技术。2001 年 10 月，刚刚走上电气班长岗位的艾尔肯，胸有成竹地带领电气员工圆满完成一期工程升压站第一次反送电操作，一次成功。

"当班长的，首先就是要以身作则，比他人多干一点，比他人先想一步，才能让班员们对你心服口服。"艾尔肯刚当班长，就给自己定下一条铁的规矩：少说多干。

作为班长的艾尔肯不但对自己严格要求，还带领着全班人员一起学习，每个夜班进行现场考问，现场考试。开展操作票填写比赛，要求班组人员 20 分钟默写 80 多项开机操作，不能涂改，不能漏项。在他的高标准严要求下，班组人员迅速成长，两年内先后 3 人走上班长岗位。

在学好专业技术的同时，艾尔肯的普通话水平也快速提升，四门自学课程顺利通过，还得到了喀什自学办公室领导的夸奖：一年过四门课程的学生太少见了，真是个有毅力的好巴郎，亚克西（维语"好"的意思）！

不积跬步，无以至千里。由于艾尔肯扎实、全面的专业技能和严谨负责的工作态度，使他在第一次值长竞聘考评中脱颖而出，成为喀什热电公司第一位维吾尔族值长。

"学习进步、进步学习"这是艾尔肯的学习理念，正是坚持学习的信仰，

情暖边疆的『石榴籽』

使他完成了从稚嫩新手到"领头雁"的成长蜕变。

五位师傅和十六位徒弟

喀什热电公司是一个由多民族员工组成的大家庭,少数民族员工约占总人数的32%。

为了提高员工技能,喀什热电公司一贯倡导"师傅带徒弟"。在各族员工间开展的互助"一帮一结对子学技能、每天互学一句话"活动应运而生。多年来,师徒"传帮带"已经成为一个传统和文化。

当年,艾尔肯从带他的师傅那里不仅学到专业技术,还有很多做人的感悟。

说起师傅兰恒沛,艾尔肯至今记忆犹新。那是2001年11月的一天,当时#1机组正在调试阶段,突然,电气盘柜报警信号发出"厂用电中断"信

号。师傅兰恒沛带着当时是电气班长的艾尔肯立即到零米检查6KV设备。走到#2送风机开关处，发现电源指示红、绿灯都灭了，并闻到一股焦煳的味道。只见，师傅迅速将此开关拉出，对6KV母线进行测绝缘。测绝缘合格后，对6KV母线送电，并逐步恢复其他设备电源。从事故出现到查找到事故原因，师傅只用了短短的5分钟，在处理事故的过程中师傅始终冷静从容，这点给艾尔肯留下了深刻的印象。事后，师傅叫来全班人员结合发生的事故，对"厂用电中断"的事故现象、原因及处理方法进行了详细的讲解，这种学习方法让大家都记忆深刻。

从师傅处理事故的过程中，艾尔肯深刻感受到，作为班组负责人，不但要有过硬的专业技术，更重要的是在面对事故时要能临危不乱地冷静判断和处理。这些教导潜移默化地促成了艾尔肯在日后处理事故时超出年龄的稳重和冷静。

在师傅的教导和监督下，艾尔肯每天做一个事故处理和技术问答。不仅学习锅炉、汽机专业的知识，还系统学习了化学、电除尘、燃料等专业的知识。通过半年的全能学习，锅炉、汽机专业技术水平得到快速提高。同时，师傅还传授值际管理经验，让他跟着参与值际管理，抓"两票三制"，抓机组指标管理。

兰师傅是一名老党员，在他的带动和影响下，艾尔肯递交了入党申请书，积极向党组织靠拢。"一日为师，终身为父。师傅不仅是我的职场带路人，还教会了我做人、做事、坚守初心。"

"对我来说，师傅这个称谓意味着关爱与付出。"艾尔肯说，"我想像我的师傅那样，把从师傅那里学到的道理和本领传授给更多的人，用自己的知识成就别人的梦想。"

艾尔肯把从师傅那里学来的技术和工作精神，言传身教地传授给了他的徒弟。为了帮助同事快速成长，他同时与3名不同民族的员工签订了师徒协议。根据徒弟文化水平和操作技能现状，为他们"量身定制"培训计划。从理论学习到实际操作，从日常调整到事故处理，每一个环节都亲自示范，毫无保留。根据徒弟不同性格采取不同的帮带技巧"因材施教"，让其掌握适合自己的学习技能方法。

魏龙是部门里的一名新入职青工。他第一次参加副值班员考试成绩不理想，这个挫折让他有些自暴自弃。艾尔肯看出了魏龙的心思，为他加油，教他专业知识，鼓励他多参加考试、比赛，还跟他分享了自己当年作为"语言笨鸟""技术菜鸟"所经历的困难，以及师傅给予的各种帮助和教导。

"遇到困难不可怕，要想办法战胜它，而不是被它打败。我这个少数民族中专生都能学出来，你只要坚持学习，也一定能行！"渐渐地，魏龙放下了心理负担、努力学技术，成长为发电运行部主值。

提起师傅艾尔肯，运行单元长买买提艾力·达达汗更是有话说。当年，他工作6年还在副值班员岗位原地踏步，总感觉自己大材小用，因此牢骚满腹。没想到刚刚调来的值长艾尔肯主动与自己结对子。

"艾尔肯让我明白，一味抱怨只会退步，机会是留给有准备的人，我们要做的就是把每件事做好。一年后，我第一次被评为公司先进工作者，这离不开艾尔肯的鼓励和帮助。"

如今，艾尔肯带过的7位维吾尔族徒弟和9位汉族徒弟，都已成为生产技术骨干。其中周建兵已成长为喀什公司最年轻的值长，郭红伟、刘现伟竞聘至生产技术部专工岗位。

2004年7月，艾尔肯光荣加入了中国共产党，他始终记得那一天，自己面向党旗的铮铮誓言，自己要为南疆电力事业发展做出贡献的初心和承诺。

再难啃的骨头也要啃下来

熟悉发电厂工作的人都知道，值长是运行一线的总指挥，素有"八小时厂长"的无冕之称。当班值长，就是生产现场的安全第一责任人，由此可见，值长所担负的责任重大。年仅24岁的艾尔肯作为唯一一位维吾尔族值长，在值长岗位上一干就是7年。

作为值长的艾尔肯，在工作中带头做好安全生产工作，落实设备巡回检查制度，"两票三制"执行。他特别重视巡检质量，要求巡检人员巡检结束后在值长台记录本上签字，每个夜班到各专业检查巡检质量，检查劳动纪律。

"难事为之则易，易事不为则难"，艾尔肯坚守这一工作信条，带领值际人员在做好安全生产的基础上攻克了一个又一个工作上的难题。

2002年，一期工程50MW机组投产之际，由于喀什地区用电量峰谷差大，机组负荷峰谷差大。低负荷期间须投油稳燃，起初负荷低于33MW开始投油，之后新疆电科院做稳燃试验将投油稳燃负荷降至28MW。当时，油耗量高居不下的问题成为困扰安全经济生产的难题。

如何切实降低油耗，公司领导沙场点兵，将这一难题交给艾尔肯所带领的运行值。显然，这是一块难啃的"硬骨头"。"既然领导信任我们，再难啃的骨头也要啃下来！"立下军令状，就只能变压力为动力，把困难当作挑战。

如何减少耗油量？如何降低投油负荷？存在哪些技术问题，如何优化燃烧调整？艾尔肯与班组人员积极开展"头脑风暴"，通过总结经验和优化燃烧调整，优化制粉系统运行，反反复复的调整，一遍一遍的试验，查资料、翻图纸，连睡觉做梦都在调整风门，监视火焰燃烧变化……

失败了，重来；失败了，再重来……多少个难熬的后夜班，仿佛空气都凝固了一样。他们尝遍了失败的滋味，形式各异、程度不同的失败。但，只要艾尔肯不说放弃，团队就一定咬牙坚持。

功夫不负有心人，艾尔肯带领技术攻关小组终于啃下了这块"硬骨头"，逐步降低了投油负荷，不但实现了50MW机组最低稳燃负荷18MW，而且刷新了新疆同类机组最低稳燃负荷纪录。

"低负荷稳燃其实是大家共同的智慧，我只是其中的一个参与者。"每每谈及此事，艾尔肯都认为这是团队的功劳。

啃过"硬骨头"的艾尔肯，凭借过硬的技术和丰富的经验，多次处理和避免了由于设备异常造成的事故。

2004年7月5日，当时#1机组负荷40MW，只见电气值班员紧张地冲进集控室报告："#1发电机电流互感器声音不正常。"艾尔肯迅速扫了一眼集控室内的报警信号和重要仪表参数，一边交代"不要慌，监好自己的盘，注意重要参数"，一边拿起手电、抓起安全帽冲到现场，证实确有异音后，立即下令减负荷至25MW，但是异音没有丝毫减弱趋势。

他当机立断，下令立即解列发电机运行。事后经过检查，异音是由于电流互感器故障形成，幸亏及时解列发电机，才避免了电流互感器爆炸的严重事故。此后，艾尔肯先后处理过"#2导汽管漏汽""#4机高压给水管道刺水""#2炉省煤器泄漏"等设备事故，由于及时采取有效的技术措施判断准确，处理及时，不但防止了事态的扩大，而且保证了人身和设备的安全。

艾尔肯也是一个有心人，经常提出合理化建议。特别是他提出的利用中间储仓式煤粉炉特点"避峰制粉"，利用后夜低负荷"避峰制水"的方案，在发电量不变的情况下降低了综合厂用电率，每天可增加约2万千瓦时的上网电量，一年累计为公司增加利润100多万元。

几近严苛的"黑包公"

自从2008年10月走上发电运行部副主任岗位的第一天起，艾尔肯每天上班的第一件事就是换上工作服、拿起手电筒、戴上安全帽到生产现场转一圈。翻看记录、查阅缺陷、巡查设备、布置任务，一圈儿下来就是一两个小时。

对于艾尔肯来说，去生产现场已经成为一种习惯，是每天早上上班后必不可少的一部分。一天之中，他除了处理其他公务，基本上一直待在生产现场。

喀什热电公司一、二期工程4台50MW机组，三期工程2台350MW机组，共6台机组。由于生产人员缺员严重，加之发电运行部年轻员工居多，生产任务十分繁重。作为部门管理者，加班加点就成了家常便饭，有时为了完成工作任务，他就在生产现场"泡上"一个通宵。

发电机组一般会在早晨8点前并网，可是前期准备工作却要从凌晨就开始。每当这时，艾尔肯都坚守在现场，精心组织，合理安排，为机组安全稳定运行值守把关。都说奉献是不能量化的，但他的现场守护，却能体现他对企业的精心和尽心。

运行员工劝他回家等结果，他总是笑笑："在哪儿都一样，心放不下，在家还不如在这儿，在现场看着大家操作，我心里更踏实些。"时间久了，大家都习惯了重大操作他在现场把关。但随之而来的，大家发现艾尔肯的高标准、严要求不止对他自己，逐渐对现场的操作、纪律要求越来越严格，对运行员工的工作标准越来越高，几乎到了严苛的程度。

回到办公室的艾尔肯，根据在生产现场发现的问题，规范、完善了《交接班制度》《两票制度》《设备巡检制度》《小指标管理制度》《耗差管理制度》等制度；将"安康杯"安全指标综合竞赛活动，班组日常安全有关行为纳入竞赛内容；每天现场督导运行人员开展有针对性的事故预想；每个白班后、中班前开展"全能值班员"培训、供热首站技术等培训、考试。在全能培训工作中，探索单元制管理模式，进一步提高了运行人员的整体专业水平和业务能力，2011年实现了集控管理模式，培养了28名全能值班员。

说起艾尔肯对培训和指标管理的严格，现在作为公司派驻喀什市英吾斯坦乡墩艾日克村"访惠聚"驻村工作队员的玉素普江·阿布都克热木还记忆犹新。来驻村之前，他是锅炉运行主值，曾经针对艾尔肯严抓运行现场安全管理、值班纪律、指标竞赛、全能培训等工作不理解，一度很抵触。

"有一次我跑到艾主任办公室和他理论，我们上运行的，8小时之外还要培训、考试，我们还有家、还有其他的事情。我就一个技校生、一个值班员，你对我们要求那么高、那么严干啥，差不多就行了。"

"就是因为我们学历低，才更需要趁着还年轻的时候抓紧时间学习更多的专业技术，提高管理能力，年轻的时候多学点、多干点，今后才有更多的机会。"

当时的玉素普江年轻气盛，不能理解艾尔肯的一片苦心，"反正我快熬不住了，大不了我回家做生意，卖干果去！"他咬着牙，气呼呼地撂下这句话，转身就走了。

这件事之后不久，玉素普江因为交接班和另一位值班员发生了冲突，两个人都在气头上，互不相让。艾尔肯在处理的过程中不但没有针对他，反而通过不断地调解和谈心做工作，帮助双方化解了冲突。

来驻村之后的玉素普江逐渐理解了艾尔肯严格管理背后的苦心。"我在公司里工作能力属于一般的。走出公司之后，对比在村里一起工作的大专生、本科生、乡干部，我们的工作能力没什么区别，我们干的很多工作，都被当成亮点和模板推广。大家提到华电、提到华电员工都是竖起大拇指，我觉得特有面子！我真的感谢艾尔肯主任！"

情暖边疆的『石榴籽』

这样不理解的员工，不在少数。面对部门员工的不理解，艾尔肯也曾想过妥协退让，当个"老好人"，但是最终他还是决定不管承受多大的压力，始终要坚守着带好运行团队的初心。而这份初心，也将他从一个对自己高标准、严要求的管理者，打磨成了对部门全体人员都高标准、严要求的"带头人"。

在工作中，艾尔肯极为严谨认真，思考问题一丝不苟，也从不轻信他人。对工作问题他从不含糊，也不妥协。

"艾尔肯提的问题非常尖锐，不留情面。但不得不承认，他的问题往往切中要害。"发电运行部值长周建兵说，"这让我们找他汇报工作之前，都要多想一下自己是否有什么遗漏之处，尽可能多准备几个方案应对可能的问题，不知不觉地，我们也养成了缜密思考的习惯。"

艾尔肯向来不喜欢拐弯抹角。对于部门员工做得不对的地方，他发过火、黑过脸，当面表扬的话不多。但是，他总是尽力在工作上帮助大家，为他们谋划未来。

如今，从运行部竞聘、调整到公司其他部门的员工大约30余人，大家觉得，"黑脸包公"带出的员工，个个都是好样的。

从 50MW 到 350MW 的考验

一脉天山，将新疆划为南疆和北疆。一路南下，绿意渐无，土色加重。

缺电问题一直存在。不仅喀什，整个南疆三地州都受困于此。南疆三地州电网处于新疆电网末端，发展速度相对落后。南疆由于电源布点少，容量小，布局不合理，同时网架结构薄弱、输电距离长达 1500—2000 公里，多年来存在时段性、季节性缺电。

援疆重点是南疆，南疆重点在喀什。2000 年建设的 4 台 50MW 机组已经满足不了当地用电需求。

2010 年，在新一轮援疆大幕开启之时，为缓解喀、克电网用电紧张局面，改善当地电源结构，中国华电立项在喀什投资建设三期 2×350MW 超临界热电联产机组。

在三期工程 #5、#6 机组生产准备阶段，艾尔肯加大对运行员工的专业培训和全能培训，提高全能值守人员的安全责任和操作技能。组织编写整套集控运行培训教材，编制 350MW 机组规程、图纸、典型事故案例，参与机组设备调试和生产准备各项工作。

各个专业都有专工，艾尔肯作为部门管理者，其实本不必什么事都亲自把关。可实际上，每一张系统图，每部规程，他都详细地审核过，提出了许多有见地的指导意见。

他这样事必躬亲，是信不过别人吗？

不是，是他清楚自己肩上背负的担子。因为他很清楚，从 50MW 机组到 350MW 机组的跨越，对运行人员是一个严峻的考验，机组移交生产后要是运行人员接不住，会有怎样严重的后果。

"我没有特别高的目标，大部分时候是不得不做。但人总得有个面子，往办公室一坐，只是'遥控指挥'，那不是个事儿。"他自己这样说，"投资 30 多个亿的 350MW 机组，移交到我们手里之后，我们就得负责任。"

所以，如果系统图不亲自过目，规程不亲自审定，他心里就不踏实。他的眼里容不下沙子，每个技术细节，他都要做到百分之百的确定，一点儿瑕疵都不会放过。

维吾尔族谚语说，"水珠投入海洋，生命就会无限"。艾尔肯则说："进步不能靠一个人，也不能止于一个人，我想我应该发挥自己的优势。"2016 年 3 月就任发电运行部主任、党支部书记的他，更加注重集体智慧迸发出的耀眼火花。

他带领部门员工积极参与 QC 和技术创新工作，开展岗位练兵、技能竞赛、导师带徒等活动，制定耗差管理、压红线管理等制度，促进员工学习新知识、掌握新技术、运用新方法，不断提升业务水平和创新能力。

为做好安全运行工作，他在综合指标竞赛中提高安全指标权重比例，完善安全预防体系，将"巡检、差错、违章、异常、未遂、操作票合格率、工作票合格率、操作票数量、工作票数量、障碍、超温、水质、缺陷、环保指标、事故预想、安全隐患、合理化建议、交接班、人人抓安全、本质安全班组"等日常工作纳入班组月度竞赛，极大提高了员工"不安全不工作"的意

识，为喀什公司连续两年蝉联集团公司本质安全企业和集团公司安全生产先进企业奠定了坚实的基础。

他与同事一道成立"艾尔肯创新工作室"。围绕降低成本、节能减排、技术革新、安全生产等主题，集中团队智慧，两年耗氨量减少节约生产成本260万元，综合煤耗较2015年下降60.16g/kw·h；充分利用高背压运行方式，加强运行精益化管理，#5机组煤耗降至247.9g/kw·h，节约成本2512万元。2017年，#5机组达到全国350MW机组标杆水平，荣获中电联全国火电竞赛同类机组一等奖。

在带领团队降低能耗指标的同时，团队攻坚克难能力和各族员工整体素质不断提升。发电运行部四个班组获得中国华电集团有限公司、新疆维吾尔自治区"工人先锋号"、新疆维吾尔自治区"青年文明号"等荣誉；组织运行骨干参与首次研发并应用的"超临界间冷机组高背压循环水供热技术"项目，获得国家专利；参与"350MW间接空冷机组真空系统提效优化"课题，荣获华电新疆发电有限公司青年创新创效三等奖；仅近两年来，他的团队就有5位年轻员工获得技师资格，15位员工获得高级工资格。

我们就是一家人

10月，火红的石榴挂满枝头。石榴，有多子多福的含义。在喀什这片多民族聚居的地方，还有另外一个特殊的含义——团结！

受师傅感染，艾尔肯深知"家"的温暖和力量。作为团队带头人，除了工作管理外，艾尔肯更关心他们的生活，带领大家像石榴籽一样紧紧抱在一起，亲如一家。

2005年2月，锅炉专业的买买提·吐尔逊得了尿毒症，高额的治疗费对于这个只靠长子工作挣钱养家的农民家庭，无疑是雪上加霜。他得知此情况后，立即组织在本值中开展爱心捐助活动。同时在他的影响下公司上下为其捐款数额近万元，解决了他治病的燃眉之急。

2009年9月，运行部汉族员工王东彪的妻子患有孕妇脂肪肝，在生下双胞胎女儿后，由于病情突然急剧恶化随时面临生命危险。靠他一个人工资养家糊口的家庭，为给妻子治病已花光了家里所有积蓄。艾尔肯得知后，当即拿出500元钱，在每个办公室、每个生产车间穿行、奔走相告，为这个汉族好朋友"众筹"。在他的努力和号召下，各族员工纷纷伸出援手，短短几天捐款11450元。当他拿着大家的这份心意出现在王东彪面前时，这个热血男儿眼中闪烁着泪光，哽咽地不断重复着"谢谢"。正是他的努力帮助让这个濒临破碎的家庭渡过了难关。

2017年"古尔邦"节，运行部新进6位内地大学生初到喀什。因为对当地稳定形势有所担心，处于"是去是留"的纠结中。作为部门主任的艾尔肯为了消除青工及其家属的不安情绪，盛情邀请："明天过节，下班后大家一起来我家过节。"他和家人精心准备特色拉面、烤肉，教大家跳新疆舞。让远在异乡的新员工感受到维吾尔族的热情好客、感受到了家一般的温暖，6个人没有一个离开，1人成长为主值，3人走上副值岗位。

运行部要是有谁生病了，艾尔肯再忙都要去看望，对于家在外地的员工生病住院，他还会组织部门人员帮忙。

2018年11月，运行部主值瓦力斯突发心梗紧急抢救，艾尔肯第一时间

情暖边疆的『石榴籽』

赶往医院帮忙。得知瓦力斯父母亲戚都不在喀什，只有他妻子一人医院、家里两边跑，还有两个孩子没人照顾的困难后，艾尔肯立即组织部门人员轮流排班陪床，解决了家属的后顾之忧。瓦力斯出院上班后，由于身体原因调整了工作岗位。艾尔肯还经常去看望他、提醒他，工作中要多注意身体。

为了让发电运行部多民族员工有家的归属感，艾尔肯将"家"文化理念融入到部门管理当中。通过"家之责、家之序、家之教、家之誉"四个文化内核为纽带，始终将民族团结视为"家"文化的重要核心，组织开展"师徒结对子"活动促进各民族员工共同进步；节假日组织"民族团结一家亲老城徒步游"了解喀什风土人情；组织"手拉手互学语言"活动提升少数民族同事的普通话水平，指导汉族同事学会用简单的维吾尔语进行交流，增强了团队凝聚力。

"一直都是你到我们家里来，今天第一次我们到你们华电来参观，亚克西！"艾尔肯在"访惠聚"驻村点喀什市英吾斯坦乡敦艾日克3村的"亲戚"来到公司做客。2018年5月17日，喀什热电公司举办"相约喀电一家亲、同心共筑中国梦"主题活动，邀请结对扶贫、民族团结一家亲亲戚来电厂"做客"。艾尔肯的结亲对象也来到企业。在艾尔肯的陪同下参观了厂区、办公区后不住"点赞"。

艾尔肯鼓励地说道，让孩子好好学习，以后也来华电工作。在来来往往、聚聚聊聊中融洽了感情、增进了解、加深了情谊，让"亲戚"感受到，他就是自己的亲人、是孩子们学习的榜样。

他组织部门团员青年来到公司"访惠聚"驻村工作队，帮助工作队积极开展"夜学"学习，强化村民爱国主义教育；组织"秋收志愿服务队"，帮助扶贫对象摘棉花、收玉米，解决困难；开展"我到你家吃馓子你到我家吃月饼"活动，各民族员工互帮互助、相亲相爱……关于民族团结，艾尔肯所在的发电运行部总有说不完的故事。

一颗颗心灵，在更深层次的贴近中擦出更灿烂的火花，思想达成共识，感情得到升华，民族团结的果实更加香甜。喀什公司发电运行党支部荣获中国华电集团有限公司"先进党支部"、华电新疆发电有限公司"五星党支部"等荣誉。

"工作狂"的对不起

工作中，艾尔肯是众所周知的"工作狂""加班狂"。然而，工作之外的生活中，艾尔肯也有着一些遗憾。他承认，"我对家庭付出得太少了，儿子、女儿从小到大都是老人和妻子在管，也没怎么花更多的心思在孩子身上，我有着太多的抱歉和自责"。

艾尔肯的妻子是喀什市色满乡的宣传干部，平时工作也很忙，特别是这两年在色满乡三大队"驻村"以来，十天半个月才能轮休回家一天。对于艾尔肯"工作狂"的状态，妻子偶尔也会抱怨几句，但更多的是理解和支持。

回忆起儿子出生的场景，艾尔肯感觉那一天就在眼前。2006年5月7日，艾尔肯的妻子预产期到了，他把妻子送到医院待产。当时 #3、#4 机组正在分部试运，运行现场人手紧张。他就和妻子商量先不请假，正常上班，下班后到医院陪妻子，有什么紧急情况打电话。5月9日，艾尔肯的妻子剖腹产手术生下儿子后，他在病房照顾了一天一夜。第二天上班时间快到时，妻子对他说，"你去单位看看吧，要是有事你就先处理，要是没事，你再回来，有我妈在这照顾我和孩子，有事给你打电话"。听到妻子这样说，艾尔肯心里特别感动。

父爱是深沉的。由于工作的原因，艾尔肯陪伴孩子们的时间不长，但是他以潜移默化的方式告诉孩子自己所从事的发电工作的意义。孩子在写字台前写作业，他也抱起专业书、管理等相关书籍开始学习。久而久之，在他的引导下，儿女对他时常不能陪伴的埋怨少了，取而代之的是油然而生的敬佩之情。

因为有家人的支持和理解，艾尔肯一心扑在工作上，获得"央企楷模"荣誉的喜悦，需要和家人一起分享。

2018年12月29日，艾尔肯从北京载誉而归。华电新疆公司、喀什热电公司第一时间掀起了向身边的"央企楷模"学习的热潮。

"我只是一个普通的职工，常年工作在生产第一线，但给了我这么高的荣誉，这份荣誉不仅属于我个人，更属于华电。我深感光荣和自豪，同时也

情暖边疆的『石榴籽』

感到责任重大。我将以更高的标准严格要求自己，始终保持谦虚谨慎的工作态度、良好的精神风貌和饱满的工作热情，增强'四个意识'，坚定'四个自信'，做到'两个维护'，立足岗位、锐意进取，发挥模范带头作用，为公司发展做出更大的贡献，无愧于'央企楷模'的称号。"艾尔肯由衷地说道。

以初心、致坚守。在华电，2 年的运行班长、7 年的运行值长，10 年的运行副主任、主任，6900 个日日夜夜，在艾尔肯的言传身教下，如今的发电运行部，各民族员工亲如一家、其乐融融。

"勤奋好学 / 是外行变专家的注解 // 热情友爱 / 是民族员工紧抱一起的动因 // 锐意创新 / 是团队斩获全国大奖的背书 // 你奋斗的样子 / 就是最好的教材 // 坚守致远 6900 多个日夜 / 见证你守护丝路光明的付出""央企楷模"评委会给予这颗来自边疆的"石榴籽儿"这样的颁奖词，寥寥数语，却是艾尔肯脚踏实地、一如既往、奋斗青春的 20 年精炼浓缩。在艾尔肯的言传身教下，如今的发电运行部，各民族员工亲如一家、其乐融融。作为"领头雁"，艾尔肯将继续带领这支多民族"雁之队"，在喀什这片热土上追梦筑梦、展翅高飞。

中国民航客机"隔空诊脉"首创人

——记中国南方航空集团高级工程师、"央企楷模"刘宇辉

◎文/吴胜亮 楚洪雨

引 子

那是一个让刘宇辉十分怀念的日子——2002 年 5 月 23 日。

初夏的广州，天高云淡，木棉花开，处处生机盎然。这一天，南航波音 B777 "远程诊断"模块正式投产运行，它就是南航自主知识产权的"飞机远程诊断实时跟踪系统"（以下简称南航"远诊"系统）原型系统。

它开创性地结束了飞行员手抄、机务人手工誊录发动机数据的历史。在中国民航客机营运史上，无疑是写下浓墨重彩的一笔！

从此，就像为飞机加装了一双"千里眼"，即使与波音 B777 飞机相距万里、远隔重洋，南航人也可为飞机"隔空诊脉"。

2006 年 4 月 19 日，南航"远诊"系统正式获得国家知识产权局颁发的《发明专利证书》（专利号：ZL0213491.2）。这是南航获得具有自主知识产权的第一项国家发明专利。

顿时，喝彩声一片！

这项发明打破了国外飞机制造商对飞机健康管理系统的技术垄断，属国内首创，技术水平达到国际先进水平。不仅对提高南航安全运行品质、经济效益发挥着重要作用，此后还多次为国产大飞机 C919 机载信息整体架构设计、地面数据采集、解码提供了重要技术支持。

如今的南航"远诊"系统，已成为当今国际同类系统中机型覆盖面最全、方案最广的系统，也是世界唯一同时兼容空客、波音、安博威三大主力机型的系统。

2018 年，大国工匠的聚光灯，开始渐渐转向他——刘宇辉。这个名字很多人可能还闻所未闻。

波音 B777"远程诊断"模块正式投产的那一年，刘宇辉刚刚 27 岁，正青春。

他是什么样的"神人"？他与南航"远诊"系统，有着怎样的不解之缘呢？

第一章："出国热"袭来，"远诊"系统命悬一线

历史的时针拨回到 20 世纪 90 年代。那时中国互联网才刚刚兴起，南航机务数字化、信息化管理就已率先起步。南航开始大批量引进新型飞机，飞机架次约以每年 30 架的速度递增。我国实际上就在那时开始迈向"民航大国"。

直到 2000 年，南航 100 多架飞机的发动机性能监控，还主要依靠飞行

员在飞行记录本上，手抄关键飞行阶段发动机性能参数、转速，另需专门机务人员誊录这些数据到电脑系统。写错、漏写时有发生，差错率高、工作效率低……

当时的南航数字化飞机技术文件管理系统（TDMS）项目负责人陈锡辉，开始与项目成员曾宇琢磨，能不能解码波音 B777 传输到地面的机上信息。如果能成功，机务人员在地面就能实时了解飞机飞行时的各种状态，进而判断飞机的技术状况。

没想到两人志同道合、一拍即合。凭着手头仅有的一些技术和资源，曾宇开始用业余时间，自发性地、尝试性地探索。一个月时间，两人完成了工作流和数据流图的构思；一年时间，"飞机远程诊断实时跟踪系统"雏形的框架基本搭建完成。但一场突如其来的"出国热"，几乎让刚萌生的系统就此"夭折"。

1998—2002 年的"出国热"，如旋风般卷走了大量国内民航技术骨干人员。2000 年，曾宇则从南航辞职去了国外。

"合伙人"走了，这个系统是继续探索，还是就此打住？2000 年 7 月，白云山脚下，南航机务工程处办公室内，陈锡辉在不停地来回踱步，他此时心急如焚。

继续做？没有固定研发资金，没有激励机制，且只能利用业余时间研发。研发应用出了问题，可能还要个人承担责任。放弃不做，是情理之事，谁也埋怨不得。怎么办？

陈锡辉不愿意放弃，但是连续找了 4 个工程技术人员谈话，他们都不愿意参与，此时的陈锡辉逐渐有些心灰意冷。

机载信息技术是从航空电子系统中分工细化出来的一门跨专业工程应用技术，研发人员需要兼具航空电子和 IT 知识背景。在这个比较偏门的领域，当时国内的管理研发是一片空白，经验几乎为零。大家对这个系统的认识不够，对这个行业未来的发展前景也看不清楚。

当时一些学院教授也指出，"航空公司是生产单位，不是科研单位，生产单位搞科研本身就是个很大的问题，生产和科研这两碗水，是端不平的。如果换成宝钢、铁路等单位，或许还可以。但航空公司很难，将可能面临不能逾越的技术壁垒"。

"刘宇辉,你愿意吗?"

"好啊。"那个时候的刘宇辉年轻、有活力,敢想、敢做,也有兴趣去做,对于资金、人力等,刘宇辉却没考虑那么多,一口就答应了。

刘宇辉的爽快回答,让陈锡辉惊喜万分,老陈的眼光为之一亮,多日的忧虑一扫而光。

曾宇离开了,刘宇辉来了!"远诊"系统有救了!

"我一直为刘宇辉感到非常高兴,也感到自豪。"陈锡辉后来在不同场合,曾反复强调这句话。

这一年,是刘宇辉参加工作的第三年。别忘了,在很多老机务人眼中,他还只是个生瓜蛋子!

质疑、否定的声音开始如碎纸屑般飘来。

"小刘,你搞的这个东西,没前途的。"刚开始接手,一位科室主任曾直言不讳、好心地提醒刘宇辉,但对入职不久的刘宇辉来说,无异于当头一棒!这句话对刘宇辉刺激很大。

刘宇辉当时也不知说什么,最后只能一笑了之。

刘宇辉心里清楚,主任的话不是没有道理。且不说能不能成功,飞机的相关工作,来不得半点马虎,研发应用如果出问题,他要担责。自己现在接受的业务研发,某种程度上,不是"试水",而是"试火"。

这是对青春的一次押注!

但他心里又坚信,飞机远程诊断系统研发是一件非常有意义、利长远的事情。一个声音在他内心响起:"喜欢搞,就要搞;搞了,就要搞出名堂。"

别人以为他傻,但他觉得傻得值。

不久后,在一本空中客车公司的杂志上,刘宇辉无意间翻到了其中一页,那是空客 AIRMAN(飞机维护与分析)软件的介绍。

"原来空客已经做出来了,飞机健康诊断系统是可以做的!"刘宇辉激动地几乎喊出了声。

这是一条有可能成功的路!这从此坚定了刘宇辉研发下去的决心和信心。

凭着一页杂志,一台老旧电脑,刘宇辉接过了系统研发的重担。

但是，研发难题也接踵而至。

第二章：一张"白纸"，从零开始

飞机、机载设备均非国内生产，南航只是运营飞机的航空公司，空客、波音等各飞机生产厂家的数据格式纷繁复杂、千变万化，如何能解码这些数据，读懂飞机的"语言"？

关于机载软件核心代码，飞机制造商与设备生产商对航空公司实行了最严格的技术封锁。为了实现技术壁垒，飞机制造商在设计飞机时，将核心敏感的功能分开设计，想改动这些功能以便更适合自身的需求，很难实现。这种壁垒，一直延续到今天。

刘宇辉曾尝试着向空客索取其系统设计的更多细节，但空客仅提供系统报价以及试用的商务条款。换言之，南航只能购买它们的成品。

按单架飞机每飞行小时计算，如果购买国外的系统，一小时飞行就需要20美元，按照一架飞机一天10小时飞行计算，当时南航100多架飞机一天即需要花费2万美元。

服务费用极高，堪称"天价"！

在与飞机生产商反复磋商未果后，刘宇辉意识到，技术是等不来的，只能通过深入研究原始数据与原始规范，才能取得突破。

从此，"日常作息"永久性地被打破，刘宇辉开始了无休止的"夜班生活"。

刘宇辉大学本科学的是电气自动控制专业，参加工作的前几年，用闲暇时间为单位编写过一些小程序，也曾经为控制电梯运行快慢和锅炉加温的单片机写过代码，但都与给飞机写代码相差甚远。

为了"读懂"飞机，他就去主动学习飞机、发动机设计原理，飞机信息采集原理，各机型机载信息数据格式，等等。不懂就去问，拿到感性知识之后，再跟数据、手册对照。他还喜欢到维修现场去看、去研究、去刨根问底。渐渐地，与南航一线维修车间的专业技术人员打成了一片。

"传感器在哪儿？"

"看到那个扣子样的东西没有，那就是。"

咔！拍个照存档。终于知道这个玩意儿在哪儿了！刘宇辉觉得有些知识是一定要去现场看，手册上是学不到的。

就这样，不知道多少个日夜，从刘宇辉的身边、键盘上悄悄划过。

在南航"远诊"系统设计之初，刘宇辉只能自己寻找成百上千页晦涩难懂的英文原版飞行数据链传输资料仔细研读，结合相关知识研究算法，建立系统初始模型。

研发期间，他走了不少弯路，算法不知改写了多少次，资料也不知道重读了多少遍，常常为了攻克一个技术难点，一干就是一个通宵。有时候连续熬夜多了，脸上会起包。休息两天没了，他就继续熬夜。

到了攻关最艰难的阶段，刘宇辉一天只休息 5 个小时左右，每天他要比一般人多加班 3—4 个小时，一年就是至少 1000 小时，等于说一年"抢"出几个月的工作时间。

一手托着机务一线工程师的期待，一肩顶着国外系统天价使用费的压力，刘宇辉从未想过放弃。没有条件，他就充分利用现有的资源，创造条件；没有资金，他就和陈锡辉自掏腰包，购买研发软件。

系统研发应用的过程，既有忍受熬夜编码的辛苦，也要忍受反复修改升级的磨炼，刘宇辉最终把一个人研发的孤岛，变成未来充满希望的绿洲。

一个人搞研发，刘宇辉经历了各式各样、不同程度的失败。失败了，修改；再失败，再修改……

幸运的是，南航在引进波音 B777 的时候，"重金"购买了当时国内唯一的一台 GBST 工作站，通过工作站一边将机载软件的源代码调出，一边与飞机维护手册、故障隔离手册、线路图解手册等相对照，寻找其中的解释关系。刘宇辉终于找出了 B777 原始数据遵循的生成路径，打开了波音 B777 关键机载信息系统数据编码的大门。

经过长时间学习积累与深入研究，2002 年 5 月，南航波音 B777 "远程诊断"模块，首先在广州飞机维修工程技术有限公司和南航深圳分公司正式投产试运行并获得成功。

然而，从设计、开发（包括机载软件与地面软件）到推广，最难的是

最后的系统推广。系统安装测试后，好不好用，大家心里都没有底。1999—2007年间，南航"远诊"系统的研发，只是一个为了提升安全运行保障能力的探索课题，系统的使用推广自然不能依靠行政指令，只能依靠刘宇辉一个人点对点去跑、去教。

有时候参数不对，有时候系统逻辑规范明明没问题，但到了飞机上系统就是无法正常运行……针对南航深圳分公司波音 B747 机载信息软件的调试，刘宇辉半年内就去了 13 次，累积往返广深车程 5600 公里。

炎热的夏天，停机坪的温度达到 50℃以上，且停放的飞机机舱内没有空调，而刘宇辉每次在飞机上一待就要数小时。汗水顺着鼻尖流淌，衣服全部被汗水湿透，一直湿到裤脚。

但"远诊"系统在南航每个分公司落地应用后，赢得的都是一片喝彩。

"那里上空有架飞机的图标上，出现了一个小红十字符号。"南航机务工程部大楼，刘宇辉指着大屏幕上的一架飞机说道，"这个颜色的变化，意思就

中国民航客机「隔空诊脉」首创人

是这架飞机'咳嗽'了一下，但不影响正常飞行，在未来十多天内要去看一看。"有了南航"远诊"系统，面对上百架飞机的实时动态，刘宇辉显得气定神闲。

"哎呀，桌子上的这堆飞行记录本，终于没有了！"一直负责发动机性能监控工作的宋夏大姐激动地说。

"我还没写飞行记录纸呢，你们怎么就把航材拉到飞机下准备排故了，你们怎么知道的？"一次飞机落地后，机务人员到驾驶舱与机组交接准备排故，一个老飞行员惊讶地问道。

在以往，只能在飞机到达地面以后才知道飞机有故障，才开始判断故障原因，取航材，再安排人手维修，这种情况下高比例保障航班正常是不可能的事情。南航"远诊"系统的应用，大大提升了飞行运行效率，提升了飞机安全裕度。

一线机务员工积极配合和良好的反馈像一针"强心剂"，给了刘宇辉继续研发的动力！ 6年时间，刘宇辉几乎跑遍全国。

"远诊"系统的种子开始遍地开花。截至目前，南航"远诊"系统已覆盖到南航21种机型或发动机构型，为665架飞机保驾护航。

2002年11月26日，《飞机远程诊断实时跟踪系统》通过了民航总局组织的专家技术鉴定。该项目被民航总局评为民航科技进步二等奖。

2006年，南航自主知识产权"远诊"系统，获得国家知识产权局颁发的《发明专利证书》。

第三章：不持续研发，就永远失去主动权

有理想的人，生活总是火热的。刘宇辉心中就揣着一团火。

2007年，广州新白云机场南航机务工程部大楼，一个寻常的下午，却牵出一个不寻常的期待。

一个20平方米的小办公室内，围站着几个身着南航工装的机务工程师。

"公司现在大量引进新机型，机载数据更大、更复杂，我们的远程诊断系统必须不断丰富、升级，不然无法满足生产需求。"

"波音、空客的故障监控系统，按单架飞机、每飞行小时计算收费，公司每年要支付上千万美元。"

"如果咱们南航不持续研发自己的系统，日后势必在这个系统上耗资巨大，且永远失去主动权。"

刘宇辉是个急性子，听到这儿，再也坐不住了，转身便敲开了机务工程部副总经理办公室的门。

"新飞机越来越多，飞机上的软件信息系统越来越复杂，使用原厂诊断系统的费用又太高，您看，我们是成立一个工作组，还是专门设立一个机构，去研发我们的机载信息工程方案？"说着，刘宇辉将一纸"建议书"递了上去。

如果是项目组去建设，在人力、资金上公司没有保证；如果作为专门机构建设，那人力、编制、资金都会更充足。但是，困难重重。搞研发，效益可能很长时间看不到，况且航空公司不属于研发单位，研发资金从哪里来？研发应用如果出了问题，谁来担责？2007年，南航机队规模突破300架，真正懂飞机信息解码的，只有刘宇辉一个人。现在就去成立专门机构，这，不是天方夜谭吗？

但刘宇辉心想，别人没走的路，南航可以先走。南航大步骤的开展机载信息系统管理和业务研发，正当其时！南航必须要蹚出一条自己的路子，不然永远被别人"卡脖子"。

"建议书"层层递交上去后，是长达60天的沉默等待。仿佛就是个答案——这事可能黄了。两个月后，令大家都意外的是，这事又成了。

一次南航"远诊"系统汇报会后，南航机务工程部领导悄悄走到刘宇辉跟前，"这个系统作为一个科室建设"。他的声音放得很低，可刘宇辉却像发现了金矿一样，掩不住自己内心的兴奋。

"这就是南航包容、开放、务实的精神，喜欢把干事的人，挺在最前面！如果在其他单位，恐怕很难实现。"刘宇辉回忆时，开心地说。

没有揭牌，没有仪式，"机载信息室"成立了。南航成为国内唯一挂牌"机载信息"科室的航空公司，这在全世界民航业界并不多见。

"机载信息室"的成立，逐步结束了刘宇辉一个人单干的历史，也拉开

中国民航客机『隔空诊脉』首创人

了"飞机远程诊断实时跟踪系统"深化应用、全面推广的序幕。

但此时，刘宇辉和他团队面前，其实还有很长一段路要走。

南航的新机型还在继续引进，飞机制造商的技术封锁也在延续，刘宇辉和他团队的自主研发、创新之路就得继续！

"摸着石头"过河，分模块的一点点研发……就这样，刘宇辉和团队开始了小步快跑。

2000—2010 的 10 年时间，刘宇辉和他带领的团队，先后攻克了南航波音 B777、空客 A320 系列，空客 A330、波音 B737NG、波音 B747 等机型远诊系统基础功能模块，基本满足了南航机务排故、机载设备故障数据实时获取、发动机性能实时监控与告警等基本业务需求。

2009 年，刘宇辉破格获得航空维修与适航专业高级技术职称（国家高级工程师），是当时南航机务工程部少数几个获此技术职称人中，最年轻的一位。

2010 年，中国商飞公司为了支持 ARJ21/C919 的研发、验证工作，先后派送 10 余名年轻工程师，拜刘宇辉为师，来学习"远诊"系统及其机载设备工作原理。为时 2 年的深入学习，最终形成了 40 余万字的项目专著。

在后续的实践中，刘宇辉还多次受邀参与了国产大飞机健康管理项目评审工作，为国产大飞机健康管理系统的设计提供了重要指导方向。

看到商飞研发的 PHM（预测与健康管理）系统打着中国人的印记，是刘宇辉那段时间最快乐的时光。也只有那个时候，他开心得像个孩子。

第四章：每天除了吃饭、睡觉，就是编码

能吃别人吃不了的苦，乐别人体会不到的乐，刘宇辉大体就是这样的人。

南航"远程系统"研发，是一个需要"循序渐进"的过程，只要有新飞机引进，开发的脚步永远不会停止，而且飞机越新，数据越大，越复杂。

南航于 2011 年和 2013 年先后引进了新一代全新客机空客 A380 和波音 787 飞机，它们庞大的机载控制系统包含了几百台计算机，数千套软件。不仅飞机的数据量与种类成指数级增长，而且传输规范也与传统机型截然

不同。

这对南航"远诊"系统拓展研发，无疑是一个巨大的挑战。

如果购买国外厂商自有监控系统，每年须支付服务费40万—50万美元。

"刘宇辉，给你两年时间，把它们研发出来。"这貌似是命令，实际更多的是寄予厚望。

时任机务工程部总经理的李彤彬心里清楚，对这两种全新客机的系统研发，南航完全没有经验可循。一架波音B787每航班的数据量，大约是波音B777的10倍，一架空客A380每航班产生的数据量，大约是空客320CEO的20倍，是空客320NEO的5倍。数据量之大前所未有，数据复杂程度前所未有。加上国外厂商的技术壁垒，研发难度之大，可想而知。

"您都开口了，那我们就开始搞！"每当生产有召唤，热血总会沸腾。

刘宇辉不愿意辜负上级领导的期望，更不想让新一代电子化客机健康监控系统技术，永远掌握在别人手里。

一场艰苦卓绝的技术攻关战，又一次打响了。

刘宇辉开始每天带领团队，查阅大量的资料，仔细研究样本报文的字符编码原理与触发逻辑……

30平方米的工作室里，大家都憋着一股劲，绞尽脑汁想办法、找出路。

那段时间，下班后，刘宇辉经常把工作带回家。撸起袖子，光着膀子，除了吃饭睡觉，就是坐在电脑前加班写代码。作为团队的领头人，只要刘宇辉坚持研发下去，团队就觉得有希望。

时间久了，眼睛受不了。刘宇辉把家里14寸的手提电脑，换成了21寸的台式电脑，再后来又换成了个35寸的大屏幕。

最后，家里的一张椅子也被他坐烂了。

每晚工作到凌晨1—2点是常态。妻子劝他少加点班，少熬夜，他却坚持道："我又没有别的爱好，也就剩下编代码这么一个兴趣了。"

因为长时间的伏案编码，刘宇辉渐渐患上鼻炎、肩周炎、颈椎病，同事建议他去中医理疗，他说："没事，十几年了，要有事，我早挂了。"

团队成员也深受刘宇辉的感染，当研发进入关键阶段，一位团队成员的孩子出生，但经过短暂的休整，又满血归队。

每当攻克一道难关，刘宇辉会偷偷买瓶江小白，自己庆祝一下，即使当天食堂饭菜没什么特别，他也会狠狠地夸一番厨师。

工作上答应的事情，刘宇辉从不食言。一诺千金，是他的人生准则。空客A380远程诊断系统模块最终于2013年7月研发成功；波音B787远程诊断系统模块于2015年3月研发成功。别人不知道刘宇辉和他的团队，暗中给自己下了怎样的"军令状"，但是他们最后都做到了。

但给家人的承诺，他却一再拖延。刘宇辉曾在家人面前承诺过完45岁生日后，不再编代码。可工作量实在太大，直到目前，46岁的刘宇辉还是没有实现自己的承诺。

每个机型机载系统的研发，都是巨大劳动的付出，对海量数据发现的过程，同时也是一种创新的过程。南航"远诊"系统，就是这么被他和他的团队这么一个代码一个代码敲出来的。

空客A380、波音B787远程诊断系统模块的成功研发，不仅每年为南航省下了高额的服务费，还积累了针对新一代电子化客机健康监控系统的研发经验，对我国国产大客机在机载信息领域的研发提供了指引。南航的"远诊"系统也成为了当今国际同类系统中机型覆盖面最全、方案最广的系统，也是唯一同时兼容空客、波音、安博威三大主力机型的系统。

一次交流会上，有人拿南航"远诊"系统，跟波音原厂系统以及国内其他航空公司类似健康诊断系统比，问刘宇辉孰优孰劣？

"你要问我谁的好，我肯定说，是我们的好。"刘宇辉幽默、直爽的回答，让对方哈哈大笑，接下来的理由更让对方十分信服。

"我们是量体裁衣做的，南航有着复杂的机队构型，如果不自主创新，南航必须购买波音、空客、安博威三大主流飞机制造商的系统，每个系统要单独维护、单独付费，而我们现在一个系统全部搞定。"每当谈起南航"远诊"系统，刘宇辉会立刻兴奋起来，思维异常敏捷，讲起话来似奔腾的江水滔滔不绝。

"这好比我的衣服是棉的，你的衣服可能是珍珠做的，但你的衣服穿在我身上，未必觉得舒服。"

是啊，目前，南航每天有近700架飞机运行，每年发现故障超过1000

起（不完全统计），但是却没有影响到航班正常运行。南航"远诊"系统，功不可没，无可取代！它一天都不能停，一小时都不能停！

第五章：星星之火已呈燎原之势

择一事，终一生。一旦开始，就再停不下来。刘宇辉把这种韧劲用到工作中，便花开三朵，一朵叫勤奋，一朵叫敬业，一朵叫创新。

每当工作中遇到疑惑或者技术难题，同事和领导会不约而同地想到刘宇辉，刘宇辉也都照单全收，随着生产需要，南航"远诊"系统，内容也在不断丰富升级。

有一年，南航机务工程部发现，全年飞机 APU（飞机辅助动力装置）油耗占飞机总耗油量的比例居然高达 1%。南航拥有中国最大的机队规模，每年油耗如果按照 300 亿计算，单 APU 一项油耗成本就高达 3 亿元。

所有人都惊呆了，大家皱着眉头，百思不得其解，油到底去哪里了？

"小刘，能不能把这个问题给搞清楚？"

"我试试。"刘宇辉主动请缨，带领团队，自主研发出飞机 APU 油耗状态监控系统，一举解决了油耗难题。

马航 370 事件后，为了能灵活跟踪飞机位置，刘宇辉带领团队又自主研发了飞机位置灵活播报系统，飞机播报时间可根据航班的属性与机载设备状态属性灵活调整，在满足法规要求的同时，一年为南航节约 700 万的数据传输资费。

2016 年南航成立了以刘宇辉名字命名的"刘宇辉创新工作室"，第 4 代南航"远诊"系统也正式面世。

基于大数据分析，第 4 代南航"远诊"系统，不仅可以实时获知飞机的性能、状态，还能够预测系统的性能演变趋势、故障发生概率，提前做出相应的部署。跨越式提升飞机安全及性能监控能力的同时，也降低了飞机运营成本。

2018 年刘宇辉带领团队，研发了空客 330 飞机双发引气状态实时监测系统，在厂家标准基础上，再提高标准，在问题显现前、提早发现、提早维

护，有效避免飞机空中紧急失效、返航等难题，获得南航集团"五小"项目一等奖。

20年前的一点星星之火，20年后已经呈燎原之势。

截至目前，刘宇辉和他的团队已先后取得《灵活更改民航飞机位置信息播报频率的装置及其处理方法》《一种基于事件驱动的数据链上行触发装置及其触发方法》《一种民航飞机空调流量控制活门状态监控装置及其方法》三项国家专利，《一种飞机辅助动力单元运行状态监控装置及其方法》《一种民航飞机引气空调系统健康监控装置及其方法》两项已经提交申请。

南航"远诊"系统设计的初衷是在飞机落地之前发现故障，为排故主动赢得时间，是飞机健康管理系统中"故障发现"的环节。经历过五大版本升级，"远诊"系统不但能够全方位地实时掌控飞行中的各种故障信息、发动机性能指标，亦集成了"大数据统计分析""小概率事件预测"等数学模型，且在多个工程领域内都有广泛的应用。

2018 年国务院国资委举办的第三届"央企楷模"颁奖典礼上，给刘宇辉的颁奖词，像一枚"催泪弹"，让台下观众热泪盈眶：

"攻关，始于一穷二白；资料，仅有两册'天书'。你立志读懂飞机，打破垄断，不畏前路艰难。二十年孜孜不倦中奋勇前行，二十年披星戴月中初心不改，二十年精益求精中坚定信念，匠心金不换！"

短短 87 个字，字字如矶，是对刘宇辉 20 年兢兢业业、攻坚克难最精准的注解！刘宇辉实至名归。

20 年不忘初心、坚持不懈，让远在天边的飞机故障信息，也能唾手可得；20 年不顾个人得失、玉汝于成，他在南航"远诊"系统倾注了自己全部精力。他创造了南航新时代改革创新的鲜活样本，书写着中国民航新的传奇。

2018 年，刘宇辉被授予"广东省劳动模范""全国五一劳动奖章"。2019 年，刘宇辉被推荐参加新中国成立 70 周年大庆典礼花车观礼。面对这些荣誉，刘宇辉从来没有沾沾自喜，他把这些荣誉都看作是对机务维修工程师队伍的嘉奖。他喜欢把自己的工作室比喻成一个小作坊，把自己说成是一名"码农"，一名成天在枯燥的飞行数据中耕织而不知疲倦的"老码农"。

2019 年 6 月 29 日，南航引进了首架空客 A350 飞机。"码农"又要忙碌了，预感到前面会有更多技术壁垒，刘宇辉提前为空客 A350 向公司申报立项。

"两年内必须拿下！"这次，刘宇辉又为自己和他的团队定下了新目标。

第六章：业内相关单位纷纷抛来"橄榄枝"

一行行奋斗的足迹留给过去，更有梦想的新征途在前方闪耀。如今的刘宇辉，既是南航"远诊"系统研发的带头人，也是培养研发新人的"种树人"，始终不变的是南航飞行安全的守护人。他像一面旗帜，继续用奋斗激励着青年人奋进，让工匠精神继续传承。

走近刘宇辉和他的团队，首先会被一种务实、低调、谦逊的氛围包围。工作室的每个卡座配有三台大液晶显示器，在这片小小的空间，只能听到他们手指敲打键盘的声音。让人不禁走起路来也屏息凝神，怕扰了一屋子的清静。

刘宇辉对工作极为严谨，对飞行安全一直保持着十分敬畏的态度。尤其是牵涉到飞机的事情，他从不含糊。

一次隔壁科室的年轻人跑来请教刘宇辉，飞控、电子件是什么样的，刘宇辉就翻到手册给他看。

"看，这就是，找时间再去机库找原物看一看。"

"不用了，有这个图就够了。"

"哎呀，你要是我徒弟，我恨不得一脚给你踹到机库里，咔嚓拍个照再回来。"说完两个人都笑了。

刘宇辉很反对只看结果不看过程的工作方法，徒弟们研发的每个软件系统，都要到他那里重新解码、详细理顺一遍，通过后才能进行下一个环节，他把自己的工作，形象地比喻成"拧麻花"的中间环节。

刘宇辉培养徒弟，喜欢采用"浸泡式"培养模式，多给徒弟锻炼的机会；且因人而异，因材施教。徒弟们一般 3 年可以独立工作，7 年就可以出师，刘宇辉也把自己知道的所有知识无偿传给徒弟。现在他的工作室里，个个都能读懂飞机的语言！

徒弟路路虽然是计算机专业，但是不喜欢编程。刘宇辉就安排他做机载测试和嵌入式软件开发。前阶段，派他去河南测试波音 737 飞机引气系统的问题，每周去一次，连续测试了半年，就是找不出问题，很受打击。刘宇辉就不断鼓励他，给他打气，路路就逐步成长起来了，学会了整个开发流程和测试流程。

"他很少用语言教导我们，但他对技术的狂热，把工作当事业的干事精神，我们深受影响。"大徒弟宋剑说，"应该说，行胜于言。"

宋剑 2011 年进入了机载信息室，那时适逢 A380 引进，刘宇辉交给他的第一个工作，就是 A380 构型报告的解码。

"刚开始，我还只是试探他，没想到他很快就搞定了，后来 A380 模块的开发就让他参与了。"谈起大徒弟，刘宇辉满意地笑起来，嘴角成一条弧线。

对于刚来科室的新徒弟，刘宇辉都是先给他们出一道活，纯粹是为了试探他们各自擅长的领域，没有想过以后就让他们负责这块。

"师傅后来就向我们机务工程部经理报告，说我来了就能干活，而且能把活干好！这给了我很大的鼓励和动力。他从来不掩盖我们每个人的才华，而且会把自己知道的所有东西无偿、无保留地交给我们。"刚入职的宋剑每天一口气就工作到 19 点，很长一段时间，工作室里只有他一个人在加班。而现在的他已早早地出师了，这和工作之初，打下扎实的基本功分不开。

现在很多人开始选择进入刘宇辉创新工作室，有的是冲 IT 来的，有的是冲飞机电子技术来的，有的是冲着这地方有挑战来的……作为国内研发飞机远程诊断技术的发祥地，成员一旦学成出师，就能掌握该领域最顶尖的技术，成为波音、空客、OEM 等眼里的"香饽饽"。

于昊跟了刘宇辉 10 年，后来就跳槽去了其他航空公司。刘宇辉心里舍不得，但他认为，如果徒弟找到好的"娘家"和"归宿"，能把他们在自己这里学到东西，用到未来的发展上，对徒弟个人来说是好事，对他自己来说只是掉了个"胳膊"，他愿意祝福他们。前两年过节，于昊还给刘宇辉打打电话，问寒问暖。

一直以来，业内很多单位纷纷向刘宇辉抛出"橄榄枝"，可刘宇辉还是选择留在南航。

"不是完全没想过，就是这河里的王八，蹦不出这个沟。"刘宇辉自我调侃道，"探头出去看过，不好玩，然后又掉头回来。"

刘宇辉的父亲 1964 年开始在广州白云机场工作，刘宇辉 7 岁来到广州，每天上学、放学，飞机就在身边哗哗滑过，当时白云机场是军管的民用机场；初中时，当时机场管得不严，刘宇辉每天早上绕着三叉戟晨跑 10 圈，晚上在停机坪上散步，从小练就了"听声音辨机型"能力；到了高中，刘宇辉天天踩自行车上学，从机场路到广外附中，穿过飞机跑道滑行的二道口，连续踩了 6 年；大学毕业后，除了南航，就没想过去别的单位。刘宇辉家里人，包括妻子、兄弟、姐妹都在民航圈，目前在民航工作总的工龄加在一起有 150 年。

刘宇辉小时候，画的一张画是飞机，学的第一个英文单词就是 plane，当时的一位长辈就说，"你这辈子可能就离不开飞机了"，竟一语成谶。

中国民航客机『隔空诊脉』首创人

小时候刘宇辉曾问过父亲一个问题："飞机着陆的时候有多重？"父亲当时的回答，记忆已经模糊，刘宇辉就把这个问题带着，一直到进入南航后，都在找这个答案。

谈起往事，刘宇辉显得十分怀念。离不开南航，竟跟小时候的经历有着说不清、道不明的联系。

南航机务工程部 9 楼的阳台上，微风夹着雨滴，46 岁的刘宇辉一口接一口地抽着烟，虽然他昨晚工作到凌晨 1 点，现在看起来依然那么意气风发。

"永远有编不完的代码，修不完的 bug，解决不完的难题，失败了，重来；再失败了，再重来……即使是世上最有耐心的人，也不免觉得折磨，况且一干就是 20 年。您是怎么坚持下来的？"一个同事在旁边问道。

"有些事，不做，永远觉得复杂，一点一滴去做了，你会发现，坚持了也没那么难，难的是坚持本身。"

是啊，如果永远坚持造飞机不如买飞机，买飞机不如租飞机的逻辑，那也就没有今天南航这套完备的"远诊"系统了，自主创新也就无从谈起！

第七章：觉得对女儿有太多亏欠

刘宇辉 20 年如一日的研发工作背后，是来自家庭坚定的支持。说起家庭，刘宇辉总是不停地念叨起"我们家领导"，这就是他的妻子张玉香。两人既是校友，又同时进入南航，既是生活的依靠，也是事业的伴侣。

张玉香同样是南航机务维修领域赫赫有名的专家，现任 GAMECO 附件业务中心车间经理。作为 GAMECO 机电专业技能专家，她带领的技术团队取得 9 项国家实用新型和发明专利。在系统开发遇到困难，或者反复测试时，刘宇辉总离不开妻子的精神鼓励和专业意见。

张玉香不仅是事业的强人，在家里也是"强人"。家里的大事小事的"决策权"都由她来做。正因为有了这样一位贤妻，刘宇辉没有了后顾之忧，全身心扑到了工作上。

"他把工作做成了兴趣，所以就一直这么坚持下来。"张玉香说起来，有些许无奈，也有些自豪，更有些心疼。每当晚上刘宇辉钻进书房写代码，张玉香总会送去一杯茶，嘱咐早些休息。她能够理解丈夫的执着和专注。

"从接受这个任务到基本完成，作为一个妻子，我可能做得不够多；但作为一个独立的女性，我是希望站在盟友的角度，给予他更多精神上的支持和鼓励。"

11岁的女儿是刘宇辉最牵挂的贴心小棉袄，每次出差的时候，他都会情不自禁地拿出手机翻看女儿的照片。尽管工作很忙，他总是尽力抽出时间陪伴女儿。女儿学钢琴，他就自学调琴，成了半个调音师。

女儿眼中，这个常常吃完饭就钻进书房加班，没空给自己讲故事，没空给自己暖被窝的爸爸，是个搞笑的好朋友。

她在作文中这样写刘宇辉："爸爸说，亲爸爸一下，就会有正能量。虽然他已经40多岁了，可他脸上一点皱纹都没有，那都是他不生气的作用。"

这几年，被同事称为"拼命三郎"的刘宇辉，因为太忙，已经放下了弹了20多年的吉他，他觉得对女儿有太多的亏欠。直到现在，他不知道女儿什么时候有考试，不知道女儿上了哪些课外班，更不知道女儿学的怎么样。

有一天，终于能够给女儿当司机了，但这个司机还总是会出状况。一个周日，女儿要去辅导班上课，妈妈和女儿先去小区门口等，刘宇辉去开车，结果，女儿等了半小时，还看不到人影。女儿打电话：

"爸爸，你怎么还没过来？"

"我在掉头了，很快了。"

妈妈和女儿一脸诧异。

原来，刘宇辉已经在上班的路上了，把母女俩等车、送女儿上课的事忘到了九霄云外。接到女儿的电话才意识到要送孩子，赶紧掉头回来。

刘宇辉一直都是这样，一想到工作，他就什么都忘记了。

结束语

听一段"央企楷模"刘宇辉的故事，追寻那段让人刻骨铭心的岁月，感悟其中蕴含的"匠人精神"，总感觉有一种情怀在背后默默涌动。那是无私，是奉献，叫使命、为担当。

不夸张地说，没有刘宇辉，就没有南航"飞机远程诊断实时跟踪系统"。

从脑子里的一个想法，到南航获得具有自主知识产权的第一项国家发明专利；从读懂飞机的语言，到为国产大飞机机载信息系统提供技术支持；从一个人的默默探索，再到一群人的分工研发、团队开花；从南航机务的一个生瓜蛋子，再到央企楷模……

时至今日，不忘初心。已发际银白的刘宇辉依旧用苦干、实干献礼新时代。

是刘宇辉成就了南航"飞机远程诊断实时跟踪系统"，也是南航"远诊"系统成就了刘宇辉。

爱因斯坦说过："没有侥幸这回事，最偶然的意外，似乎也都是有必然性的。"我们相信，历史总会为奋斗者报以掌声，世界也永远偏爱那些有理想、能坚持的人。在平凡的岗位，亦有成就英雄的机会。

刘宇辉是一代南航人、央企人的楷模，也是我们心中的"英雄"。

飞机飞起的方向，就是他追逐人生理想的方向。

撑起民族玻璃的脊梁

——彭寿和中国玻璃工业

◎文/章伟

"丝毫"厚度之间，彰显科学家的极致追求；

新旧动能转换，体现企业家的视野格局；

行业重组改革，凸显管理者的决心勇气；

亮剑国际市场，展现领军者的使命担当。

你用不懈创新，撑起民族玻璃的脊梁！

（中央企业第三届"央企楷模"颁奖词）

作为一名严谨的科学家，6年间，他带领团队三获国家科技进步二等奖，以坚守奋进的精神，推动中国玻璃技术实现从无到有、从弱到强；

作为玻璃行业的领路人，他立足全局，打破国外技术贸易壁垒，将中国玻璃由"中国制造"向"中国创造"转型；

作为科技企业的管理者，他凭借一流的管理能力和高超的驾驭能力，仅仅10年，企业从一家濒临生存危机的传统院所到今天华丽转身为高科技企业集团。

他演绎着不断创新的精彩故事。

他就是我国著名玻璃新材料技术专家、第23届国际玻璃协会主席、美国陶瓷学会硅酸盐技术创新领袖奖荣膺者、全国劳动模范、全国工程勘察设计大师、首批"新世纪百千万人才工程"国家级人选、何梁何利基金科学与技术创新奖获得者、全国优秀科技工作者、全国五一劳动奖章获得者、全国杰出工程师、第三届"央企楷模"，中建材蚌埠玻璃工业设计研究院党委书记、院长，浮法玻璃新技术国家重点实验室首席科学家——彭寿。

号角——自古天道酬勤者，从来勇者立潮头

阳春三月，在桐城市老街的巷口，一位耄耋老人，望着慢慢驶去的一辆汽车缓缓挥手。她多想留儿子在家住上一晚，可是儿子太忙了，只能陪自己吃一顿中饭，又匆匆赶路。

42年前，也是在这个巷口，母亲目送着年仅17岁的彭寿踏上了武汉工业大学的求学之路。四十多个风雨春秋，而今站在她面前的彭寿，已是浮法玻璃新技术国家重点实验室首席科学家。

彭寿在大学阶段就勤奋好学，毕业那年以优异成绩分配到蚌埠院。作为"文革"后第二届大学毕业生，彭寿和同时代的年轻人一样，有着一种庄严的历史使命感。

1982年，彭寿来到蚌埠院，报到当天，一位老专家感慨地对他说："中国玻璃工业的起步晚于西方发达国家半个世纪，通过几代人的努力，如今我们已经拥有了一套属于中国人自己的玻璃生产技术，但我国的玻璃生产技术还比较落后，尤其是世界先进的浮法玻璃技术中的许多难题还没有攻克，这个重任就历史地落在了你们这一代年轻人的身上……"当天晚上，他辗转反侧难以入眠，老专家的话像锤子一样重重地敲打在他的心上，他思索着，如何为中国玻璃工业的技术进步做出自己应有的贡献。

1991年10月，彭寿受命到蚌埠院深圳分院主持工作。在市场经济大潮中，他面对的是一个如何适应市场的全新课题。他决定把浮法技术的实验室搬进工厂车间，将自己的科研成果转化为现实的生产力。彭寿带领攻关小组仔细研究了国内外的上千种资料，反复做排气净化脱硫试验。他们以超乎寻常的毅力，在高温的窑头做了成百上千次试验，终于攻克了这一技术难关，填补了国内空白，达到世界先进水平。

面对国外技术封锁、国内技术力量薄弱，彭寿没有退缩，反而更加坚定了迎难而上和解决难题的决心，无数个通宵达旦，攻关成了家常便饭。

作为浮法技术的"心脏"装备，锡槽的物理化学稳定性是关键所在。通过数百次的热工试验，彭寿带领团队终于攻克了这一制约中国浮法技术发展的技术难关，有效改善了锡槽的密封性能，提高了锡槽的热平衡性和热均匀性。这一技术成果应用于生产中，大大提高了中国浮法玻璃的质量。经在应用中进一步完善，使中国浮法技术向国际化水平迈进了一大步。

10年间，彭寿主持攻克了近百个技术难关，完成了数十项国家重点和国外重大建材工程设计项目，其中2个科研项目获国家金奖，2个获国家银奖和铜奖，另外还有20多个项目获国家级优秀工程设计奖。同时他还先后创造出中国玻璃史上的3个第一：主持设计了我国第一条超薄浮法玻璃生产线；主持完成了我国第一条超薄浮法玻璃深加工生产线；主持完成了我国第一个玻璃厂烟气脱硫项目。

2000年8月，彭寿开始任蚌埠院院长，正值蚌埠院刚刚从原主管单位脱钩不久，划归中国建材集团管理。众人身处迷局思量茫茫前路之际，彭寿却敏锐地感觉到，一个崭新的时代将要到来了。

脱钩意味着转型。从纯粹的靠拨款、靠收一点设计费过日子的状态到走向市场，这是死路还是活局？不同的人看到的是不一样的前路，不一样的未来。

有人引用康有为的"精神飞动"来形容彭寿。豪爽、雄略、善思、乐行、缜密，这些词语哪一个放到彭寿身上都不为过，而少了任何一个都可能忽略他的优点，更无法诠释今天他做到的一切。

凭借 20 年业内履历和眼光，彭寿很快提出了"以 EPC 为主、相关业务并存"的国际化工程公司这一全新的公司业务模式，以便在更广阔的国际市场上"与巨人共舞"，打造中国建材技术出口的"航空母舰"。正可谓"精神飞动"。彭寿不但将蚌埠院引向市场模式，更将其一步带入国际市场。

"几年时间内，企业实现了经济指标持续翻番，主营业务收入从 2002 年的几千万元，提高到 2008 年的 40 多亿元，增长了 43 倍。"时任副院长的李志铭多次说。

蚌埠院是中国建材集团的"科技平台"，技术出身的彭寿一直将此作为手上的制胜利器。作为中国建材集团太阳能光伏和信息显示玻璃的产业平台，早在 10 年前，蚌埠院就把握先机，以"引进消化吸收再创新"的理念，投入薄膜太阳能、光电玻璃等高端技术研发，并逐步在光电玻璃、镀膜玻璃、薄膜太阳能电池、光伏与建筑一体化材料的研发、装备制造和产品生产技术等方面形成了核心技术优势，拥有了完整的自主知识产权。

从 2009 到 2010，仅仅两年，蚌埠院就有了大动作：

国内第一条 0.5 毫米超薄液晶玻璃基板生产线在成都液晶玻璃基板基地开工建设，年产 300 万片液晶玻璃基板，将化解平板显示产业发展瓶颈；

装备制造及太阳能太仓基地项目总投资约 20 亿元……

新玻璃、新能源、新材料、新装备技术的开发，既迅速提升了蚌埠院在产业发展上的步伐，又形成了由蚌埠院衍生的中国建材国际工程在工程服务上的新的核心竞争优势。

2017 年 1 月 9 日，蚌埠院第三次站上国家最高科技奖励的领奖台。这是继 2011 年超白光伏玻璃、2013 年浮法玻璃微缺陷控制与节能关键技术之后的第三次获奖，填补了国内空白，成为省科研院所中唯一 6 年连续 3 次获得国家科技进步奖企业。获得国家授权专利从 2000 年的几乎零增长到目前 1700 余件，其中国际专利 197 件，发明专利 282 件。

"蚌埠院从科研院所到工程企业，这是一次传统的转型，现在很多人说建材产业产能过剩，以玻璃为例，只能说我国作为建材大国，一直做的都是低端材料，高端玻璃多依赖进口，我们一直做的就是自主研发，就围绕玻璃，开发出多种可能性。未来，也许我们的电视是可以卷着随身携带；居家的墙壁就可作影院；汽车顶部的玻璃就可以发电以供能源……"聊到未来科技改变生活时，彭寿侃侃而谈。

"挽狂澜于既倒，彭寿救企业于迷途"这是很多经历了蚌埠院由弱到强的玻院人之共识。近 40 年的坚守，从未一刻的停歇。"自古天道酬勤者，从来勇者立潮头"就是激励彭寿奋起的号角。

毫厘——薄雾罩来分咫尺，碧绡笼处较毫厘

2000 年左右的中国，改革开放已经带给人民物质生活水平的普遍提高，而当他看到市场上销售的大尺寸液晶电视，价格普遍在万元左右，玻璃的成本竟占到了 30% 左右，国内消费者往往难以承受。彭寿的心情久久不能平复，他暗下决心，中国一定要有自己的新玻璃技术，一定要做高端玻璃产品。

蚌埠院自成立以来，始终围绕玻璃进行布局，近几年，在提升传统浮法的过程中，将目光瞄准了那些有着更高科技含量，在改变人们生活方面更有作为的"新玻璃"。

蚌埠院让人印象深刻的第一块新玻璃是超薄电子信息显示玻璃。在智能手机、平板电脑等手持设备轻量化、超薄化的消费趋势推动下，电子产品的触控面板和显示面板所用的超薄玻璃成为电子信息显示产业上游的关键原材料产品，而中国在该领域一直受制于人。蚌埠院厚积薄发扭转了局面。

这几年来，蚌埠院利用自身在玻璃工艺研究和工程服务上的经验积累，结合自主创新技术与核心装备制造优势，利用浮法工艺在超薄电子信息显示玻璃基板领域不断挑战自我，突破性地实现了电子显示玻璃的超薄化，完全打通了电子信息显示玻璃产业链，对推动我国电子信息显示产业的发展具有重要的战略意义。

"玻璃是信息显示领域的一个关键基础材料，玻璃及其设备能够占到整个成本的 70%，很多还需要进口。"彭寿认为，中国企业不仅要掌握半导体

芯片的"中国芯"，玻璃基的"芯"也必须要掌握在自己手里。

要拥有玻璃基的"中国芯"，创新驱动是唯一道路。历史只会眷顾坚定者、奋进者、搏击者，彭寿的坚持终于迎来"守得云开见月明"。特别是，党的十九大指出，加快建设创新型国家，要突出"关键共性技术、前沿引领技术、现代工程技术、颠覆性技术"创新。

中国建材集团有限公司宋志平董事长在一次与彭寿的交谈中也提出了殷切希望，他说，中国的玻璃产业一定要实现"由传统玻璃向电子玻璃、光伏玻璃、节能玻璃"的转型。这更加坚定了彭寿向国际巨头"亮剑"的决心，"要做就做第一，中国玻璃要在全球市场与巨人共舞"。

在他和团队的努力下，原料提纯、玻璃成分及配方、新型熔化、超薄成型等1000多项技术瓶颈取得重大突破。终于，2013年10月引板成功，短短2个月内便完成了1.3毫米、1.1毫米、0.7毫米、0.55毫米玻璃的成功生产。2014年8月，国内最薄0.3毫米显示玻璃稳定量产，2015年3月，0.2毫米超薄玻璃稳定量产，完美赶超世界先进水平，主要质量性能指标与国外进口产品相当。但是，彭寿和他的技术团队没有停止前进的脚步，2016年5月，成功拉引0.15毫米超薄玻璃，实现了"超薄"到"极薄"的跨越。2018年4月，完全具有中国自主核心技术的世界最薄0.12毫米柔性触控玻璃横空出世，像A4纸般薄，可实现大面积连续生产，此项目还获得玻璃行业迄今为止的唯一一个中国工业大奖。

至此，彭寿带领的企业，彻底改变了超薄玻璃技术的"世界版图"，迫使国外企业多次降价，仅进口产品售价降低一项，中国电子信息产业每年就受益3000多万元，并利用该技术先后建成了20余条超薄信息玻璃生产线，产品在国内20多家主流面板企业批量应用，为下游产业降低成本约860亿元，保障了国家电子信息显示产业的安全。在保证我国信息产业的健康发展的同时，也大大满足了国内需求，电视、手机、平板等价格大幅下降，玻璃只占到电视成本的11%。如今，相同大小的液晶电视，价格普遍下降三四千元，广泛惠及了社会民生。

蚌埠院成功拉引0.12毫米超薄玻璃，创造了世界最薄浮法玻璃纪录。成为华为、小米国内主流品牌手机供货商，并通过韩国三星产品认证。

"像 A4 纸般薄，且是大面积连续生产的玻璃，难度是非常大的，每次新产品攻关，别看仅仅下降细微的 0.1 毫米，整个过程需要做几百次的试验。"聊起玻璃，彭寿兴致勃勃地反复强调，"我们就围绕玻璃，围绕玻璃的'超薄化、大尺寸化、超白化、多功能化'四化，为了国家的国防信息安全，推动材料革命，也就是推动绿色建材产业。我觉得我还年轻，还可以继续搞科研。"

　　"我还年轻"，不自觉想起年轻的时候读《年轻》，只觉得是读不懂的美文；再大些的时候读《年轻》，越发觉得美在深处。围绕玻璃行业，围绕高品质浮法玻璃、光伏玻璃、太阳能玻璃……没有人知道真正的巅峰是在哪里。

　　据了解，蚌埠院还将继续突破超薄极值，集中精力攻关 0.1 毫米极薄电子触控玻璃，创建"国家硅基新材料制造业创新中心"。

　　在一方天地，并不在乎外界吵闹，一生只努力做好一件事，直到完美。这样的心境是让人羡慕的。

撑起民族玻璃的脊梁

日本的"寿司之神"小野二郎先生，近60年的时间，一直在做寿司，因此他对寿司所注入的精神，以及其技巧绝对是世上第一。"我一直重复同样的事情以求精进，总是向往能够有所进步，我继续向上，以期巅峰，但没人知道巅峰在哪儿。我依然不认为自己已臻完善，爱自己的工作，一生投身其中。"

隐于高端玻璃行业，四十载纯净如初。这就是彭寿"薄雾罩来分咫尺，碧绡笼处较毫厘"的毫厘之争。

破立——为有牺牲多壮志，敢教日月换新天

2019年9月18日，在安徽蚌埠举行的中国首片8.5代TFT-LCD玻璃基板产品下线仪式上，时任中国建材集团有限公司党委书记、董事长宋志平讲了这样两段话：

> 20多年前，我跟随原国家建材局的访问团出访日本，当时我们的老局长提出，能否去参观日本某一家企业电子玻璃的工厂，但遭到了拒绝，我当时还很年轻，觉得这很屈辱，当年我们要看的生产线，实际上是低世代的电子薄玻璃生产线。一晃多年，我们现在自己做出了高世代的8.5代TFT-LCD玻璃基板，实现了我们中国建材人几代人的梦想。
>
> 我也想说，我们做出这件玻璃，其实真的不容易。我知道彭寿同志今年中秋节就是在生产线上过的，他和凯盛团队3年多一直投身于研究这块玻璃。我们的设计人员、工程人员、生产技术人员为了这块玻璃夜以继日地工作，这让我想起了毛主席的一句诗词，"为有牺牲多壮志，敢教日月换新天"。这个世界上从来都是一分汗水，一分收获，从来没有不付代价的午餐。今天我们能够把这块玻璃做出来，是件了不起的事情。

TFT-LCD玻璃基板是液晶显示面板的核心部件，是电子信息显示产业

的关键战略材料，其生产控制精度与半导体行业相当，代表着目前全球现代玻璃规模化制造领域的最高水平。8.5 代 TFT-LCD 玻璃基板，是信息显示玻璃行业"皇冠上的明珠"。长期以来，面对国外的技术封锁，该项国家战略性玻璃新材料一直被国外垄断。尤其是大尺寸液晶显示所需的 8.5 代 TFT-LCD 玻璃基板核心技术完全被美国康宁、日本旭硝子等少数几家国外企业所控制，玻璃基板成为严重制约我国显示产业发展的"卡脖子"问题。

为推动我国信息显示产业的高质量发展，2016 年，在科技部"十三五"国家重点专项的支持下，彭寿带领团队坚持自主创新，开辟高世代"中国制造"的新纪元，旨在提升我国电子玻璃在国际市场的主动权与话语权。作为项目负责人，彭寿的团队经过 3 年多持续攻关，取得了阶段性重大成果。从 2018 年 12 月 15 日窑炉进行安装，到 2019 年 6 月 18 日点火投产、2019 年 8 月 26 日成功引板，从点火到引板仅用了 70 天，创造了自主生产高世代液晶玻璃基板的"中国速度"。

"十年磨一剑，关键技术的突破并非易事。"彭寿在产品下线时，如是说。

在 8.5 代生产线上，每片玻璃都要经过配料、熔化、澄清、均化、成型、退火、切割、研磨、清洗、检验等数十个环节。以料方开发为例，美国康宁、日本旭硝子等外国企业在全球范围内申请了大量 TFT-LCD 玻璃基板配方专利，进行严密布局，大幅挤压开发空间。我国 TFT-LCD 玻璃基板配方研发工作不够系统，缺乏针对浮法工艺的玻璃配方开发。彭寿带领项目团队经过上千次配方试验，才终于研制出了自主产权的配方。

8.5 代生产线锡槽工段长吴星达说，8 月 26 日引板那天，整个引板过程持续近 2 个小时，当第一块玻璃出现在辊轴上时，全场掌声雷动，"出来啦！出来啦！"在场所有人都像迎接新生命到来一样欢呼雀跃，兴奋不已。

有人这样调侃彭寿：你现在都是大领导了，就不需要老跑现场，冲在一线了。

可心里装着项目的他却比以往去得更勤了。因为他知道，从引板到成功下线是一个艰辛漫长需要不断攻坚克难的过程，一刻都不能怠慢。

为了保证玻璃基板在 9 月 18 日这天成功下线，彭寿带领生产一线的同志们夜以继日地投入在技术攻关破解难题上，加班加点地不断调试，近在咫

撑起民族玻璃的脊梁

尺的宿舍没有时间回，夜里实在困得不行了就在临时休息室眯一会儿，醒了继续干，调试顺利的话大家都想再多调试一次，结果就调到了第二天早上；泡面成箱成箱地拆，一切只为争分夺秒赶在下线前达到预期产品标准。有的同事最多在生产线上连续工作了二十几天没有回宿舍休息，全身心地扑在工作上。

通常 TFT-LCD 玻璃基板的熔化温度在 1600℃—1700℃，锡槽段的玻璃成型也需要 1200℃左右。即便设备外面有保温棉隔热，但是它们周围的温度也是很高的，在这样的环境下作业难度可想而知。

彭寿时常带着一帮年轻人，进行锡槽段的设备调试，在高温下持续作业，一会儿的工夫他的衣服就完全湿透。因为所有人都是第一次拉引如此大尺寸的玻璃板，为了获得更优的设备工艺参数，他就只能这样不断反反复复尝试。他从来没有在意这有多难、有多热、有多累多脏，依然努力拼搏，干劲十足。

彭寿将自己的梦想和凯盛的梦想、电子玻璃强国的梦想紧紧的连到了一起。在梦想达成的那一刻，在他们心里，这一切的付出都是值得的！

如今当我们再次踏入 8.5 代 TFT-LCD 玻璃基板项目的现场，整洁明亮的车间、先进的生产线还有花园式的工厂环境，让每一位为之奋斗和拼搏过的员工都倍感自豪与喜悦。

8.5 代 TFT-LCD 玻璃基板的成功下线，只是彭寿带领蚌埠院"破"与"立"的对外表现。这些年，彭寿把"破"字诀和"立"字诀贯穿到企业改革发展的多个环节。

改革开放带来了经济的快速发展，同时也经历了一轮又一轮的产能扩张。党的十九大提出，深化国有企业改革，培育具有全球竞争力的世界一流企业，以供给侧结构性改革为主线，把提高供给体系质量作为主攻方向。

蚌埠院原本是一家老牌国有企业，改革开放后实行企业化管理，中国建材集团董事长宋志平 2003 年第一次到集团所属蚌埠玻璃工业设计研究院考察时，提出科研院所向"集成化、产业化（装备化）、工程化、国际化"转型。

面对产能过剩的突出问题，彭寿以供给侧结构性改革的思路，一方面带领企业率先淘汰落后产能，主动退出普通浮法玻璃，压减传统生产线数十条。另一方面，加强与行业内企业协同，走出一条转型升级之路、重组整合之路、国际化开拓之路，将"小玻璃"做出了"大文章"。

长期以来，玻璃行业民营企业居多，在进行市场协调时，往往很难形成统一行动，这也导致近十多年玻璃行业效益不断下滑。

面对困难，他勇于担当、敢挑重任，以义无反顾的决心和勇气承担了中国建材集团玻璃平台重组进程中的难题、难事。"联合重组的目标不是简单的做大，而是做强做优"，彭寿始终坚定这样的信念，洛玻集团划转至中国建材集团时，经营情况非常困难，彭寿接手后，果断将落后产能全部淘汰，对生产线统一进行改造提升，经过重整"棋盘"，洛玻的产品迈向高端，市场份额大幅提升，企业实现扭亏为盈。

重组整合释放了红利，这也增加了彭寿对行业的信心，之后，他逢山开路、遇水架桥，先后整合了安徽华光集团、黑龙江佳星玻璃、秦皇岛耀华、山东德州晶华、内江玻璃，并整合形成凯盛玻璃控股有限公司，成为中国玻璃行业的集大成者，他"做强做优中国玻璃"的梦想越来越照进现实。

蚌埠院现如今已成为国内硅基新材料产业技术创新能力最强、成果转化能力最强、涉及范围最广的科研院所之一，科研创新实力领先全国，不仅掌握了硅基新材料领域的国际一流技术，研发出 0.12 毫米超薄触控玻璃、TFT-LCD 超薄玻璃基板、超白光伏玻璃、空心玻璃微珠、铜铟镓硒薄膜电池、碲化镉薄膜电池等一批高端产品，打破了国外垄断，同时还用玻璃的新技术来发展智慧农业。近年来，蚌埠院科研创新成果丰硕喜人。蚌埠院拥有国家和省部级创新平台 32 个，累计承担国家 863、973、科技支撑计划课题11 项，获得国家科技进步奖 3 项，省部级科技成果奖 90 多项，获得授权专利 1769 多件。

彭寿作为蚌埠院的院长，2014 年底以蚌埠院为核心企业组建了凯盛科技集团，着力打造"凯盛"品牌。在成立至今的 3 年多时间里，凯盛科技一路披荆斩棘、茁长成长，不断自我调整，优化资源，发展成为拥有"玻璃、新能源、材料、装备、工程及中央应用研究院"六大板块的新兴产业科技创新平台。拥有成员企业 81 家，员工 1 万余人，3 家上市公司，业务覆盖全球上百个国家和地区。凯盛科技以创新带动发展，实现了一个又一个突破，并制定了到 2020 年实现 500 亿主营收入、50 亿元利润的战略目标。

"为有牺牲多壮志，敢教日月换新天"就是彭寿对于蚌埠院、对于中国建材、对于玻璃新材料事业的"破"与"立"。

远航——千磨万击还坚劲，任尔东西南北风

蚌埠院玻璃事业向国际市场的远航，其实是从一份"阳光"的事业开始的。

在玻璃工程领域取得成功后，彭寿开始为行业探索玻璃的更多用途，他把目光瞄准了新能源产业，"太阳能超白玻璃"就是他捕捉到的行业新"动力"。

2007 年，蚌埠院研究开发的日产 250 吨太阳能光伏玻璃项目，荣获中国企业新纪录重大创新项目奖第四名，而排名前三的分别是和谐号动车组、水立方和新一代运载火箭发动机。说到这个，公司上下无不充满了自豪，"可以说，我们打破了国际玻璃巨头对该技术的垄断，推动了我国太阳能光伏产业的快速发展"。

2008 年，该技术获建材行业科技进步一等奖，之后又获得全国优秀工程设计金奖。

当年，在向着超大浮法玻璃生产线进军的同时，超白玻璃生产线成为蚌埠院开拓市场打造品牌的又一个亮点。

太阳能光伏发电系统的玻璃基片需要使用的超白玻璃透光率在 92% 以上。超白玻璃科技含量高，生产难度大，售价是普通玻璃 4~5 倍，具有较高的附加值。此前世界上只有美国 PPG、法国圣戈班、英国皮尔金顿、日本旭硝子等少数企业掌握超白玻璃的生产技术，而国内由于没有企业能够生产超白玻璃，所需超白玻璃全部依赖进口。

在研发"太阳能超白玻璃"的过程中，彭寿亲自调兵遣将、主持科技攻关、成果转化和项目建设，组织完善自主创新体制机制，经过不懈努力，终于开发建成了世界单体规模最大的"一窑五线"光伏玻璃生产线，多个关键

指标处于国际领先地位。

在攻克光伏玻璃技术后，彭寿又看到了与该产业相关的另外一个关键材料——薄膜太阳能电池。攻克这块玻璃的过程可谓是"千磨万击还坚劲，任尔东西南北风"。

由于我国传统晶硅电池能耗高、成本高、污染大，尽管目前存在一定市场空间，但并不是未来发展的主流。凭借前瞻性的眼光，在欧债危机中，彭寿抄底收购具有国际顶尖技术水平的德国 CTF Solar 公司，快速提升了中国薄膜太阳能电池的核心技术。

接着，利用欧洲金融危机大背景，收购了当时岌岌可危却发展潜力巨大的世界 500 强法国圣戈班下属德国 Avancis 公司，为铜铟镓硒薄膜太阳能电池的国产化夯实了基础。收购的过程并非一帆风顺，在决定收购的前后两年间，他一直在国内国外来回奔波 10 次以上。

为了既能留住原公司的先进设备又能留住所有的德国科学家们，他不厌其烦地一次又一次做沟通，反反复复做工作，终于打消了科学家团队的疑虑。随后又邀请 Avancis 一行高管 25 人来到中国考察参观，高新尖的技术、强大的制造能力和完整的产业链体系，终于让所有的德国科学家们吃了一颗定心丸。

2017 年 10 月，国内首片铜铟镓硒薄膜太阳能模组成功下线，这标志着彭寿带领的企业已经全线打通中国太阳能光伏产业链。现如今，蚌埠院的铜铟镓硒薄膜太阳能电池光电转化率已达到世界第一的 19%。不远的将来，该产品将走入普通百姓的日常生活，骑行的电瓶车、电动汽车充电桩、室外车棚等都可以看到它的身影。

国内首片铜铟镓硒薄膜太阳能模组的成功下线，只是蚌埠院"国际远航"的一站。这些年，蚌埠院在国际市场上的成绩大单，更是可圈可点。

2009 年 6 月 2 日，国际玻璃协会在加拿大温哥华选举新一届执委会管理层，彭寿当选为执委会副主席，成为国际玻璃学术界的 11 位最高决策和执行成员之一，任期为 2009 年 6 月至 2012 年 6 月，这是中国人首次入选国际玻璃协会执委会的 5 人最高管理层。现如今，彭寿已经就任第 23 届国际玻璃协会主席，为中国在世界玻璃行业争得了更多话语权。海内外媒体纷纷聚焦，彭寿被称为国际玻璃协会的"何振梁"。

蚌埠院在国际玻璃产业中确立的地位，还首先缘于彭寿对国际市场的开拓。

与"巨人"共舞，方能成为巨人。这一句话，彭寿曾在多种场合多次提到，也贯彻在他的行动当中。当年，他在蚌埠院主持工作之后，做出的重要决定，就是坚持"走出去"发展战略，积极参与到国际市场。

当年，正当蚌埠院与原主管单位脱钩、划归中国建材集团之时，新上任的彭寿敏锐地洞察到：在国内很难改变"研究院最多收点设计费"的传统思路，走出去，从国际市场上找出路才是强企之策。他第一个走出国门，带领大家从国际市场的蛋糕中找市场，争份额。也就是从那时起，他成了名副其实的"空中飞人"，一天三飞、两天六城甚至一天七城的行程屡见不鲜。

2007 年，公司总承包的印尼 900 吨 / 天浮法玻璃生产线顺利投产，实现了中国浮法技术的新突破，获得了中国企业新纪录重大创新项目最大板宽和最低油耗两项新纪录。

2008 年，公司设计并总承包的埃及 120 吨压延玻璃生产线成功点火。

2009 年，公司设计并总承包、中非发展基金与中地海外建设有限公司共同投资建设的埃塞俄比亚首个玻璃生产线项目——汉盛玻璃厂，在斯亚贝巴投产。

2011 年，公司与加拿大 SUNLOGICS 公司在上海签署协议，双方将合力促进薄膜太阳能电池成套装备制造，并快速推进在新能源领域的业务拓展。

2012 年，公司在深圳又签订一份出口合同订单，为客户提供熔化能力为 600t/d 的优质汽车级浮法玻璃成套技术和设备，合同总额 7000 余万欧元。

2013 年，在美国新泽西理工大学举行了中国建材美国光电材料研究中心成立仪式，这是中国央企在美国公立大学建立的第一个研究中心。美国新泽西理工大学校长 JoeBloom 和蚌埠院院长彭寿代表双方在合作协议上签字。

2014 年，世界 500 强企业、全球建材行业排名前两位的巨头在北京签署资产交割协议，标志着中国建材集团所属蚌埠院正式并购法国圣戈班所属 Avancis 公司。

2015 年，在哈萨克斯坦总理马西莫夫的见证下，公司和哈萨克斯坦

Best-Group NS 公司在北京钓鱼台国宾馆签署了哈萨克斯坦曼吉斯套州 5 兆瓦光伏电站项目的合作协议。

2016 年，公司与阿尔及利亚、印尼、埃及等国家进行产能合作；为国内玻璃巨头福耀、信义在美国、东南亚发展提供技术支持；建成国外首条 1200 吨韩国现代汽车玻璃生产线等，玻璃工程新签海外合同 23 亿元。新签美国、葡萄牙、缅甸、日本等国家和地区光伏电站合同 13.5 亿美元，包揽承建英国单体装机容量前三名光伏电站工程建设，获得英国光伏项目年度大奖，成为欧洲最大中资光伏 EPC 总包商。

2017 年，由蚌埠院自主研发，兴科玻璃生产的 CIGS 薄膜太阳能电池背电极材料——钼合金背板玻璃装箱运往德国 Avancis 太阳能公司，这是我国同类产品首次出口欧盟国家。

2018 年，在美国加州建设的 100 兆瓦最大光伏电站正式竣工，同时新签 300 兆瓦光伏电站 EPC 项目。

2019 年 1 月，德国 CTF 公司中国部在成都市高新区峰汇中心揭牌。

2019 年 6 月，蚌埠院与马来西亚安德利光伏有限公司签约了马来西亚

撑起民族玻璃的脊梁

大型光伏地面电站项目，标志着蚌埠院成功开拓了马来西亚市场。

这样的事例还有很多。其实早在 2002 前，越南日产 400 吨浮法玻璃生产线工程设计项目进行国际招标，数十家世界著名公司前来投标。经过十几回合谈判，蚌埠院凭借优秀的技术和管理能力，一举取胜。首战告捷，企业声名远播，当年就一举签订了哥伦比亚、缅甸、越南等国的五项工程总承包和技术服务合同。

彭寿认为，行业要在国际市场占有一席之地，不仅要聚焦主业，还要拓展相关多元产业。为此，他强化工程服务模式创新，以"一带一路"为契机，与行业内企业抱团出海。

近年来，共向 17 个国家出口 56 条高品质玻璃生产线，创汇 50 多亿美元，国内高端玻璃工程市场占有率、中国出口高端玻璃工程市场占有率突破 90%，新能源工程、智慧农业工程、新型房屋工程遍布全球，成为欧美顶级光伏电站 EPC 工程服务商。

同时，积极推动中国玻璃技术和装备走向世界，与福耀开展创新研发，共同完成具有自主知识产权的汽车前风挡原片玻璃技术，为福耀在美国发展提供技术支撑，树立了中国玻璃的国际品牌。

经过多年积累，公司目前已与近 300 家跨国公司保持良好合作，与西门子、三菱等世界 500 强企业建立了战略合作伙伴关系，海外工程由东南亚、中东、非洲发展到全球，创汇数亿美元。数年来共签订了国外玻璃和水泥工程总承包、技术服务以及对外贸易合同近百项，合同额增长了十几倍，国外项目收入已占公司总营业收入的 70% 以上。

一次次走出国门的成功合作，不仅在世界舞台上展示了中国技术的魅力，也为国家创造了财富，"凯盛"品牌的影响力、竞争力和美誉度、忠诚度得以大幅提升。

眼下，公司占领了 90% 左右的用中国技术设计建设的国外玻璃生产线。同时，企业集团在土耳其、哥伦比亚、蒙古、沙特等国家承揽了几十个生产线设计与工程总承包项目，合同额达十几亿美元。

麦哲伦说："我们将开始人类历史上前所未有的远航。我们中间有些人会葬身大海，不可能所有人都回来。但是，我们将会证明，地球是圆的。"

蚌埠院的国际拓展就是彭寿带领所有玻院人"千磨万击还坚劲，任尔东西南北风"的"远航"。

初心——长风破浪会有时，直挂云帆济沧海

习近平总书记在庆祝中华人民共和国成立 70 周年大会上铿锵说道：中国的昨天已经写在人类的史册上，中国的今天正在亿万人民手中创造，中国的明天必将更加美好。全党全军全国各族人民要更加紧密地团结起来，不忘初心，牢记使命，继续把我们的人民共和国巩固好、发展好，继续为实现"两个一百年"奋斗目标、实现中华民族伟大复兴的中国梦而努力奋斗！

彭寿谈到蚌埠院的初心和使命时，坚定地说道：蚌埠院的初心和使命就是要把民族玻璃工业的大旗高高举起，在行业中做领头人，在行业发展中做奋斗者，在行业前进中做创新者，要勇于担当、持之以恒、不懈奋斗，全力创造企业高质量发展的优异业绩。

这也是彭寿自己的初心。

有人给彭寿统计过：一年 365 天，彭寿有近 270 天穿梭在世界各地。今天，彭寿带领的企业，经营业绩持续保持双位数增长，销售额增幅高达440 倍。

惊人的数字背后是他无数个日日夜夜的辛勤付出，自担任企业领头人后，有人戏称他"从没有连续在同一张床上睡过三天的觉"。早上还在上海开会，下午又出现在千里之外的工地上，而第二天他很可能已经身处异国，与国外客商谈判。即便在旅途中，他也常常把飞机、汽车当成自己的办公场所，完善企业发展战略，描绘公司新的蓝图。

今天，彭寿扛着中国建材传统玻璃整合发展、新型玻璃创新发展的大旗，打造了"凯盛玻璃、凯盛材料、凯盛新能源、凯盛装备、凯盛工程、中央应用研究院"六大平台。

同时，他挑出精兵强将，在各战略高地分兵据守，先后在蚌埠、上海、北京、深圳、成都及美国、德国等地建立研发和产业基地，构建了覆盖国内外的业务网络，国外市场已从东南亚、中东、非洲、欧洲、美洲发展至全

球，并与近 300 家跨国公司保持良好合作。

在他的带领下，企业连续多年跻身美国《ENR》全球顶级工程设计咨询公司 200 强，跻身全国勘察设计企业、工程项目管理企业和工程总承包企业前 10 强，几乎囊括了全国"五一"劳动奖状、全国文明单位、全国先进基层党组织、中央企业先进集体等中央企业所有最高荣誉。

成就背后是无数人的辛勤付出，再强的将领也不可能孤军作战。为了培养人才，蚌埠院近年来建设了浮法玻璃新技术国家重点实验室、玻璃节能技术国家地方联合工程研究中心、国家示范型国际科技合作基地等十几个国家级创新平台，建立了以美国新泽西研发中心、德国慕尼黑研发中心、浮法玻璃新技术国家重点实验室为依托的百名博士创新团队。

企业有了发展，彭寿更关心的还是整个行业如何实现高质量引领，作为连任两届的全国人大代表，他以高度的责任感和使命感处处为行业发声。2018 年全国两会期间，彭寿在每次接受采访时，挂在嘴边的一句话就是，"我再度当选全国人大代表，这是建材行业快速发展得到社会广泛认可的有力说明，我代表的不是我个人，而是整个建材行业，我深感责任重大，使命光荣"。

作为建材行业的老代表，彭寿始终践行着自己的承诺，在过去的 5 年，他共提出了 24 项建议，有力推动了建材行业发展。今年，他围绕行业创新改革、"一带一路"、产能过剩等又提交了 4 项建议，每个议案都紧扣行业需求，每条建议都为行业建言献策。

在彭寿的带领下，中国的玻璃技术产业在国际社会得到一致认可，他持续在全球传播中国声音，展示中国技术，亮出中国品牌。

在他的努力下，第 24 届国际玻璃大会成功在上海举办，这是时隔 21 年后第二次在中国召开。大会上，彭寿被授予"国际玻璃协会主席终身成就奖"，表彰他在世界玻璃行业做出的突出贡献。美国当地时间 2018 年 10 月 15 日，美国材料科学与技术大会暨美国陶瓷学会第 120 届年会在俄亥俄州召开，彭寿被授予"硅酸盐技术创新领袖奖"，他也是首位在世界玻璃技术领域获得这一奖项的中国科学家。

彭寿性情豪爽，做事大刀阔斧，但他还有细腻柔情的一面。企业里无论哪位同志生病住院，只要他在，必定亲自到医院看望；如果身在外地，也一定托人送去问候。有次，一位同事在聊天中无意中提及父亲生病的事，过后同事已经忘记，可他却记在了脑子里，回来的当天晚上，他就前往医院探视。

彭寿的十足干劲和细腻柔情，和他一起干事的人自然也会被他感染。

2017年，主要负责玻璃镀钼技术研发的夏申江博士，作为浮法玻璃新技术国家重点实验室特聘专家，之前与公司签订了3年合同，现在他的合作马上就要到期了。他和家人商量后，给彭寿发了条信息，"彭总，我们的合作已经到期了，但我希望能继续延长，并且延长5年以上……"用海归博士潘锦功的话讲："我们为中国建材的文化所感染，为凯盛精神所感染，所以我义无反顾从America来到China。"

"做项目的都是年轻人，充满着渴望，年纪轻轻的夫妻分居，有些人还没有孩子，有些人甚至连对象都没有。他们来到这里为了什么？价值，这里没有大锅饭，不为多和广，而为均。"彭寿说："我们大家是一个团队，今天又有新的人才加入……"

正是这样的一位企业领导者，和他一起干事的人也对这份事业充满了执着和热爱。用他自己的话说，他的团队是"60后"有舞台、"70后"有平台、"80后"能担当、"90后"更是敢于冲锋。

就是带领着这样一个充满激情和梦想的团队，他们不断打破国外垄断，填补国内空白。怀着"初心"，在"长风破浪会有时"的坚定中，推动了民族玻璃新材料事业的"直挂云帆济沧海"。

大多数人在本质上都是孤独的，只是在这孤独中，又分类。但人不能孤独地活着，之所以有"作品"，是为了沟通，透过"作品"去告诉别人心里的想法，眼中看世界的样子，所在意的、珍惜的。所以，"作品"就是自己。

以彭寿院长为代表的，是向内收敛，并不在乎外界吵闹，心安理得珍惜自己生活的人，这种人被称为"职人"，努力做好一件事，直到完美，坚守最初的决心。彭寿投身玻璃行业近四十载：

用"自古天道酬勤者，从来勇者立潮头"的勇毅，吹响前进号角；

用"薄雾罩来分咫尺，碧绡笼处较毫厘"的坚守，不懈咫尺毫厘；

用"为有牺牲多壮志，敢教日月换新天"的创新，一路改革破立；

用"千磨万击还坚劲，任尔东西南北风"的决心，引领国际远航；

用"长风破浪会有时，直挂云帆济沧海"的戮力，牢记初心使命。

彭寿，他用不懈创新，撑起民族玻璃的脊梁！

盾构机畔杜鹃红

——记中国中铁工程装备集团有限公司总工程师王杜娟

◎文／中铁工程装备集团

秦岭，是长江、黄河分水岭，南方、北方分界线，号称天下大阻、九州之险。

一山横亘，风雨裹足，山南岭北，景物两殊。飞鸟猿猱难渡，秦蜀不通人烟。韩信修栈道，武侯造流马，犹不免抚膺长叹。

新中国将第一条电气化铁路布局在了西部，由宝鸡越秦岭，南抵成都。

钢钎铁锤，肩挑背扛，几乎完全依赖人力的宝成线盘山而上，百步九折、线路层叠，蔚为奇观。

要想富、先修路，沿线群众受益无穷。

只可惜，西部的疆域太过辽阔，一条铁路载不动乡亲们的小康梦。

西部大开发战略提出前夕，交通再次当先锋——1995 年，西康铁路也将穿越秦岭。

这是一条当时桥隧比最高的铁路，其中位于长安县和柞水县交界处的秦岭隧道，两线并行，全长 18.46 公里，最大埋深 1600 米，隧道两端高差 155 米。隧道长度为当时国内第一、世界第六。

这里地处北秦岭中低山区，地质构造复杂，地质灾害严重，断层、涌水、岩爆等难题，一个个涌现在施工者面前。

"砰！"这是岩爆。毫无征兆地，大块小块的石头，从侧壁、拱顶纷落如雨，毁车伤人。

"我们不干了！"有的施工队被吓破了胆，收拾行李走了。

迎难而上，中铁隧道集团坚持了下来。

为了保障安全、缩短工期，中铁隧道集团吃了"螃蟹"——花费 3 亿多元，从德国采购了两台硬岩掘进机。这是我国第一次在隧道施工中使用大型盾构机。

盾构施威，高山颤抖。Ⅱ线隧道实现了无爆破、无震动、无粉尘快速掘进，创造了月掘进 528 米和日掘进 40.5 米两项全国纪录，达到国际先进水平，比Ⅰ线隧道提前 10 个月贯通。

埋首山间的建设者们不会想到，中国从此进入了机械化穿山跨海的新时代。

埋首山间的建设者们没有想到，一部中国人自主研发、设计、建造盾构机的壮阔史诗，从此拉开了大幕。

当然，更不会有人想到，一位女性，将在穿山越海的攻坚战中，冲锋在前。

筑梦：山间杜鹃向阳开

当盾构机跨越重洋，穿越半个中国，钻进秦岭时，一位名叫王杜娟的乡下女娃，羞羞怯怯地走出了八百里秦川。

王杜娟的父亲叫王忠田，陕西扶风人，曾在秦岭腹地服役多年。

秦岭盛产高山杜鹃，每年5月，杜鹃盛放，如烟如霞，似海似潮。喝过墨水，人称秀才的王忠田，爱煞了秦岭杜鹃。退伍成家，他干脆给自己的两个女儿取名雅娟、杜娟。

与杜鹃花一样，王杜娟从小坚韧乐观，倔强好胜，甚至很有几分男孩子的调皮。

"你长得不漂亮，脾气又坏，我看你以后嫁不出去咋办！"有时妈妈这样嘟囔她。

确实，王杜娟从小就称不上漂亮，脸部轮廓过于刚毅，缺乏弱女子的柔美。鼻子不算挺，一笑起来，眼睛就眯成一条缝。

当然，大多时候，妈妈对会学习、能干活的王杜娟称赞有加。

父亲外出打工，母亲操持家务，姐姐体弱、幼弟娇惯。打小，王杜娟就是家里的"壮劳力"。拉架子车、割麦打捆垛麦秸，干的都是重体力活。

在学校，王杜娟是那种"别人家"的孩子，课文读上两遍就会背，很少考第二名。有一次考了第三名，她气得哇哇大哭。

尽管成绩出色，但因为家境不好，高考时，王杜娟听从了学姐的建议，填报了好就业的石家庄铁道学院。

为了供王杜娟上学，姐姐、弟弟老早就辍学打工了。为交学费，家里还借了不少钱。

懂事的王杜娟一入大学，就开始勤工俭学。她和另外两个同学承包起了女生宿舍的卫生打扫，每人两层楼，扫楼道、擦玻璃、冲厕所……

4年时间，1400多个日夜，同伴换了一拨又一拨，王杜娟却一直坚持到毕业。

依靠双手，加上每年的奖学金，王杜娟解决了自己4年的生活费。

"成绩优秀、有毅力、能吃苦"，她给辅导员留下了深刻印象。

不过，当时的王杜娟并没有什么远大志向，只想着赶紧毕业、上班、挣钱、还账，然后相夫、教子，做一个好女人。

到了找工作时，王杜娟傻了，没有单位愿意招收女生。她跟男友又不愿意分开。

还好，当时急缺人才的中铁隧道集团来了，男女都要。

王杜娟和男友同时投简历，同时被选中。签约时，本该庆幸的王杜娟提出了一个"过分"要求："建筑行业流动性强，我老公可以流动，我不能流动，我要给他做坚强后盾。"

招聘负责人一口答应，并把这一承诺写入了协议。

到了分配时，王杜娟的男友被分配到南京项目上。王杜娟也差点儿被"流动"出去。

王杜娟拿着协议，找领导据理力争。终于被分配到了大后方——位于新乡的中铁隧道机械厂，这里也是中铁装备的前身。

王杜娟没有想到，本想在这里做家庭后盾的她，会被命运推送到市场白刃战的最前沿。

当时的中铁隧道集团，正在被"螃蟹"折腾得手忙脚乱——买来的洋盾构不仅价格昂贵，而且处处受制。

刚入职，王杜娟就赶上了一场奇怪的谈判：

外方要卖给中铁隧道一台旧盾构，但价格要按照新盾构结算，还要对配件进行加价 100%。

"真是岂有此理！"虽然不知道事情的来龙去脉，刚出校门的王杜娟还是被惊呆了。

由于这种无理要求，谈判一下子陷入僵局。等中方提出再次商谈时，外方代表已不告而别。

还有一次，王杜娟和同事们根据外方图纸，加工一个简单的拖车钢结构件。

细心的王杜娟发现，图纸中有几处错误。毕竟刚工作，她怕是自己看错了，就跟师傅求证。

结果，她发现，师傅拿着图纸，也在皱眉，用红笔在图纸上圈了又圈。

大家索性把各自发现的错误都说了出来，这下子不得了，仅这一个简单的部件，错误就超过 100 处！

不过，因为不是设计方，王杜娟他们无权修改图纸，只好催外方派设计人员来处理。

"你们负责往返交通、食宿。住五星级酒店，每天要吃牛排。每天工作 8 小时，周末不加班，走出家门开始算工作时间，日工资 1 万元人民币……"

一长串要求提出，王杜娟和同事们傻了，也怒了，你们图纸错误，不但没有赔偿还要收费！

公司领导的一句话，让王杜娟陷入了沉思："没有核心技术就没有话语权，永远只能受制于人。"

咽下怒气，强作欢颜，大家迎接远道而来的一位位洋专家。

一台洋盾构趴窝了，每天都会带来近百万元的损失。心急如焚的中国人只能眼睁睁地看，急切切地等。

再次求援，除了前边的条件，洋专家又加上了新的苛求："中午要游泳，维修时中国人不能在场。"

工人们只好在工地上修一个游泳池。

王杜娟心想，服务得这么精心，洋专家总该满意了吧。

然而并不会。

洋盾构再次生病了，洋专家在井下待了半小时就开出了"处方"：液压

盾构机畔杜鹃红

系统出现严重损毁，需重新购置。

对盾构已经有所了解的中国人也悄悄诊断过，对液压系统稍加改造即可，比"洋处方"节省300万元。

听到中国人的建议，洋专家勃然大怒，拂袖而去。

一次次的屈辱，在王杜娟和同事们的心底播撒下愤怒，萌发出梦想：一定要造中国人自己的盾构机！

这是企业的梦想，也是国家的梦想。

有关部门已经注意到，洋盾构拆不开、看不透，施工时有泄露国家地理信息的可能，用于国防工程建设更是危险。

中国需要自己的盾构机，成为国家意志。

2001年，中铁隧道局承担的"关于隧道掘进机关键技术的研究"被正式列入国家"863计划"。

2002年10月，由18人组成的盾构机研发项目组正式成立，本想给家庭做后盾的王杜娟成为其中一员，当时她24岁。

追梦：不信东风唤不回

读书时，王杜娟身边就是男多女少。上班了，更是万绿丛中几点红。

一看招来的5个大学生有3个女生，单位领导当时就沉下了脸："这活儿怎么干！"

刚到车间，王杜娟跟着一位四川老师傅学习。看到稚气未脱的王杜娟，老师傅半是心疼半是玩笑：

"一个女娃儿，咋会干起这个来啰，又脏又累。怕是这个徒弟不好带哟！"

工人们哈哈大笑，王杜娟脸热心跳。她咬紧了下嘴唇，没有哭出声，可已是满脸泪痕。

在师傅的"关照"下，王杜娟填填表、扫扫地，比上学还轻松些。

眼睛里有活儿的王杜娟，看到同事忙不过来，总想上前帮把手。

师傅老远就喊："女娃子莫逞强，莫搞脏衣服啰。"

"这样下去，一辈子也是个学徒！"王杜娟暗下决心，一定要改变别人对自己的看法。

第一个来，最后一个走，修机器、拆零件、搬设备、开行吊，王杜娟一身油渍、满手黢黑。要不是扎着马尾辫，谁也看不出来她是个女员工。

两个月下来，王杜娟的工时全车间第一。

"我这个女徒弟了不起，跟别的女娃子不一样，有前途。"师傅竖起了大拇指。

作为技术人员，只会苦干可不行。

白天，王杜娟向工人师傅请教，遇到问题亲自动手，现场操作；晚上，她认真查阅资料，搞懂原理，遇到问题就泡图书馆。

一年后，王杜娟成为全车间第一个女性项目负责人，也是盾构研发小组中为数不多的女性。

听说中铁隧道找了一批年轻人，要造盾构机。有人撇了嘴："你们见过几个盾构，就想自己造？异想天开！"

是啊，盾构机是集机、电、液、气、传感于一体的大型自动化掘进设备，号称工程机械之王。零部件超过 2 万个，仅控制系统就有 2000 多个控制点。

当时，王杜娟身边不少的同事刚走出校门，还真没怎么见过。即使见过，也是远远一瞥。盾构机的"五脏六腑"长啥样，"大脑神经"怎么运作，还真就说不清。

项目启动后，王杜娟和同事们做的第一件事，就是到处看盾构机。

盾构机并不是老老实实躺在车间，等人来参观。一旦生产后，就会奔赴深山、地下、海底……

距离远、交通差、水压大，这还不是王杜娟最大的苦恼。

长期以来，或是出于说不清的迷信，或是行业悠久的传统，隧道行业跟煤矿、航运行业一样，将女性的到来，视为禁忌。

中铁装备研究院院长、党委书记贾连辉与王杜娟共事多年，两人经常一起出差，见多了王杜娟与施工方斗智斗勇、软磨硬泡，"她特别执着，非要进去看，很难拦得住"。

通常，王杜娟把头发绾进安全帽，把脸涂脏，冒充男工蒙混进去。

有一次，伪装被人识破。王杜娟就指着隧洞外的盾构配件，跟项目机电总工说，这件摆放的位置不对，那件可以改造再利用，那两件需要保养维护。

聊得投机了，王杜娟真诚地说："我进洞是为了学习盾构，也是为了造咱们自己的盾构，我们谁都不愿意永远受制于人。关于进洞后的安全责任，我自己承担，如果你们还不放心，我可以先写份保证书。"

机电总工被眼前这个真诚的小姑娘说服了，不仅放行，还脱下自己的防护鞋让给她穿。

还有一次，项目经理明确表态，就是不让女同志进隧道。

王杜娟费尽唇舌也无用，最后使出了杀手锏："如果今天我不进去，你就阻碍了民族工业发展。"

项目经理笑了："那么大帽子扣下来，我可承受不了，你去吧。"

隧洞里地面不平整，有时会铺设钢格板，王杜娟小跑跟着同事一路前行，跌倒在油污中，爬起来再跑的身影，至今还在许多同事脑海中浮现。

盾构机看了一大圈。王杜娟和同事们确定了"引进设备—联合制造—消化吸收—自主开发"的圆梦之路。

千里之行，积于跬步。

最开始，王杜娟他们只能从外国盾构的配套产品开始做。

2004年8月，三伏天，辽宁大伙房TBM的组装调试工地上，焊花四溅、机器轰鸣。王杜娟头戴安全帽、扎着马尾辫，不时蹲下来对照图纸查看机器的部件结构，然后认真地在图纸上做标记。瘦弱的身影在几乎全是男性的人群中显得特别抢眼。

王杜娟是这个项目国内制造部分的结构设计负责人。她需要对3500多张技术图纸进行消化转换。

第一次跟盾构直接打交道，王杜娟非常重视。她带领技术人员，放弃一切节假日休息，白天消化图纸技术，晚上翻译资料信息。

经过三个月的连续奋战，终于完成图纸的消化转换，最终保证了项目的如期完工。

牛刀小试，锋芒初露。

2005年初，王杜娟又接了一项任务，负责引大济湟双护盾TBM的组装工作。此时，她刚刚怀孕。

"不准干重活、不准加班、不准熬夜"，家人给她规定了三条禁令。

然而，王杜娟一条都没有遵守。在车间，她经常爬到6米高的台阶上检查设备。清标时，她和同事一起对各家盾构机的资料进行分析研究，比较参数、核实数据、查阅资料，常常奋战到凌晨两三点。

项目组在公司完成所有的技术工作后，需要在青海的项目上进行现场组装设备。

当时已怀孕8个月的王杜娟提出，要跟队去青海。当她收拾好行囊，准备出发时，被公司领导拦住，狠狠地批评了一顿：

"那里是高原地区，正常人都会有高原反应，你一个临产孕妇，不要命了！"

就这样，王杜娟被硬生生地从车上拽了下来。到现在，她还觉得是个遗憾呢。

并非王杜娟不近人情。只是第一次负责整台TBM组装调试，她觉得跟自己的孩子一样，实在割舍不下，真想寸步不离。

2005年12月，王杜娟的孩子平安降生。

一个月后，引大济湟双护盾TBM顺利组装完工。

双喜临门！

王杜娟兴奋地跟丈夫说，感觉自己生了"双胞胎"。

不过，王杜娟显然对事业上孕育的孩子更加偏心些。这不，刚坐完月子，她的心思就又飞到了单位。

此时，中铁隧道正准备研发自己的第一台盾构机。

"这一刻，我期待了好几年，怎么能错过呢？"王杜娟心急如焚，又怕领导忘掉自己，就在项目组安插了一个"情报员"，好及时掌握设计评审会的情况。

刚开始，王杜娟背着家人，隔三差五地往单位跑。孩子两个月的时候，她干脆提前结束产假，正式投身到了项目中。

毫无疑问，王杜娟是在自讨苦吃。

时任中铁隧道局主管设备副局长的李建斌跟研发团队说："集团公司投了 4000 万，这钱要打了水漂，谁也负不起责任。"

一没技术，二没指导，每一个关键点都是一根硬骨头，啃一口就硌牙。王杜娟和同事都变成了阿 Q，学会了用精神胜利法安慰自己。

经过两年不懈努力，2008 年 4 月，王杜娟和同事们终于成功研制出我国第一台拥有部分自主知识产权的复合土压平衡盾构。

样机随后被应用到天津地铁项目。业主起初以为是进口盾构，便将其用在施工难度最大的标段——地表以上是渤海大楼、张学良故居、瓷房子等组成的历史文化街区。

王杜娟和同事们每天在工地上守着，心里万分紧张，可又不敢告诉业主实情。

"以我现在对盾构机的了解，我可能很难下决心，将一台样机用于这样的工况。但当时没有别的选择，国产盾构机终究要接受市场的检验。"

还好，与工地上其他几台外国盾构机相比，国产盾构的表现最为突出，不但掘进速度快，还把地表沉降控制到了 3 毫米以内。业主对此赞不绝口。

首战告捷之后，这台功勋盾构机被正式命名为"中铁一号"。自此，"洋盾构"一统天下的格局终于被打破。国产盾构开始从外国品牌手中一点点地夺取市场。

作为"中铁一号"的主要设计者，王杜娟获得了河南省科技进步一等奖、中国铁路工程总公司科学技术特等奖。

不过，在她自己看来，最可贵的是"中铁一号"让她建立了强大的自信。"不论遇到何种情况，做最好的自己，才能不为暂时的烟雾所迷惑，不被眼前的困难吓倒。"

"中铁一号"也进一步坚定了中国中铁发展国产盾构的信心。

2009 年 12 月，由中国中铁直接管理的中铁隧道装备制造公司成立。厂区里到处贴满了"装备中铁、装备中国、装备世界"的标语。

有人说，这是痴人说梦。

王杜娟却说，方向对了，不怕路远。

织梦：回看桃李无颜色

据说，盾构机是侨居英国的法国工程师布鲁诺尔，受到一种外号叫"凿船贝"的软体动物启发而发明的。1818 年，布鲁诺尔获得了盾构专利权。

漫长的发展过程中，盾构机繁衍成了庞大的家族：一般来说，用于地铁施工的叫盾构机；穿山越岭的叫 TBM；穿江越海的叫泥水盾构。

不同型号的盾构，最大的区别在于刀具。对此，李建斌形象地说："不能用切肉的刀去劈柴，相反，也不能用劈柴的刀去切肉，地层结构不一样，就要用不一样的刀具。"

中国幅员辽阔，地形地质复杂，需要多种型号的盾构。因此，"中铁一号"成功后，王杜娟和同事立即投入到了新型号盾构的研制中。

2010 年，中铁装备鏖战市场的第一年。为顺利拿下重庆轨道交通建设盾构采购项目，王杜娟根据重庆地质情况，提出了"硬岩盾构"的全新设计理念。

"硬岩盾构"性能介于复合盾构和硬岩掘进机之间，既能满足施工工期要求，又有着生产周期短、造价低的优势（造价仅相当于 TBM 的 1/3）。

独特理念、卓越性能、低廉造价，当然赢得业主青睐。中铁装备一举中标了 9 台硬岩盾构。

此前，中铁装备只有十几台盾构设计制造的经验。一次完成 9 台复杂的硬岩盾构机，而且时间很紧，压力可想而知。

更可怕的是，公司的一位业务骨干被高薪挖走了。

"有信心保证每一步设计的科学严谨性，有决心打赢这场攻坚战！"危急时刻，王杜娟挺身而出，提出了全新的设计理念。

由于历史原因，前面十几台盾构机设计都是从部件图到总装图。但在总装过程中，经常会发生大的干扰而返工。王杜娟提出，设计应该从总装图到部件再到零件。

"所有人都说设备太大，零件太多，不可能做到。可是数量这么多、工期这么紧。一旦返工，就可能是 9 台一起返啊！我觉得再难也要试一试！"

面对大家的质疑，王杜娟向公司领导立下了军令状。

地质勘察、参数计算、方案修改、设联评审……王杜娟带领着 30 多人的团队奋战 49 天，做出了中铁装备第一份总体设计图。

期间，为保证设计质量，王杜娟跑遍了重庆的每一个地铁建设工地，往返新乡、重庆近 10 次，行程达 15000 多公里。

每一次进入隧道，她都会认真地与盾构司机、维保工、操作工做交谈，倾听一线工人在设备使用过程中的心得和建议，并一一详细记录下来，再在后期的设计中优化改进。

2010 年 8 月，首台真正意义的"硬岩盾构"终于完工。验收组眼前一亮：

针对重庆完整性较好的砂岩地层，该设备采用大功率、高转速的 TBM 设计思路，驱动功率达 1200kW，保证在小贯入度情况下的掘进速度；

针对重庆的泥岩，采用了 660kW 电驱设计，配置个性化的渣土改良系统，防止泥岩掘进过程中泥饼的产生；

针对硬岩掘进中产生的高温现象，设计配置了有效的喷水降温系统，降低高温对刀盘刀具的影响；

针对敞开式掘进情况下螺旋机的排渣情况，对螺旋机结构采取特殊设计，有效保证出渣效率，减小刀具二次破碎磨损等。

"量身定做，非常实用！"验收顺利通过。

此后 6 个月，其余 8 台设备相继出厂。较传统方法节省了好几个月时间。

为践行即时响应、快速服务的服务理念，设备总装期间，王杜娟带领部件设计师轮流常驻重庆，在重庆 40℃高温下，与工人一起组装设备。

有一天，大家所住的小镇停电了。为了洗澡，男技术员结伴去了水库，临走时所有人把饮用水集中到了王杜娟的房间。

"我生平第一次用矿泉水洗了个澡，那种幸福感到现在还能体会到！"

在此期间，以"重庆轨道交通六号线"为项目依托的河南省十一五重大科技专项"硬岩盾构成套装备关键技术研究及应用"项目也通过立项评审，并于 2012 年 10 月通过评审验收。

当专家组在验收评语中写上"整机技术填补了国内空白"这句话时，在场的所有人员都将目光投向了王杜娟。

王杜娟笑了，笑的是那么开心，犹如杜鹃初绽、大地春回。

不过，来不及舒缓下紧张的神经，她就又奔赴到了离重庆不远的成都。

成都是冲积平原，沃土之下，砂石遍布，是地下隧道施工中难度最大的地区之一，堪称"中国地质博物馆"。

2012 年以前，只有德国盾构才能进入成都施工。

王杜娟不服气，她认为国产盾构一样可以。为此，她带着团队对成都地铁施工条件进行了深入的专业分析和数据调研。之后，她拿着方案一次次奔赴成都，找业主争取机会。

一次不行两次，两次不行四次。方案不断修改、完善。

当王杜娟不知第几次拿着修改后的方案到成都时，终于争取到了 4 台盾构的入场资格。

当盾构机在成都开始施工后，正在外地开会的王杜娟忽然接到了电话，成都施工工地盾构机一始发就出现了堵仓现象！

"天要塌了！"王杜娟眼前一黑，差点儿昏倒。

"别担心，就是天真的塌了，也先砸我。"时任中铁装备董事长李建斌安慰她说。

为避免类似问题再次发生，王杜娟跟着老专家前任总工张宁川根据成都无水砂卵石的地质条件，在刀盘中心加了高压喷水枪，彻底解决了堵仓的问题。

"现在国内外的盾构机，只要在成都施工，都会加装喷水枪。"王杜娟一脸自豪。

小小的风波过后，第一次进入成都市场的国产盾构在掘进速度、稳定性、实用性，以及材料的消耗、故障率方面，都不比进口产品逊色，还提前一个月完成了隧道掘进任务，得到了业主的高度评价。

中铁装备顺势出击，又在成都一举拿下 17 台盾构订单。

走进一座城，插上一面旗。红旗越插越密，道路越来越陡。

2014 年 1 月，吉林引松供水工程 TBM 施工向全球公开招标。

盾构机号称工程机械之王，TBM 则是王中之王。业内人都清楚，掌握不了 TBM 技术，就不算是成熟的隧道掘进机制造商。TBM 的竞标舞台上，还从来没有过中国人的身影。

"国内的装备制造商，能做好 TBM 吗？"吉林业主疑虑重重。

为了消除业主疑虑，时任中铁装备董事长李建斌，时任中铁装备总经理谭顺辉，以及刚刚出任中铁装备总工程师的王杜娟，多次到吉林跟业主沟通，并不断优化设计，最终提供了技术、价格均极具竞争力的解决方案，打动了业主。

2015 年，黎巴嫩政府宣布了一项浩大的隧道工程——大贝鲁特供水项目，项目总预算 3.7 亿美元，工期数年。全世界的 TBM 供应商闻风而动。

但是，负责施工的意大利 CMC 公司明确提出，为了保证隧道施工人员的安全，只有拥有刀具背装技术的 TBM 供应商才被允许投标。

又是一项全新挑战。

毫无意外地，王杜娟和同事们再次迎难而进，成功研发生产了两台直径为 3.53 米的 TBM，为世界上直径最小的 TBM。

产品怎么样？黎巴嫩大贝鲁特供水项目经理贾科莫最有发言权："中国的硬岩掘进机简直完美，面对复杂的情况也可以应对自如，同时机械故障的概率很低，这就是中国的硬岩掘进机。"

把设备做小不容易，做大更难。

中铁装备生产的超大直径泥水平衡盾构"春风号"直径为 15.8 米，相当于 5 层楼高，长度为 135 米，重达 4800 吨，是我国具有自主知识产权的最大直径泥水平衡盾构机。

大块头有大智慧。其应用的深圳市春风隧道有 11 条破碎带、3.6 公里岩层，以及巨大的水压。

为了对付复杂地况，"春风号"采用了常压换刀技术，降低高压力环境下的作业风险；采取伸缩摆动式主驱动设计，简化换刀操作流程，提高换刀效率；采用双破碎机分级处理渣土技术，提高渣土排放及设备掘进效率。

方便了施工方，王杜娟和同事们却给自己找了不少麻烦。

"春风号"是分成 10 块组装的。结合面偏 0.01 度，外缘就会出现近 10 毫米的缝隙。为了保证产品精密度，只能选择先加工后焊接工艺，这对工人的技艺要求极高。

刀头实时伸缩，需要安装滑轨。滑轨缝隙大了，不好密封，缝隙小了，容易卡死。

为了稳妥起见，王杜娟组织召开了无数次专家会。还邀请了汽轮机厂的专家来指导。但实际上，高速轻载的汽轮机，跟低速重载的盾构机，在实操上差异很大，汽轮机的办法并不实用。

最终，王杜娟综合团队讨论成果，根据经验，拍板确定了滑轨的尺寸。做两件！王杜娟再次拍板。"这样行不行，我担忧了好久。"

好在，实践证明，她的决定是正确的。对此，王杜娟总结说，有时候，直觉就是经验积累的结果。

中国工程院院士陈湘生点评说，"春风号"的成功下线，一举打破了国外品牌多年来一统全球超大直径盾构机的局面，"标志着我国民族盾构机产业跻身世界先进乃至领先水平"。

这样的开创之举还有很多。

——比如，开挖直径为 9.03 米的"彩云号"，填补了国内 9 米以上大直径硬岩掘进机的空白，被评为央企十大国之重器，目前正在亚洲最长（31 公里）铁路隧道——高黎贡山隧道，挑战"三高四活跃"的世界地质难题，引起全球关注。

——比如，世界最大直径（11 米）的矩形盾构被誉为"治堵利器"，开创了过街隧道施工不再"开膛破肚"的新模式。

"这种产品，我们想到过，但是我们没有付诸实践，你们敢于创新并做到了，你们是好样的！"国际同行对此交口称赞。矩形盾构工法与装备还引入到新加坡，并带动了土建项目中标。

——比如，全球首台马蹄形盾构机"蒙华号"，开创了黄土隧道机械化施工的新模式，成为工程装备领域"创造需求、引领市场"的成功案例。

该设备刀盘采用 9 个小刀盘共同组成一个马蹄形断面的创新组合方式，可进行全断面切削，也可实现滚转纠偏。马蹄形盾构能够极大提高隧道空间利用率，较圆形截面减少 10%—15% 的开挖面积，进而缩减工程成本，缩短施工工期。

用"蒙华号"盾构机掘进的 3345 米的白城隧道，从始发到贯通仅用了

盾构机畔杜鹃红

一年两个月，是传统隧道施工的三倍。该项目获得了国际隧道界最高奖——"国际隧道协会2018年度技术创新项目奖"。

十年织梦，一朝梦成。

在王杜娟和她的团队的努力下，如今，从零起步的中铁装备横向已形成"大""小""异型"不同断面以及土压、泥水、硬岩不同应用领域的全系列盾构机产品，产品直径可覆盖0.3—18米；纵向拓展了设计研发、设备制造、再制造、技术服务于一体的产业链条。

更让王杜娟最开心的，是她已经主编参编各类标准15项，其中主编盾构机国家标准5项，行业标准2项。

标准是制高点、是话语权，更是核心竞争力。手握行业标准，起步晚、起点低的中铁装备，正在被国际同行和全球市场逐步认可。

目前，中铁装备已累计出厂盾构800多台，产品遍布国内各省区，先后出口新加坡、意大利、卡塔尔等19个国家和地区，成为出口海外盾构设备数量最多、种类最齐全、覆盖国家和地区最广泛的国内盾构企业。产品市场占有率连续7年位居亚洲第一，2017年和2018年产销量连续两年位居世界第一。

2013年11月26日，中铁装备成功收购世界知名TBM制造商德国维尔特公司的硬岩掘进机和竖井钻机知识产权，实现了后来居上的逆袭。

"中铁装备不仅有实力还有雄心，他们一定能够把维尔特的掘进机品牌继承并发扬光大。"德方代表对中铁装备的发展充满了信心。

2019年2月23日，中铁装备集团"中铁647号""中铁648号"两台土压平衡盾构机成功通过现场验收，正式交付日本西松建设公司，用于新加坡地铁6号环线C882项目建设。这两部盾构机从零件到组装完成的全过程被镜头记录下来，在YouTube上热播。

有新加坡网友发出这样的惊呼："难道我们不是发达国家吗？为什么造不出这样的机器？"

如今，说起这些，王杜娟又笑了起来，笑得鼻子和眉心皱起了几道细纹，笑得如同杜鹃盛放、万物竞发。

可是，熟悉王杜娟的人都知道，笑容的背后，有无数的汗水，甚至眼泪。

"不敢算研发投入，心疼。"让王杜娟气愤的是，这边花了大价钱做的创新，刚一投入应用，就被竞争对手抄走了。

有人劝王杜娟别太较真，"反正都是国内企业，这样有利于行业发展"。

王杜娟可不这样想。"要是20年前这样做也倒罢了。现在还这样做，谁还会花钱搞自主创新？长久来说，会对行业发展产生致命的影响。"

因此，一有机会，王杜娟就大声疾呼，要注重知识产权的保护。

现在，说起这些，王杜娟心态平和了很多。她说，市场只相信实力，我们还有很长的路要走。

圆梦：千百杜鹃报春来

这些年，王杜娟就像救火队长一样，奔波在各个型号的研发、施工现场。中铁装备总经理卓普周提醒她说，救火归救火，不要忘记了系统管理职责。

是啊，现在的王杜娟，已经不是个埋头案间的技术员了。

2010年2月，王杜娟被任命为设计研究院副院长，除了分管总体设计等技术工作外，还要负责人事、行政等管理事务。

当时的王杜娟满脑子都是公式、结构、原理，对管理工作一窍不通。她甚至认为，只要把技术做精做透，管理工作就会水到渠成。

然而，3个月后，一名入职近3年的员工向王杜娟提请辞职。

这名员工不论从工作态度还是业绩都非常优秀，是大家公认的好苗子。他的辞职在全院引起了不小的震动。

当王杜娟找到这位员工了解原因时，他只说了一句话："我在我们这个团队里感受到的只有和谐，缺少竞争。"

这句话，让王杜娟苦恼了一个星期："和谐的氛围能否支撑起一个向上的团队？如何才能建立一套良性的竞争机制，避免优秀人才的流失？怎样才能给年轻员工一个更大的发挥平台和发展空间？"

王杜娟认真研究后发现，当时员工的岗位晋升仍以工作资历为第一要素，薪酬调整仍以年限为主要依据。团队中每个成员任务完成的多少、好坏缺乏评判机制，即使有评判也无奖惩……

这些管理上的缺陷，招招致命。

"研究院要保持活力发展，必须改革现有大锅饭式的管理制度，推行绩效考核，实现能者上，庸者下。"

经过近两个月的调研后，王杜娟在她编写的《设计研究院绩效考核改革实施方案》中写下了这句话，而这份报告也是她人生中第一份关于管理工作的方案报告。

报告很快得到公司批复，同意以设计研究院为试点开展绩效考核，同时，任命王杜娟为院绩效考核改革小组组长，负责考核方案的制订、推广及落实。

研究院的主要工作是盾构研发设计，而盾构属于重大非标设备，这决定了绩效考核无法量化。

为寻求最科学的考核办法，王杜娟带领考核小组成员先后到三一、徐工、中信重工调研学习，形成调研报告 2 万余字，在此基础上结合自身实际，重新修订了研究院的绩效考核、岗位晋升、薪酬管理等制度，再经过反复的试行、修订、再试行、再修订，六易其稿，最终完成了各项制度的完善。

"管理工作很难，但管理好了所带来的效益绝不逊于技术。"随着认识的不断提高，王杜娟在管理方面的特长也逐渐展现了出来。

"她是一个很有智慧的人，她把技术工作中的创新思维移植到管理工作中，提出了很多有趣的管理理念和方式，让我们一直能感受到工作中的快乐和激情。"这是 2012 年党员民主评议活动时，一名党员对她的评议，也是大家对王杜娟的一致印象。

担任副院长 3 年时间，王杜娟先后推出旨在缓解员工工作压力的情感沙龙、旨在拓展员工创新空间的创新设计大赛等，都沿用至今，并得到员工的普遍欢迎。

王杜娟创造性地提出研究院"两条腿走路"的发展规划，即在盾构研发上坚持"横向到边，纵向到底"的路线，一方面扩大盾构产品族系，实现土压平衡盾构、泥水盾构、大小直径盾构、矩形盾构等多类型多品种均衡发展，另一方面提升盾构产品品质，加快对电气、液压、流体系统、结构总体，以及刀盘的优化设计和标准化工作，不断提高盾构产品科技含金量，以品质赢市场。在非盾构产品研发上，以煤矿掘进设备、隧道施工设备为主要对象，开展安全、环保、节能、高效的煤矿巷道快速掘锚一体机、凿岩台车、湿喷机等产品的开发。

为适应此发展规划，2011 年，在时任董事长李建斌的支持下，王杜娟在全院开展组织机构改革：研究院更名为设计研究总院，在原有盾构 5 个专业所的基础上，进行人员分流，新成立煤机、TBM、隧道专用设备等设计研究所，并成立桩机分院。

实践证明，这条路走对了。这几年，不仅盾构产品品质不断提升，市场占有率节节攀高，其他研发设备也逐步完成设计制造，陆续推入市场。

2013 年，王杜娟遇到了人生又一次重大转折点。

装备公司时任总工程师张宁川即将退休，公司党委提名王杜娟作为接任者。

"领导找我谈话时，我一点心理准备都没有，觉得自己干不了这个工作。"此前，王杜娟以为，自己会按部就班地接任研究院院长，从没想过，会这么快跻身公司领导班子行列。

李建斌跟王杜娟聊了一个小时，王杜娟始终犹豫不决。

"那你自己选，你要说不干，就还留在研究院！"

看到领导急了，王杜娟吞吞吐吐地说，"那我服从组织安排"。

实际上，王杜娟并没有从内心接受。一方面，身为女性，她的权力欲望一直很淡，对于升官，甚至涨工资都没太大兴趣。她总觉得，工资够花了，别涨了。另一方面，她始终觉得，担子太重了，怕担不起。

因为巨大的心理压力，王杜娟前前后后哭过 5 次，显示出她身为女性，相对脆弱的一面。

"最丢脸的，是在宣布完调令，表态发言时，我哽咽着，几乎没有完成整个发言。"事后，王杜娟暗下决心，日后工作中，一定要克服这一点。

2014 年初，刚过 36 岁生日的王杜娟，成为了中铁装备集团总工程师。

在此之前，由于历史原因，技术是由两位副总经理分管的。从王杜娟接任总工程师起，全集团的技术工作由她全权负责。

毫无准备的王杜娟，突然遭遇了前所未有的工作压力。此前在长期的技术工作中积累起来的自信，几乎丧失殆尽。

失常的表现，引起了同事们的关注。一次民主生活会上，有领导提醒说，"杜娟，你得加强自信哪！"

回家后，王杜娟把自己关在房间冥思苦想："我到底怎么了，我真的是技术不行吗？总工真的需要什么都懂吗？"

实际上，王杜娟很清楚，中国中铁各大工程局的总工，首先是个管理岗，其次才是技术岗，不需要也不可能清楚公司所有的技术细节。

"如果我的技术没有问题，那么我到底是怎么了？我自己都不相信自己能干好，别人如何信任我？"

王杜娟决定，重塑信心，直面挑战。

效果很快就显现出来了。一次专家论证会上，面对中国铁建总部领导、十二局、十七局、十八局三个局的设备部长及施工专家等20余人的提问时，王杜娟不慌不忙，侃侃而谈，用专业折服了每一位挑剔的客户，一次拿下8台盾构机订单！

"这就是自信的力量，原来我根本没有自己想象的那么差！"王杜娟开始喜欢上了这个总工的角色。

2014年5月10日，担任总工刚刚一个月的王杜娟，迎来了一个永生难忘的日子。

这一天，在郑州考察的习近平总书记走进了中铁装备的总装车间。领导安排王杜娟用一分钟的时间，向总书记汇报盾构机的相关情况。

看着总书记亲切的面容越来越近，王杜娟的心怦怦直跳。她尽量稳了稳心神，用略显颤抖的声音介绍说：

"它（盾构机）把衬砌、开挖等形成了一个工厂化作业。首先，通过刀盘的旋转把渣土切削下来。这中间有个螺旋输送机把渣土直接抽出来，到了后面的皮带输送机上，再用渣土车拉出去，这是出渣的过程。我们把地面预制好的混凝土管片，拉到这个区域，通过转动拼装机构把它拼装成隧道的结构，这样的话隧道就一次成型了……就可以铺轨架线，可以跑车了。由于这

个白色的盾壳的保护和这个管片的保护，人员在里面是很安全的。是一个安全的设备。"

习总书记表示，他在上海进过隧道，知道盾构机非常安全。接着，又向王杜娟了解了盾构机的刀具是否国产，材质是什么。

王杜娟一一作答。

随即，习总书记发表了即兴讲话。他指出，装备制造业是一个国家制造业的脊梁，我们国家在这方面还有短板。"一定要推动中国制造向中国创造转变，中国速度向中国质量转变，中国产品向中国品牌转变。"

为了纪念"三个转变"重要思想的提出，2017 年国务院将每年的 5 月 10 日确定为"中国品牌日"。2018 年起，每年都会在这一车间举办相关的品牌论坛。

王杜娟说："这是对装备制造业极大的鼓舞，更是对我个人极大的触动。在后来的人生路上，每当我想放弃时，我就想到了总书记的嘱托和希望，我总会再一次充满激情，充满干劲！"

2019 年两会期间，王杜娟再次向习总书记汇报时，习总书记对她印象深刻，"我记得你，你就是那个年轻的女技术干部"。

盾构机畔杜鹃红

王杜娟自豪地向总书记汇报说:"我们从中国产品走向了中国品牌,中铁装备的品牌在全世界已经响当当了。"

恢复自信的王杜娟,开始把更多精力投入到人才培养工作中。

"一个王杜娟再能干,能力也有限,我们要培养出更多的、更年轻的王杜娟!"中铁装备董事长谭顺辉表示。

在王杜娟看来,人才培养的关键,首先是要放手。她总是跟同事说,"只要你觉得有把握的事,就要大胆拍板,出了事我担着。你要拿不准,咱们再商量"。

当然,授权不是放任自流。有的时候,王杜娟还是挺凶的。"我对身边人的要求特别高,总是看他们的缺点,所以我知道,他们特别怕我。"

宁向可,出生于 1985 年。长着两只大大的眼睛,一说话眼睛就忽闪忽闪的。现在已经是研究总院 TBM 分院的副院长。

2010 年加入中铁装备之后,宁向可就开始跟着王杜娟。刚开始,王杜娟嫌他反应迟钝,总是批评他。

"因为王总对技术要求严格,不能容忍错误。刚开始我错误多,老挨说。加上我是个慢性子,又比较内向,所以看见王总就不敢打招呼。"宁向可说。

见到同事这样,王杜娟也开始反思,自己是不是太凶了?

王杜娟的母亲特别善于鼓励人,所以王杜娟从小是在表扬声中长起来的。她开始有意识地,尽量肯定大家的进步。

有一次,宁向可替王杜娟参加一个规格很高的学术会议。前一晚上,王杜娟一遍遍打电话,追问宁向可准备的演讲内容。两个人在电话里反复讨论到后半夜,终于敲定了演讲的框架。

"你不行就练习 10 遍,别怕!"

听了王杜娟的嘱托,宁向可一夜没合眼,一直练习到天亮。

第二天,宁向可演讲完,去机场的路上,接到了王杜娟的电话:"小伙子,表现不错!刚才主办方给我打电话,说你非常棒!"

自此以后,宁向可的信心一步步强大起来,王杜娟也就很少再批评他了。

所谓行万里路,不如名师指路。

在王杜娟的带领下,一支平均年龄不到 30 岁的技术人才梯队逐步成长起来。"现在我们设计院的任何一位主设计师，都能独当一面。"她非常自豪地说。

一次，竞争对手企业的技术负责人见到了王杜娟，非常羡慕地说，"你有一批人才，我只光杆司令一个。"

王杜娟的快速成长，也得益于她人生路上的两位领路人。

中铁工业现任总经理李建斌，是她在技术上的导师。她人生路上的领路人，则是已经退休的中铁装备总经理韩亚丽。

王杜娟要提拔为公司副总工程师，只有韩亚丽明确表示反对。"太年轻了，再锻炼锻炼吧。"

事后，韩亚丽专门找到王杜娟解释，生怕王杜娟误会。

"其实我到现在都特别感激她，因为当时我确实太年轻了，根本就没有做好当领导的准备。"

还有一次，因为设计理念上的分歧，王杜娟跟一位领导争执了起来。两人都是倔脾气，互不妥协。结果，这位领导没有控制好情绪，说了脏话。

王杜娟当时就崩溃了，觉得干不下去了。当时，正值竞争对手来挖王杜娟，虽然开出的条件一般，但王杜娟几乎就要决定离职了。因为类似的事情出现了多次，两个人的设计理念分歧太大，无法兼容。

同样身为女性的韩亚丽，敏感地发现了王杜娟非常失落，就找到她了解原因，并很好地排解了王杜娟的负面情绪。

从此，王杜娟就意识到，培养人才不仅要关注技术进步，还要关注心灵健康。她批评人，总是针对技术问题，对事不对人。相应地，别人如果能在技术上说服她，她也欣然接受。

一次，广东的一个客户提出，想把预定设备的豆粒石砂浆系统靠前布置。宁向可他们研究了一下，发现从理论上来说可行，就上报给了王杜娟。王杜娟也签字同意了。

但做起来才发现，如果出现这一改动，另外一套系统就要靠边，传送导线就会出现水平曲线，影响系统的稳定性。

宁向可赶紧给王杜娟汇报相关情况。

王杜娟二话不说，就签字向客户单位发函说明了情况。最终，客户尊重了技术人员的意见，没有做出前述改动。

"我虽然怕领导，但只要是技术方面的问题，可以随便提、随时提，不用担心伤到领导面子。"宁向可忽闪着大眼睛说。

随着中铁装备在业界影响力的增强，作为技术负责人的王杜娟获得很多社会荣誉：

2010 年被中国铁路工程总公司授予"优秀共产党员"称号；

2012 年被河南省人民政府授予"河南省学术技术带头人"称号；

2016 年被詹天佑基金会授予"詹天佑青年奖"；

2017 年被中华全国总工会授予"全国五一巾帼标兵"称号；

2018 年当选第十三届全国人民代表大会代表，同年被中宣部评为"最美科技工作者"，荣获第三届"央企楷模"称号。

拿奖拿到手软的王杜娟，刚开始压力非常大。"大家一起干的活，我一个人领奖，不公平。"好几次，王杜娟都想把奖项推掉。

有朋友劝她，"有压力的话，说明你还是在乎"。

醍醐灌顶般，王杜娟一下子解脱了。"现在给我什么荣誉我都欣然接受，正好为公司做宣传。只要我看淡，就不会迷失。"

多年来，中铁装备的效益一直非常好。按理说，作为总工，王杜娟出差时，可以享受相应的交通、住宿待遇。

实际上，到了现在，王杜娟还是会主动选择汉庭、如家之类的快捷酒店，吃饭更是马马虎虎。

与所有的成功者一样，王杜娟开始面临事业、家庭关系失衡的挑战。

上班之初，王杜娟逢假必休，认真地做家庭后盾。

开始研发盾构时，王杜娟的天平就开始向事业倾斜。没有时间辅导孩子，她就让孩子去找楼上楼下的叔叔阿姨。

于是，住在这栋楼的邻居们经常会在晚上七八点钟的时候，看到一个背着书包，抱着书本，噘着嘴巴的小女孩站在电梯里按不同楼层的按钮。

现在，王杜娟更是忙个不停。在完成本职工作之外，她还要参加很多社会活动，去当评审、去作报告。一到周六日，她的日程比工作日还满。几乎没有时间陪伴家人、照顾孩子。

前年，孩子到了小升初的关键时期。由于常年缺乏父母陪伴，孩子压力非常大，甚至出现了厌世情绪。

当时，正值"春风号""彩云号"等几台超高难度的设备研发，王杜娟工作压力巨大。从小就精力旺盛的她，倒不觉得累。但身体已经在发出警报，她满头满脸都是皮炎。

几经权衡，王杜娟找到了领导，准备辞职。"孩子更需要我，这个时候我必须陪伴在身边。"

领导非常理解王杜娟。经过协商，单位把"流动"到天津的王杜娟丈夫调回了郑州，每天接送孩子，陪孩子写作业。

"本来我想当他的大后方，结果现在反过来了。"王杜娟说，"有人笑话我老公，但我特别佩服他，本来他的事业也很成功，但他为这个家庭牺牲了很多，我得对他更好点！"

与此同时，王杜娟还抽时间自学了心理学，试着开导孩子。

现在，不仅孩子心理压力消失了，王杜娟的幸福指数也提升了。连同事们都发现，王总的表扬多了、笑容多了，大家工作起来更轻松了。

王杜娟已经想明白了，必须要放慢节奏，"很多事务性的工作能推就推，很多技术性的任务能放则放，从日常繁杂中抽身出来，才能有更多的时间进行思考，思考企业、行业的未来"。

当前，中铁装备的产品是生产一代、研发一代、储备一代，道理谁都懂，可是究竟储备什么？

看得更远些呢？

王杜娟说，中国目前已有近2000台盾构，超过世界其他国家拥有量的总和。行业还能有几年高速增长？未来5年、10年中铁装备的发展肯定不会有问题，再往后呢？

船大难调头。王杜娟觉得，不能等到下雨了才想起修屋顶。她已经在为中铁装备未来的转型做准备。

"未来已有眉目了。"她喜滋滋地说。当然，具体是什么，现在还不能透露。

"底气十足"北极来

——"央企楷模"亚马尔液化天然气项目纪实

◎文/吴淼 南永生

2018年7月19日,一艘满载LNG(液化天然气)的巨轮,进入黄海,驶入江苏如东LNG接收站。

这艘名叫鲁萨诺夫号的俄罗斯LNG船,将首船7.5万吨来自北极圈亚马尔项目的液化天然气,经过喀拉海、拉普捷夫海、东西伯利亚海、楚科奇海直到白令海峡,通过北极东北航道顺利运抵中国石油江苏如东站。亚马尔—如东,一条长达万余公里的"冰上丝绸之路",从北纬71度到北纬32度,

将两个相距遥远的地方，连在了一起。

这艘巨轮的到来，开启了亚马尔项目向中国供应 LNG 的新篇章，为中国的清洁能源供应带来了新气源，标志着"冰上丝绸之路"结出了硕果，中国用上了北极气。也就是说，在 2018 年的冬天，全国已经有很多人用上了来自北极的天然气，享受到了来自北极的"温暖"。

"底气十足"的北极气，万里迢迢来到中国，这份"暖意"不言而喻。

有人可能会好奇地问，一船 LNG 究竟有多少，值得千里迢迢从北极运来吗？这正是 LNG 的最大优势，一船 7.5 万吨的液化天然气，气化后正好是 1 亿立方米左右，这个量相当于上海 2000 万居民一个月的生活用气。

在 2018 年度中国石油行业 10 大新闻排行榜上，这条新闻毫无悬念地入选。更为可喜的是，根据中俄两国签署的长期购销协议，中国石油将从 2019 年起，每年进口亚马尔项目 400 万吨 LNG。这不仅使中国天然气进口进一步多元化、低成本化，而且进口的 LNG 相当于搬走了 960 万吨煤山，每年减排二氧化碳 1400 多万吨。这不仅为美丽中国建设再添清洁能源，同时也标志着中国能源又添一重要保障。

2018 年 12 月 25 日，在进入亚马尔 LNG 项目 5 周年前夕，中国石油亚马尔项目团队被国务院国资委授予第三届"央企楷模"称号。评委会称赞他们："极地争雄，肝胆皆冰雪。"颁奖辞说，今天，在寒冷的冬季，来自北极的中俄能源合作重大项目——亚马尔液化天然气，正温暖着千家万户。亚马尔 LNG 项目团队已经成为北极油气资源开发的先行者，"中国制造"在北极展现，"央企担当"在北极叫响，"石油精神"在北极传承和诠释。

在颁奖现场，国资委党委书记郝鹏对中国石油亚马尔代表蒋奇说："你们在北极很艰苦，向你们致敬！"蒋奇立刻回答："为祖国争光争气！"

这是实至名归，这个优秀的团队，在亚马尔这片"土地的尽头"，酣畅淋漓地展现了中国的"石油精神"，扮亮了国企名片，使亚马尔液化天然气项目名副其实地成为"北极圈里的一颗能源明珠"，成为"一带一路"倡议的最佳实践和有力佐证，并走进 2018 年高考地理试题中。

5 年前，当中国石油决定参与这一项目时，恐怕很少有人预见到如今能有这么大的收获。

"底气十足"北极来

回首往事，让人感慨万千。正是"一带一路"伟大倡议的提出，为中国石油"走出去"战略，提供了重要契机。

相知无远近　万里尚为邻

当世界拥有了开放与合作，距离不再遥远。

2013 年秋，中国国家主席习近平西行哈萨克斯坦、南下印度尼西亚，先后提出建设"丝绸之路经济带"和"21 世纪海上丝绸之路"重大倡议。自此，这个根植于历史厚土、被誉为 21 世纪伟大新故事的"一带一路"就迎风生长，成为推动构建人类命运共同体的重要实践平台。

"和平合作、开放包容、互学互鉴、互利共赢"——穿透历史烟云，洞察世界大势，习近平主席提出共建"一带一路"倡议，把准丝绸之路精神的内核，让"逆全球化暗流涌动，国际形势动荡多变"的迷茫世界看到了新的光亮。

2017 年 5 月，习近平主席在北京举行的"一带一路"国际合作高峰论坛上，从"两个维度"道出初心："这项倡议源于我对世界形势的观察和思考。"

从历史维度看——人类社会正处在一个大发展大变革大调整时代。和平发展的大势日益强劲，变革创新的步伐持续向前。

从现实维度看——我们正处在一个挑战频发的世界。世界经济增长需要新动力，发展需要更加普惠平衡，贫富差距鸿沟有待弥合。

"当习近平主席于 2013 年宣布'一带一路'的创想之时，他是在重新唤起人们对于那段很久之前就已经熟悉的繁荣回忆。"英国历史学家弗兰科潘在《丝绸之路——一部全新的世界史》一书中说，世界旋转之轴正在转移，移回到那个让它旋转千年的初始之地——丝绸之路。

俄罗斯总统普京说：这是一个有益、重要且有前景的倡议。

为何"一带一路"倡议能得到众人期待和赞誉？因为它"不是要谋求势力范围，而是要支持各国共同发展""不是要营造自己的后花园，而是要建设各国共享的百花园"。

这就是习近平倡导的大道，这也正是千百年来中国人一直追求的大道。

中国传统文化一直倡导"大道之行也，天下为公"，坚持"和为大道"，谋求"万邦和谐""万国咸宁"。

2016 年第 71 届联合国大会通过决议，首次写入"一带一路"倡议，得到 193 个会员国一致赞同。联合国秘书长古特雷斯在此次峰会前夕说，"一带一路"倡议展示出中国为推动全球发展带来的新远见。

亚马尔项目，正是在习近平总书记提出"一带一路"倡议后，实施的首个海外特大型项目，是集天然气和凝析油勘探开发、天然气处理、天然气液化、海上运输和销售为一体的大型上游投资开发项目，也是中俄两国目前最大的经济合作项目，被两国领导人誉为"压舱石"和"风向标"。

展开世界地图，俯瞰亚马尔半岛，它像嵌进北冰洋的一个楔子。半岛位于俄罗斯西西伯利亚平原西北部，濒临北冰洋的极寒地带，最低温度 –52℃。"亚马尔"（Yamal）在当地涅涅茨语中意为"大地的尽头"，是一望无际的苔原。这里地表平坦，最高点海拔 90 米。冬季寒冷，长达 8 个月。这个曾被世界遗忘的角落，正式的行政名称叫亚马尔 – 涅涅茨自治区，属秋明州。半岛上的居民主要为涅涅茨人，以饲养驯鹿和渔猎业为生。在涅涅茨语里，"鹿"的意思是"赐予生命"，这片冰原上的居民，把自己称作是"鹿的孩子"。

正是在这个全球纬度最高冰原上建设规模最大的 LNG 项目，打破了"土地尽头"的寂寥。这里的天然气储量大、埋藏深度浅、几乎不含硫化氢，是优质的天然能源。该区天然气产量占全俄罗斯的 80% 以上，占全世界总产量的 16% 以上。但是，极地的气候等极端条件，却宣告人类无法轻而易举获取。为唤醒亚马尔冰原下丰富的油气资源，人类开启了前所未有的挑战。

亚马尔液化天然气项目，坐拥南塔姆贝凝析气田，天然气储量 1.3 万亿立方米，凝析油储量 6000 万吨。液化天然气英文 Liquefied Natural Gas，其体积约为同量气态天然气体积的 1/625，重量为同体积水的 45% 左右。天然气是在气田中自然开采出来的可燃气体，通过冷却至 –162℃，使之凝结成液体，可以大大节约储运空间，而且具有热值大、性能高等特点。亚马尔项目将被建成为天然气勘探开发、液化、运输、销售一体化的项目。项目总投资近 300 亿美元，计划年产液化天然气 1650 万吨，凝析油 100 万吨，将是

"底气十足" 北极来

全球规模最大、纬度最高的液化天然气超级工程。届时，俄罗斯在国际上的 LNG 市场占有率，将从目前的 4% 提升到 8% 以上。金融评级机构穆迪也将该项目形容为"世界级 LNG 巨头诞生的标志"。

在北纬 71 度的北极圈内开发油气，项目既需要解决资金、技术和市场的难题，还要面对严酷的大自然的挑战。

2013 年 9 月 5 日，历史掀开了新的一页，在习近平主席和普京总统的见证下，中国石油和俄罗斯最大的独立天然气生产商诺瓦泰克公司签署了购股 20% 协议。两年以后，为"一带一路"保驾护航的中国丝路基金又成功加入，购股 9.9%。至此，中国以占 29.9% 的股权，开创了中俄两国能源合作的新模式。中国石油的积极参与，践行了保障国家能源安全的历史使命，还从技术、经济、贸易等方面带来了深远的影响。亚马尔项目，也被俄罗斯政府定位为战略性项目，为中俄能源合作和实施"一带一路"战略提供了合作的典范，对夯实两国战略协作伙伴关系也将具有深远的意义。

中国石油天然气集团公司（以下简称"中石油"）全价值链参与该项目运作，与丝路基金、俄罗斯诺瓦泰克公司、法国道达尔公司分别持有该项目 20%、9.9%、50.1%、20% 股份。截至 2017 年 10 月底，中俄双方已签订 96% 产量共计 1478 万吨液化天然气长期销售协议。

亚马尔项目全面启动后不久，俄罗斯因克里米亚问题受到西方制裁，导致建设资金短缺，项目差点儿夭折。

2014 年 3 月 17 日，俄罗斯联邦总统普京签署《关于承认克里米亚共和国》的总统令，承认克里米亚共和国（包括塞瓦斯托波尔市）为主权独立国家。美国不承认克里米亚地区的公投结果，美国政府准备就克里米亚危机对俄罗斯进行制裁，并在欧洲盟友的协同下，让俄罗斯因其行为而付出更多代价。一度时间，卢布暴跌，诺瓦泰克公司也遭到美国制裁，导致亚马尔项目资金困难。

在关键时刻，中国资本发挥了重要作用。为应对制裁，中石油俄罗斯公司多次专题讨论研究对策，及时调整融资策略，最终决定寻求中俄两国政府支持。争取到了俄国家财富基金约 24 亿美元的融资，最终说服俄政府动员俄外经银行（VEB）为银团提供 30 亿美元的担保。经反复谈判和持续攻坚克难，与银团签署了 190 亿美元的融资协议，项目融资工作取得了重大成果，创造了国际项目融资的奇迹，为亚马尔项目的顺利推进和提前建成投产提供了充足的资金保障。

中国作为重要的入股方，向俄罗斯提供了 120 亿美元的贷款，中国丝路基金也出资 14 亿美元收购了该项目 9.9% 的股份，这才让项目得以继续，中国融资打破西方制裁。2016 年，亚马尔项目成功实现了项目融资关闭，通过中资、俄资和国际银行等渠道成功完成融资，创造了国际融资又一成功案例。

善合作者赢天下。中国石油加入后，既积极履行股东职责，又推动产业链合作。在 170 亿美元的融资贷款中，中资银行及信贷机构提供 120 亿美元，中国以强大的融资实力保证项目执行顺畅。在销售市场，中国签署了年销 400 万吨 LNG 的协议，占全年产量的 1/4，也为中国提供了重要的能源储备。在项目建设上，积极引进中国元素，推动中国企业签下了总价值近 60 亿美元的服务和制造合同，打造了中国企业有史以来的最大模块项目。在亚马尔项目的带动下，项目所在地萨别塔地区也获得了很大发展。当地机场于 2015 年 2 月已经投入运营，并开通了多条国内、国际航线。

2016 年，中国石油俄罗斯公司认真开展"开源节流、降本增效"工作，推动亚马尔项目在商务谈判、设计优化、对标管理、投资控制和风险防控等方面均取得了显著成效。通过中方努力，2016 年帮助亚马尔项目实现降本增效 765 万美元。他们还积极推动中资银行参与亚马尔的项目融资团队，在两国政府的大力支持下，及时完成项目融资谈判，解决了建设资金需求问题，减轻了股东筹资压力，为项目建设顺利推进提供了关键保障。

由于 2014 年俄罗斯卢布大幅贬值，导致亚马尔公司净资产为负及由此产生公司被债权人起诉甚至公司破产清算的法律风险。中国石油俄罗斯公司多次组织会议专题讨论研究，提出建议，以丝路基金加入亚马尔项目为契机，积极促成中俄两国政府协商签订了政府间协议议定书，从而在国际法框架下，成功解决了净资产为负和公司资本弱化问题给亚马尔公司和外国股东带来的法律风险。

法国《十字架报》驻俄罗斯记者本杰明·科涅尔此前已两度探访项目现

场。他由衷地感叹道，中国的资金与市场，为亚马尔项目顺利推进与未来发展提供了强大助力与可靠保障。他强调说："亚马尔项目能有今天，中国功不可没。"

正可谓："相知无远近，万里尚为邻。"

气化中国　刻不容缓

让我们暂时把目光从遥远的北极转回国内，看看祖国的山河，看看中国天然气紧张到什么程度。随着国民经济的飞速发展，以化石燃料为主的能源消耗越来越多，锦绣山河已到了不能承载的地步。蓝天白云，绿水青山，竟然成了人们的奢望。

2013年1月12日，中国环境监测总站的全国城市空气质量实时发布平台显示，北京、河北、山东等多地空气质量达严重污染，PM2.5指数直逼最大值。截至13日零时，在74个监测城市中，有33个城市的空气质量达到了严重污染，北京城区PM2.5值甚至一度逼近1000。中国中东部地区因雾霾天气造成重度空气污染的现象，大范围雾霾天气触发了一系列的"连锁反应"，包括交通受限、航班延误、病患增加等。北京、天津、河北等地多条高速公路已采取了临时交通管制，石家庄机场因能见度低致使多趟航班延误，南昌昌北国际机场部分航班受影响，青岛流亭国际机场60余架次进出港航班延误或取消，近5000名旅客出行受到影响。而日前各地医院的呼吸科和儿科病患也明显增多。据报道，近一周以来，北京儿童医院的日均门诊量都接近1万人次，其中三成是呼吸道疾病。

中国多地持续的雾霾天气和空气污染，引发了海外媒体的普遍关注。香港《南华早报》形容北京遭遇的浓密雾霾"令人窒息"，空气质量的污染程度达到了"危险"的水平。

2015年是有历史统计以来的"最强厄尔尼诺年"，北京及华北地区遭遇大范围雾霾，从11月27日起，已持续了5天，重度及以上污染级别持续近110个小时，堪称史上最严重的雾霾事件。

中国环境科学研究院研究表明，此次重污染期间，化石燃料或生物质燃烧排放的一次颗粒物增加明显，原煤散烧对近地面污染贡献最高，低矮面源污染对 PM2.5 浓度贡献最大。特别是近期北方地区的降雪降温过程，导致区域燃煤采暖消耗量大幅增加。河北省相关部门统计，当地原煤散烧和直燃直排对大气污染影响明显。

想要留住 APEC 蓝，我们要付出多大代价？中国的雾霾治理最关键的是什么？我们不再等待，一起向雾霾宣战。

气化中国，刻不容缓。

2013 年 9 月 7 日，国家主席习近平在哈萨克斯坦纳扎尔巴耶夫大学发表重要演讲时表示，中国明确把生态环境保护摆在更加突出的位置。我们既要绿水青山，也要金山银山。宁要绿水青山，不要金山银山，而且绿水青山就是金山银山。我们绝不能以牺牲生态环境为代价换取经济的一时发展，生动形象地表达了中国大力推进生态文明建设的态度和决心，同时也将这一理念传向世界。

"绿水青山就是金山银山"。良好生态环境是最普惠的民生福祉，保护生态环境就是保护生产力。实行最严格的生态环境保护制度，一步步将美丽中国变成现实。

中国政府高度重视应对气候变化问题，确定了"十三五"期间碳排放强度下降 18%、非化石能源占一次能源消费比重提高至 15% 等一系列约束性指标。

作为世界第三大天然气消费国，我国人均天然气消费量仅为 123 立方米 / 人，远低于全球平均 452 立方米 / 人的水平。未来 10—20 年，作为最现实、经济、可大规模推广的清洁能源，天然气市场有巨大的发展空间，将成为能源领域的重要发展方向。我国人口基数大，目前天然气消费人口不足 4 亿；工业化、城市化正处在进程之中，多个领域可以用到天然气。从 LNG 的使用角度看，居民用气和工业用气都将在未来主导 LNG 需求，LNG 存在巨大的消费潜力。

综合来看，未来中国天然气产业已进入绝佳发展黄金期，万亿级市场正在开启。在"气化中国"的环保高压下，提高天然气使用率势在必行。2017 年，国内消费天然气接近 2400 亿立方米，同比增长 14.8%；天然气在一次

「底气十足」北极来

能源消费结构中占比首次突破 7%，达到 7.3%，这正是"气化中国"深入推进结出的丰硕成果。

作为国内最大的天然气生产供应商，多年来，中国石油积极响应国家号召，大力推进"气化中国"工程，经过 10 多年的努力，成功将天然气这种绿色清洁能源送进千家万户。同时，中国石油的业务结构也发生了重大变化，从过去的"以油为主"过渡到目前的"油气两旺"，天然气已经占据公司总业务量的"半壁江山"。统计显示，目前中国石油天然气供应覆盖人群已经超过 5 亿人，平均每 5 个中国人中，就有两个人是中国石油天然气业务的用户。

但在一段时间里，天然气告急的消息仍然出现在各大主流媒体上。特别是每年进入供暖季，各地天然气短缺的消息频传，尤其是华北地区，天然气需求急速上升，缺气情况更为严重。宁夏、陕西、河北等多个地区的居民"煤改气"后，无气可用，无法正常取暖。为此，北京市城市管理委员会曾经下发一份特急文件——《关于启动华能应急备用燃煤机组的通知》，减少北京市天然气用量，缓解华北地区天然气紧张局势。这一事件使人们充分认识到中国现在的天然气缺口。

中国国内天然气产量显然跟不上消费的需求，必须大量进口。面对气荒难题，中国石油积极利用"两种资源、两个市场"，相继建成了中亚、中俄、中缅及海上四大油气输送通道，形成多元化供应格局。除国产天然气和进口管道气之外，进口 LNG 已成为我国天然气资源的重要来源。据国家发展改革委官网公布的数据显示，2016 年，我国天然气产量 1371 亿立方米，进口量 721 亿立方米，消费量 2058 亿立方米。也就是说，在不久的将来，亚马尔天然气进口量将占到全部进口量的 8% 左右，这将有效缓解中国的用气紧张局面。

所以，亚马尔项目，就是我们可靠的新气源。首先，亚马尔有大量的天然气资源：探明天然气储量约 1.3 万亿立方米。其次，LNG 产能巨大。2018年 12 月 21 日，项目第三条生产线提前整整一年正式投产，再次刷新了世界同类大型 LNG 项目开车纪录，标志着这个中俄两国目前最大的油气合作项目全面建成投产，每年将可生产 1650 万吨液化天然气。第三，中国拥有权益份额，合计拥有 29.9% 的股份，每年至少有 400 万吨亚马尔的 LNG 输入中国。这是什么概念？相当于 60 亿立方米天然气，供 2 亿人口用一天。在中国"煤改气"的关键时刻，使中国进口天然气进一步多元化、低成本化，实质性增加了天然气供应。2017 年初以来，随着中国北方京津冀"2+26"城市大气污染防治计划的实施，"煤改气"工程也实质性提速，预计 2017 年全年全国天然气消费量比上年增加 200 亿立方米。在此局面下，亚马尔项目的投产无疑给"乌云压顶"的中国天然气市场注入一针强心剂。而且，据相关专家透露，考虑到油价下降的影响，中方与该项目 2014 年签订的 LNG 长贸合同到岸价格显著低于来自澳大利亚、卡塔尔的 LNG，一定程度上摊薄了中国进口国外 LNG 长协成本。

作为我国第一次与俄罗斯进行的全产业链合作，亚马尔项目带动了俄罗斯能源产业和边疆地区发展。在区域经济发展方面，亚马尔项目在保障关键技术可靠且经济的前提下，尽可能实施了本地化。俄国内有 55 个联邦主体 650 家企业共获得了近 100 亿美元合同额；在环境与社会责任方面：寻求创建与地方政府、土著居民、项目建设者的良好关系。按照"赤道原则"规划，高于本国规范和一般企业标准实施建设。投资超过 4000 万美元建设了

走进六大会址　重温入党誓词
——俄罗斯公司庆祝建党 98 周年主题党日

『底气十足』北极来

钻井泥浆回收处理站，出资为土著居民建设定居房屋，赞助牧民子女学校。建设高标准机场和容纳3万人的营地，大幅改善了气候恶劣偏远地区人员倒班交通、居住和饮食方面的条件，不仅保证了工作需求，更实际体现出以人为本的理念。同时，还能够丰富我国清洁能源供应，成为我国优化能源结构、防治大气污染的新途径。这对中国海外能源合作，提升中国在世界能源市场话语权，具有重要意义。

环保部发布2017年1—12月全国空气质量状况，全国PM2.5平均浓度为43微克/立方米，同比下降了6.5%。值得注意的是，北京2017年12月的空气质量与海口、厦门、舟山、深圳等城市并肩进入前十名。《京津冀及周边地区2017—2018年秋冬季大气污染综合治理攻坚行动方案》实施以来，PM2.5浓度削减幅度最大的前六位城市是石家庄、北京、廊坊、保定、鹤壁和安阳市。

"中国制造"是北极的亮丽名片

亚马尔项目位于北极圈以北400多公里的荒芜之地，邻近北冰洋。气候极其恶劣，冬季漫长而严寒，平均气温介于$-20℃$—$-40℃$，最低气温可达$-52℃$。极夜长达88天，根本看不到阳光。即使在最暖的8月份，平均气温也只达到$-3℃$左右。冬季到户外，就是用重达几十斤的工服、工帽、工鞋、手套、防护镜等防寒措施全套武装，也会冻透。防护镜需随时擦净，否则会遮住视线。人在这种负重、臃肿的情况下，就连走路都十分不便，可想而知冬季户外施工作业的艰难，对人的身体和心理构成的挑战。特别是北极地区荒无人烟，没有任何基础设施，无任何社会依托，LNG项目施工属于劳动高度密集型。

但是，就在这片一无所有的冰原上，中国企业进行了创造性的劳动，中国先进的工程制造能力得到淋漓尽致的展现，到处都有中国元素。亚马尔项目是世界上单套装置和整厂规模最大的天然气液化项目，核心工艺装置区技术含量最高，建设难度最大，工艺最复杂，代表目前全球LNG液化工艺最主流、最先进的技术。为此，亚马尔项目开创了极地钻探、模块建厂、破冰船舶、北极航道等一系列创新技术，成功克服了北极的各种难题，也再次彰显了"中国制造"的力量。

近16层楼高的极地钻机，地上满足防寒防风，地下钻深达7000米。在19个平台上钻井208口，只需4台钻机，其中一台就来自中国，开创了中国钻机北极开钻的先河。2016年3月，国产第一台"极光"号极地钻机，安装在亚马尔项目萨贝塔油田。北极钻机要具有抗寒保温的功能，可在−50℃低温和12级以上强风环境下连续工作。国产的第一台"极光"号极地钻机，打破了俄、美、加拿大等技术垄断，成功打进了俄罗斯的北极市场。中石油中油国际亚马尔公司总地质师王永华表示，宏华钻机现在在我们的平台已经完成11口钻井作业，没有出现任何安全事故，韧性很平稳，得到了钻井承包商、服务商的认可。

项目的液化天然气工厂，就建造在气田附近，它最大的特点是采用了模块化的方式，在各制造基地建造完成后，送到现场统一安装施工，可减少难度，节约时间。全球共遴选了10个模块制造场地，其中8家在中国，这不仅带动了中国企业的技术和产业升级，也为建造运营大型LNG厂提供了重要参考价值。为保证物流通畅，项目还专门设计建造了15艘ARC7冰级LNG船，确保全年在北极环境中独立运行，中国的航运公司合作承接了14艘LNG船的运营任务。在夏季，LNG通过东部北极航道运送至中国，只需20天左右，这将为中国开发利用北极航道积累丰富的经验。中国企业承揽了全部模块建造的85%，工程建设合同额达78亿美元，船运合同额达85亿美元。既赢得效益，又大大带动模块建造和造船等产业升级。

中国石油俄罗斯公司积极整合资源，利用各种机会引进中国服务进入亚马尔项目，实现了中石油整体效益最大化。2016年2月，中国石油俄罗斯公司发挥股东优势，帮助中国石油海洋工程公司新增合同额6000万美元。9月，协调亚马尔LNG公司，再次为海洋工程公司获得430吨的新增工作量。同时，中方单位还参与了地质研究、钻机制造、模块建造、工程监理、海运物流、物资供应、造船、LNG采购等涉及LNG价值链的各个环节。中方全面参与，为项目的顺利启动、快速推进、应对制裁提供了无可替代的有力支持。中国石油通过该项目，有望在投资收益、资源保障、技术进步、合作拓

"底气十足"北极来

展等方面获得可预期的回报，为国家实施"一带一路"战略提供强大助力。

参与投标之时，正值国际油价断崖式下跌的开始。由于低油价沿着产业链条传导的延迟效应，海工建设企业工作量大幅萎缩，处于严峻的经营困境中。充分利用外部资源、开发海外市场，成为事关企业生死存亡的必然选择。中国海工企业从未涉足过LNG核心工艺包，竞争对手包括韩国现代、三星和大宇等公司，可谓强手如林。

中国石油作为项目股东之一，积极向大股东诺瓦泰克引荐中国海工建设和造船企业，并协调解决融资等事宜。凭借优质、优价、充足的原材料供应，最终中国石油海洋工程公司、海洋石油工程股份有限公司、青岛武船麦克德莫特等7家中国海工建设企业脱颖而出，承担了120个模块的建造订单；广船国际、沪东船厂等船企也争取到为项目建造2艘模块运输船、1艘凝析油运输船、4艘大型LNG运输船的订单。

在项目建设过程中，共有45家中国厂商为项目提供百余种产品，项目带动和促进了国内钢铁、电缆等众多产业技术创新和转型升级，国内产品出口额超百亿美元。

由于地处高寒、高纬度，工厂建设必须采用全新的模块化建造等方式进行。一共142块模块由全球多个国家建造，运抵现场组装，其中以中国石油集团海洋工程有限公司为代表的7家中国企业承揽了120个模块的建造，最大的模块高40多米、重7500吨，相当于埃菲尔铁塔的重量。这大大解决了现场大规模施工难题，节约了建设成本。

项目建设及运输产品共30艘船中有7艘是中国制造，如广船国际公司2016年1月和4月分别交付了2艘ARC7冰级重载甲板运输船。同年11月，该企业又开始为亚马尔项目建造1艘ARC7冰级凝析油运输船。而15艘天然气运输船中14艘船的运营都是由中国企业负责。

亚马尔液化天然气项目总经理叶甫根尼·阔特表示，不仅仅是模块是中国制造的，还有钢材、材料管材也是中国制造的，还有一些泵也是中国生产的，还包括我们的合作伙伴资金支持，这个项目从上游到下游中方的支持都是非常巨大的，而且我们这个项目其实也代表了中国和俄罗斯企业之间的一个合作典范。

从单打独斗到抱团取暖再到强强联合，通过练兵亚马尔，中国企业实现由单一产品到项目承包、由低端制造到高端"智"造的跨越式发展，中国制造成为北极新名片。

中国制造企业不断优化施工方案和施工工艺，积极降低自身成本，最终中标 36 个核心工艺模块，打破韩国企业长期垄断 LNG 核心模块建造的亚洲市场格局。在模块化建造中，铺设的管线全长就达 21.5 万米，相当于北京六环长度。电缆全长 3300 公里，可以从北京连接到北极圈。完工文件 700 多万页。内部构件种类之多、数量之大，对精度要求之高，施工工艺之复杂，远超行业同类项目，而且模块中还大量配置了超高、超重压力容器设备。

不仅如此，业主图纸和大量材料还严重滞后。在此严峻考验下，中国制造企业不仅成为全球首个按期保质交付 LNG 模块产品的承包商，还创造了 3863 万工时无事故的全球单场地单项目安全新纪录。这在国际建造史上都属少见。

由广船国际建造的全球首艘极地重载甲板运输船"AUDAX（奥达克斯）"号，超过 10 层楼高，船总长 206.3 米，超过两个足球场。该船能在 -50℃超低温环境下正常工作，并在 1.5 米冰厚海况下保持 2 节航速，这个水平已达到俄罗斯规范中的最高冰区等级 Arc7，比我国明星科考船"雪龙"号 1.5 节的航速连续冲破 1.2 米厚冰层的性能要高。

诺瓦泰克公司董事长米赫尔松，前来视察中方船厂的模块制造状况及进度。在位于青岛的中海油旗下造船厂现场，他看到，部分工人在焊接车间里忙碌，大量巨型钢材整齐地摆放在原材料区，部分模块已投入建造。据现场工作人员介绍，该工厂投入亚马尔液化天然气项目制造的工人数量将达到峰值，预计将有 10000 名左右。像中海油青岛海洋石油工程股份有限公司这样参与亚马尔项目的中国船厂一共有 6 家，分别位于上海、青岛、天津、蓬莱、启东、武汉等城市，它们将分别制造不同种类的模块并通过海路运输到亚马尔半岛，以便于该项目一期可在 2017 年顺利投产。

极寒气候条件下焊接工艺也是个大挑战。亚马尔项目主结构和管线大量采用了冲击温度 -50℃超低温碳钢材料，由于材料的冲击韧性值随温度降低急剧下降，焊接工艺开发难度极大。海油工程通过技术攻关，成功突

破在 –50℃ 环境服役钢材的行业焊接难题，"极寒环境"焊接施工能力大步升级。

中国制造企业在 –196℃ 超低温大管径不锈钢焊接、625/825 镍基合金复合管焊接、异种钢焊接等方面均实现了重大突破，其开发的全自动药芯气保焊及全自动氩弧焊等高效焊接工艺，使焊接效率提高 3 倍，大大降低了焊工的劳动强度。

亚马尔地处极寒地带，所有关键装备和管线都要穿上特制的保温服——泡沫玻璃。这一特殊材料切割技术被一家新加坡公司长期垄断。中国制造企业团队想去考察观摩，却吃了"闭门羹"。"这种设备全世界就我们这一台，不能给你们看。但是我们可以提供有偿服务。"但是在新加坡切割，费用高昂，而且泡沫玻璃易碎，运输过程损耗极大。中国制造企业决心自主研发切割技术，迅速成立泡沫玻璃切割机科研课题组。7 名成员夜以继日刻苦钻研。5 个月后，世界上第一台泡沫玻璃半自动切割设备诞生了！相比手动切割，效率提升了 3 倍不说，课题组还研发了一整套泡沫玻璃排版技术，将材料切割损耗由 50% 降到 28%。仅此一项，就节约成本 4000 多万元。

亚马尔项目在主结构钢材方面，除项目初期采购了进口钢材以满足开工需要外，绝大部分钢材均为国产，国产化程度达到 90% 以上。除此之外，百叶窗、钢质门、托架、风管、电缆、紧固件、泡沫玻璃等材料均实现了国产化。业主供货商名单上的中国厂商从最初的 1 个增加到 45 个，实现降本超过 1 亿元。原来 5—6 个月的交货周期缩减到了 1—2 个月，项目组发出紧急需求，中国厂家甚至可以 1 周内供货，为项目建造赢得了宝贵时间。海油工程和国内民族品牌抱团取暖，走出国门，中国海油"朋友圈"的伙伴们由此拥有了"北极名片"。

亚马尔项目建设监督部经理谢尔盖·拉丘金强调，这样一个特大的液化天然气项目能够在 48 个月内完成目前的工作量，值得赞叹。其中来自中国的项目施工团队与建设者创造性的劳动可圈可点。没有他们按期保质保量甚至提前完成高标准模块化建造，项目进展不会如此神速。

从单打独斗到抱团取暖再到强强联合，通过练兵亚马尔，中国石油带领中国企业实现由单一产品到项目承包、由低端制造到高端"智"造的跨越式发展，中国制造成为北极新名片。耀眼成绩的背后是中国油企和制造企业逆势求生的艰辛与不易，是中国石油作为国有重要骨干企业为保障国民经济发展鼎力扛起的责任与担当。

弘扬石油精神　展示"国家脊梁"风采

在亚马尔项目，中方团队近百人在项目上得到直接有益的锻炼、相关制造企业近 3 万人亦得到锻炼，积累经验、培养人才、熟悉市场、创建关系等方面获得了超出利润之外更有价值的回报。中方的全面参与，获得了宝贵的经验，通过实践增强了信心，为后续实施类似项目、扩大中俄油气合作奠定了基础

亚马尔项目组先后共有 21 名中方同事进入联合公司工作，团队秉持"践行使命、敢于担当、挑战自我、永不说难"的工作理念取得了良好成绩。教授级专家、一级建造师陈明，参与主导了模块物流最核心的工作。工艺专业背景的姜宁，以工程师岗位进入项目团队，因扎实的专业知识和实践经验以及良好的沟通能力，被破格提升到高级工程师岗位，派往北极现场负责LNG 核心工艺区的投产调试工作；HSE 经理管硕，在联合公司其他同事不能胜任、公司准备外雇第三方的情况下，策划并主笔完成了项目环境与社会管理工作体系全套文件；副总地质师王永华，因为工作勤勉务实较真，被联合公司外方推荐评为优秀员工，在石油工人节上获颁奖状和 1.2 万卢布的奖金。

"通过这个项目，我将把学习到的一流公司的管理理念和体系，再结合中国石油的本身特点，优化提升我国在 LNG 工程管理方面的经验，以及和国际公司合作的经验和能力，从而形成我们自己的核心竞争力，成为我国今后参与类似项目的宝贵财富。"这是参与亚马尔项目建设中方团队的心声。作为中国石油第一位进驻北极现场工作的联合公司管理人员，姜宁自豪地说："能够参与到这个项目建设中，是我的荣幸；能够见证历史创造历史，是我的骄傲。"

中国石油亚马尔项目的李林，成为了当代"北极人"。在亚马尔，冬季 –40℃以下是家常便饭，最低气温可达 –52℃。现场配备有一些临时取暖

设施，每隔半个小时就要轮换取暖。在户外，即使防护再严密，也会把面部冻透，挂上厚厚的一层霜。"对于每个现场人员，恶劣的条件都是挑战。工服工鞋等全套加起来有三四十斤重，如此厚重才能防寒。可工作时很不方便，就像人负重15公斤走路，肯定很不适应。但我们就像军人一样每天负重训练，时间久了也就习惯了。"李林说。

中国石油俄罗斯公司将亚马尔LNG项目，视为展示中国石油形象、发现培养人才的难得机遇，任人唯贤、五湖四海，从全集团甚至从全社会公开选拔优秀人才参与项目管理：股东事务管理专家黄绪春；融资专家陈克全；通过分析油气藏构造判断储藏条件，力排众议打出高产凝析油井的地质专家王永华；从吐哈油田钻井工程师到PK项目钻井经理，凭借俄语和专业特长破解极地钻井难题的"老海外"黄文辉；将北极环保国际准则概念引入融资工作，参与编著原住民发展计划，协助项目取得符合国际准则环评的清华高材生管硕；积累大量LNG工程管理经验的许涛；协助中国企业开拓俄罗斯市场的采购经理马经纬。几年来，中国石油已有近80人在项目上得到直接有益的锻炼，使得亚马尔LNG项目成为实至名归的国际化人才练兵场，为中国石油后续开展相关项目施工管理积累了宝贵经验。

亚马尔项目团队连续4年获得中石油国际合作先进集体，海外党支部连续3年被评为先进基层党组织。亚马尔项目先后共有21名中方员工踏入海外征程，团队坚持用大庆精神铁人精神提振队伍士气，用优良传统凝聚发展

力量，秉持"践行使命、敢于担当、挑战自我、永不说难"的工作理念，培养锻炼出一批又一批乐于奉献、甘于吃苦、勇于拼搏的中国石油人。"央企楷模"——他们当之无愧；"开放先锋"——配得上他们一路披荆斩棘。为他们点赞！

北极航道，比绕行苏伊士运河省时 20 天

亚马尔项目的建设不仅为我国新增了北部海上运来的天然气，同时开辟了北极航道，成功实现北冰洋运输，为我国"冰上丝绸之路"战略的实施提供了重要的支点。

"冰上丝绸之路"，就是穿越北极圈，连接北美、东亚和西欧三大经济中心的海运航道。数据显示，一旦北极东北航道正式开通，我国沿海诸港到北美东岸的航程，将比巴拿马运河传统航线缩短 2000—3500 海里；上海以北港口到欧洲西部、北海、波罗的海等港口，将比传统航线航程短 25%—55%，每年可节省 533 亿—1274 亿美元的国际贸易海运成本。

2015 年以来，亚马尔 LNG 项目开拓北极东北航线，全部模块超过 60% 通过北极东北航道，也就是通过白令海峡实现运输，比传统的通过苏伊士运河的航道至少缩短 1/3 的航程，航行时间缩短近一半，大幅降低了物流成本。

传统运输航线是从我国东部经苏伊士运河至大西洋，再到项目现场的航线，全程运距约 2.5 万公里，模块运输船正常航行需要 55—60 天才能到达。在亚马尔项目之前，没有高价值、大型货物经北极东北航线运输的先例。据此，总包商采用传统运输航线，运费报价总额超过 30 亿美元，对运费实行固定总价合同模式。

经与总包商多次交流沟通，终于说服了总包商开辟北极东北航线，并商定将运费固定总价合同模式改为实报实销合同模式。在 2015—2017 年期间，共组织 45 航次从青岛经白令海峡的北极东北航线前往项目现场，全程运距仅约 1.17 万公里，模块运输船正常航行仅需要 25 天左右，比传统运输航线节约一半的航运时间。这不仅提高了运输效率，缩短了项目建设工期，而且降低了运输成本。运输成本已从总包商报价的 30 亿美元降至 18 亿美元，节

"底气十足"北极来

省运输成本 12 亿美元。

同时该项目开始供气以后，其产品都会由东北航道运回国内，这将为中国在今后使用该航道积累足够的经验，早日搭建一条通过北极连接北美、东亚和西欧三大经济中心的"冰上丝绸之路"。

在我国，90% 的外贸货物运输量都要依赖海运。目前，中国的远洋航线虽然不少，但是通往欧洲的航线有限，且面临着各种成本、安全等问题。但是如果中国能够使用北极航道，则很多问题就可以迎刃而解。

曾经，中国购买了乌克兰的"瓦良格"号航母，经过土耳其的博斯普鲁斯海峡时，"在第三国的提醒下"，土耳其政府加以拦阻，强行命令"瓦良格"号退回黑海。此后，"瓦良格"号在黑海里漂荡了很长时间后，只能返回乌克兰海港。

最终，中国与土耳其进行了长达一年半的谈判，土耳其开出了包括支付 10 亿美元"风险保证金"等一系列极为苛刻的 20 项条件，才让"瓦良格"航母通过博斯普鲁斯海峡。

马六甲海峡，一直是中国的海上生命线！2016 年，中国 80% 的进口石油和 11% 的进口天然气都要从这里通过。可是，美国一直在新加坡驻军，甚至就连印度，从今年初也开始在马六甲海峡出入口部署军舰。就在前几天，新加坡与印度还达成了海军合作协议。

不过，"山重水复疑无路，柳暗花明又一村"。

通过与俄罗斯合作，我国成功实现北冰洋运输，开辟了北极新航道。要知道，北边"冰上丝绸之路"的出现，意味着中国已经实现了"四面突围"！

中国石油俄罗斯公司总经理蒋奇表示，北极东北航道是连接亚洲与欧洲之间最直接、最便捷的运输通道。如果能够充分利用这个北极航道，将来中国与欧洲之间的经贸合作也会降低很多的物流成本，提高我们中国与欧洲之间的经济合作。

一条新航道的打通，意味着：成本大大降低。2017 年 12 月 8 日，中俄能源合作重大项目——亚马尔液化天然气项目正式投产，并在亚马尔半岛涅涅茨自治区萨别塔举行首批液化天然气出产装船庆祝仪式。俄罗斯总统普京盛装出席，亲临第一批液化天然气装船庆典。普京说："项目伊始，就有许多人罗列了一长串'项目不可能成功'的清单，是的，项目曾经有很多风险，但你们看到它现在已经成功了。对能源行业、北极开发，乃至北方航道来说，这都堪称一个重大时刻。"他表示，这是俄中等各参与方取得共同胜利的好日子。随着普京按下装船键，正在码头上停靠的首艘 ARC7 冰级液化气运输船"克里斯托夫·马哲睿"号开始接收生产线上生产的液化天然气。这艘以法国道达尔公司已故总裁的名字命名的船，按照俄罗斯船级社最高冰区级别 ARC7 级设计，可以在半年内无须破冰船的协助，而独立在北极航道航行。

走进新时代　拥抱北极梦

亚马尔这座世界瞩目的钢铁森林，与东方的旭日交相辉映，定格成为"土地尽头"一座现代石化厂。就在项目实施 5 周年之际，从北极圈里，不断传来喜讯，项目已累计生产 LNG 超千万吨。

根据 2017 年规划，俄罗斯政府将拨款 1600 亿卢布用于发展北极地区。俄北极开发事务研究专家列梅加表示，这也是欧亚经济联盟与"一带一路"建设对接的组成部分，"俄方期待与中方伙伴一同将北极航道建成发展与繁荣之路"。

北极地区蕴藏着丰富的石油、天然气、矿物和渔业资源。因此，北极仍然极有可能成为人类社会继中东之后下一个重要的能源基地。而如果中国未来可以从北极地区获取能源，就能改变中国目前能源供给过于单一的窘境。但是由于中国不是北极国家，所以如果要有效利用北极资源为自己服务，那么与北极国家在该领域的合作就显得必不可少。而亚马尔液化天然气项目是中俄在北极圈合作的首个全产业链合作项目，该项目的成功投产对于今后中国与俄罗斯进一步提升合作或与其他北极国家拓宽合作都是开了一个好头。

借"一带一路"东风，亚马尔项目的成功实践不断丰富和拓展中俄互利共赢合作的内涵和外延，成为中俄全面战略协作伙伴关系的重要支撑，能源合作在我国对外交往中始终是一项重要内容。中俄两国总理在第 22 次定期

『底气十足』北极来

会晤期间，中国石油和诺瓦泰克公司签署了战略合作协议，双方将继续就亚马尔项目开展紧密合作。诺瓦泰克总裁米赫尔松在和中国石油集团董事长王宜林会谈时表示："两个新朋友不如一个老朋友。"一声"老朋友"不仅是真情实感的表达，更是中俄能源合作不断增强和深化互信的缩影。多年来，中俄两国始终在积极探索互利共赢的契合点，努力寻找共同发展的方向与路径。在这过程中，高度的互补性与互利性使两国目光共同聚焦能源领域。能源合作成为中俄务实合作中成果最突出的领域之一。

与绵延近千公里的中俄原油管道经过近 20 年的辗转起伏才尘埃落定不同，投资额堪比三峡工程的亚马尔项目从开始实质性谈判到项目交割不过短短一年时间。这种转变得益于两国政府对建立能源合作伙伴关系的高度共识，得益于"一带一路"倡议的提出和实施，得益于遵循互利共赢原则的能源合作符合两国国情，有利于造福两国人民。

要知道，中国是能源进口大国。2016 年的液化气进口总量是 1612 万吨，而中俄合作的这个项目就可以解决进口量的 1/4。而近几年，我国在清洁能源"煤改气"的大背景下，出现大规模"气荒"的主要原因，就是因为我国天然气的供应紧缺。所以，这次中俄联手的亚马尔项目，将会大大改善我国的天然气供应紧缺现状。

麦肯锡咨询公司的一项数据显示，到 2020 年末，中国很可能成为仅次于日本的全球第二大液化天然气进口国。截至 2014 年底，中国市场对液化天然气的需求依然保持热度，国家出台多项政策扶持 LNG 领域的勘探开发和进口。通过鼓励放开天然气基础设施利用度，为 LNG 进口接收站建设提供便利性，并为第三方租用 LNG 接收站提供可能。作为亚马尔液化天然气项目股东之一的中石油，在这方面可以说是排头兵。

回顾亚马尔项目几年来的成功实践，项目领头人蒋奇很有感慨。他说，亚马尔项目是"一带一路"倡议与欧亚经济联盟的契合点，创造了人类液化天然气项目开发史上的新纪录，中国主导的项目融资和模块化建造等高端工程制造，对亚马尔项目的成功起着举足轻重的作用。

创新风险管控模式，成功推动两国政府专门就项目签订了政府间协议。通过政府间协议，为项目获得了约 70 亿美元的税收优惠，为项目化解了法律风险和财税风险，将政府支持转化为实实在在的控险和降本增效手段。

创新商务管理模式，为确保中方利益，经过艰苦谈判，我们通过协议形式明确获得了超过 20 项的否决权。通过行使否决权，促使俄方优化项目设计、开发、施工、预算方案，严格把关合同变更，使得项目投资得到了有效控制。

通过创新，在人迹罕至的茫茫北极，既创造了项目提前竣工投产的奇迹，又谱写了项目实际投资低于国家发改委核准投资的传奇。之所以说奇迹和传奇，是因为把大家认为不可能的事情变成了可能，把大家认为做不到的事情做到了。

提前建成投产。经中石油俄罗斯公司积极协调推进，亚马尔项目工程建设进度大大加快，提前实现设计产能。项目第一条线于 2017 年 11 月 6 日建成投产，提前完成投产目标。项目第二条线于 2018 年 7 月 21 日建成投产，提前 4 个月完成投产目标。项目第三条线于 2018 年 11 月 21 日投产，与商务计划相比，第三条线投产整整提前了 1 年。这标志着亚马尔项目由工程建设阶段全面转入生产运营和投资回收阶段。

打造了优质工程。亚马尔项目第二条线自原料气进入装置到成功产出第一滴 LNG 液体共计用时 8 天 17 小时 25 分钟，创造了全球同类项目最快投产纪录。项目第三条线自原料气进入装置至成功产出第一滴 LNG 共计耗时 5 天 5 小时 6 分钟，将第二条线投产时所创造的世界同类大型 LNG 项目开车时间纪录整整又提前了 3 天 12 小时 19 分钟。这不仅充分展示了高效的性能测试组织、协调、管理能力，更重要的是说明了工程建设质量优质过硬。

无安全环保事故。极地区生态极其脆弱，为此，全球对北极地区生态环境极其关注。这对亚马尔项目施工建设提出了更高的生态环保及安全要求。自启动建设以来，项目既未发生生态环保事故，也未发生安全事故。对如此宏大的建设工程来说，做到无安全环保事故为世界瞩目。

投资控制取得显著成效。中石油俄罗斯公司通过充分运用否决权持续加强投资控制，投资控制取得显著成效。国家发改委核准亚马尔项目投资 276 亿美元。项目三条线已全部投产，扣除中方进入项目前发生的投资后，项目累计完成投资 273.05 亿美元。项目上下游一体化单位建设成本、液化设施建设成本远远优于项目可研报告中的预测值。

创造巨大效益。亚马尔项目的提前投产，创造了经济、政治、社会效益。

经济效益：

一是提前实现生产经营效益。第二条线提前投产 4 个月的 LNG 产量约为 137 万吨，第三条线提前投产 1 年的 LNG 产量为 550 万吨，合计 687 万吨。按照亚马尔项目 2018 年实现的 LNG 平均销售价格 291 美元 / 吨计算，提前投产产生的销售收入约 20 亿美元。

二是为项目去杠杆做出了贡献。项目融资额度为 190 亿美元，项目融资实际提款约 153 亿美元。项目提前投产减少了项目融资提款 37 亿美元，不仅节约了可观的项目建设成本，而且降低了项目的杠杆。

三是提前回收投资。由于项目提前投产，中方 2018 年度提前获得了 14 船 LNG 现货销售份额，并由中方赛宁公司转销，实现了 8300 万美元转销利润。

四是提前解除股东担保。由于项目提前投产，银团要求的产能测试得以大大提前。这意味着 CNODC 38 亿美元的股东担保将提前解除，将为 CNODC 带来可观的效益。

五是带动中资企业受益。寰球工程公司、工程建设公司、CPOE、中油锐思、中油财险等集团公司单位获得合同额约 3.5 亿美元。中石油俄罗斯公司还积极协助造船、海运、机械制造等行业的中国企业获得了约 140 亿美元合同额。在亚马尔项目，唱响了中国制造。

政治效益：

亚马尔项目被两国领导人称赞为中俄经贸合作的典范，被誉为中俄合作的"压舱石"和"风向标"。亚马尔项目取得的突出成就，赢得了国资委第三届"央企楷模"的光荣称号，重塑了中石油良好形象，为发展中俄全面战略协作伙伴关系做出了巨大贡献。

社会效益：

亚马尔项目成为我国 2018 年高考地理试卷的背景资料，让两国社会公众瞩目，也吸引了全球目光。

新时代，就要有新思想。新时代，就要有新使命。新时代，就要有新作为。随着亚马尔天然气项目的发展，亚马尔这片土地和这里纯朴的人们将会吸引更多的目光。越来越多的人开始憧憬着去亚马尔"超越极圈"、体验游牧帐篷生活，看看耸立在这里的超级极地天然气项目。亚马尔正以自己的方式为自己代言。

欢迎到亚马尔来——这是亚马尔原住民的心声，也是亚马尔天然气项目所有员工的心声。

走进新时代，拥抱北极梦。中国石油人将用逢山开路、遇水架桥的闯劲，用勇于担当、奋发有为的干劲，将改革开放进行到底，为实现中华民族伟大复兴中国梦贡献更大的石油力量。

精益之路

——记三峡集团长江电力三峡电厂精益生产管理团队

◎文／彭宗卫　朱静霞

引　子

美丽的西陵峡畔，一座银色大坝耸立。

大江上，静卧着当今世界上最大的水电站——三峡电站。

这里是世界水电的制高点，这里是中国发展的新地标。三峡电站是目前世界上最大的水电站，安装有 32 台单机额定容量为 70 万千瓦和 2 台单机额定容量为 5 万千瓦的水力发电机组，总装机容量 2250 万千瓦，年设计发电量 882 亿千瓦时，是我国"西电东送"和"南北互供"骨干电源点，也是治

理和开发长江的关键工程。

步入明亮宽阔的三峡左岸电站厂房，只见 14 台 70 万千瓦巨型机组机头一字排开。最远处，一面巨大而鲜艳的五星红旗悬挂在墙上，静静地凝视着宽大的电站厂房。

人们站在这里，心头顿时会升起庄严之感。这份肃敬，独属三峡电站。

三峡工程是实现中华民族伟大复兴的标志性工程，是千年大计、国运所系。

拦蓄大洪水，向下游补水，生产清洁电能，承担国家重大活动保电任务……投产 17 年来，在三峡电厂的精益运行管理之下，三峡电站充分发挥综合效益，为长江经济带建设和美丽中国建设发挥了积极作用。

究竟是什么"秘诀"，能让体量如此巨大的水电站安全无虞地发挥着巨大综合效益？

三峡电厂现任掌门人王宏给出了答案：三峡电厂注重培育员工的精益理念，通过实施精益运行、精心维护、精确调度等核心措施，探索出具有三峡特色的精益生产管理模式。

一

故事还得从 1994 年 12 月 14 日，三峡工程开工建设时讲起。

兴建三峡工程，治理和开发长江，承载着中华民族的治水梦想，寄托了中华民族伟大复兴的期望。1993 年 1 月 3 日，国务院三峡建设委员会成立，在第一次全体会议上，国务院领导决定：改变以往项目设立指挥部的做法，成立中国长江三峡工程开发总公司（简称"三峡总公司"；后改制更名为中国长江三峡集团有限公司，简称"中国三峡集团"）。

三峡总公司是三峡工程的业主，是自负盈亏、自主经营的经济实体。按照当时的设想，三峡总公司作为国家授权机构投资，应该在国家宏观计划指导下，坚持以长江水力资源开发和经营为主导，形成工程建设、电力生产、多产业经营和金融服务四大产业，实现"建设三峡，开发长江"的宏伟战略目标。在组织结构和管理方式上，逐步发展成以产权为纽带实行母子公司体制的集团公司。

在三峡工程建设初期，三峡总公司集中主要精力，组织三峡工程建设，确保工程按照预期目标顺利推进。1997年三峡工程实现大江截流后，三峡总公司提出"建一流工程，建一流企业"目标，按照现代企业制度的要求，推进公司改革与发展，后续又按照党中央、国务院要求和安排，抓紧对改制重组进行了认真研究，先后和多家中介机构研讨公司股份制改造的可行性。

随着三峡工程建设的推进，为顺利接管三峡电站新投产机组，按照"建管结合、无缝交接"管理新思路，2000年2月18日，三峡总公司按照高起点、高标准原则，开始筹建三峡水力发电厂（简称"三峡电厂"）。2002年11月6日，部分党和国家领导人在三峡坝区为三峡电厂揭牌，三峡电厂宣告成立。

三峡电站装机容量巨大，地处全国电力联网中心，输电范围覆盖长江经济带华东、华中、川渝和广东等10省市。因此，国家电力系统的安全稳定运行对三峡电站运行管理提出极高要求。

为此，2002年底，三峡总公司全面启动电力生产板块的改制工作，以葛洲坝水力发电厂为基础，优化重组电力生产业务，联合有关单位发起设立中国长江电力股份有限公司（简称"长江电力"），三峡电厂则成为长江电力的电力生产和成本控制单位。

三峡电站单机70万千瓦巨型水轮发电机组的运行管理尚无成熟经验可以借鉴，只有突破传统管理模式，寻找适合三峡电厂实际情况的管理方法，才能解决面临的难题。管理三峡电站的机构已经形成，但还缺少诸多打开三峡电站安全稳定运行70万千瓦巨型机组的"金钥匙"。

自筹建以来，三峡电厂便踏上了寻找"金钥匙"的道路。

二

三峡电站在中国首次引进单机容量70万千瓦的巨型水轮发电机组，机组尺寸和容量大，水头变幅大，运行、维护和检修没有成熟的经验可以借鉴。加之三峡电站规模宏大，设施设备数量繁多、种类繁杂，且施工周期长，从左岸电站首台机组投产，到右岸地下电站完工长达10年的时间内，都长期处于边建设、边运行的管理局面。

为管好宏伟的三峡工程，筹建之初，在三峡总公司指导下，三峡电厂提出"创建国际一流电厂"的发展目标，围绕如何形成大型电站和巨型机组核心能力，与伊泰普、古里、大古力、拉格朗德等具有国际影响力的水电站进行对标学习，明确了"管理先进、指标领先、环境友好、运行和谐"的国际一流水电厂奋斗目标，并逐步形成"精益、和谐、安全、卓越"的核心价值观。

精益理念，成为三峡电厂寻找到的"金钥匙"之一。在评估并吸收国际先进管理理念的基础上，三峡电厂汲取到精益管理的思想精髓，经过生产筹建、接机发电、稳定运行等阶段的管理实践，创造性地将精益思想应用于三峡电站的生产管理中。

那么，三峡电厂精益生产管理的总体思路是什么？

据长江电力副总经理、三峡电厂现任厂长王宏介绍，"三峡电站的精益生产管理，是以实现电站安全高效运行为目标，以改善人的行为为导向，培育员工的精益观念，通过实施建管结合无缝交接、诊断运行、精益检修、风险管控和自主科研等核心业务措施，确保各个工作环节精细高效，不断提升企业核心竞争力，让三峡工程综合效益得到充分发挥"。

管理世界最大水电站，要想实现"创建国际一流"的目标，三峡电厂面对的第一个挑战，就是如何顺利接管三峡电站机电设备。

在传统的水电建设管理体制下，水电工程管理采用"建""管"分离方式，往往存在管理方接管后，投运初期设备运行不稳定、可靠性低，技术改造项目多、难度大，投入资金较多等问题。三峡工程的特殊地位决定了绝不允许三峡电站接管后出现"建""管"分离方式下存在的问题。

为确保机组"接得住、管得好、发得出"，在精益理念指导下，在三峡工程建设期，三峡电厂创新提出"建管结合、无缝交接"新思路，共组织1500余人次深入到设计、制造、施工、监理、安装、调试等各个环节。

在工程建设过程中，运行管理人员紧密参与工程建设人员的工作，参与工程设计、招标与合同执行、设备安装监理、现场调度、检验验收等建设全过程的质量控制与管理，紧密结合生产准备与工程建设，在工程建设期就完成工程的完善性技术改进，提前落实工程运行管理需要的技术要求，分步连续进行工程设备的移交，直到全部工程竣工移交投产。

从 2003 年接管 6 台机组，创造半年内接机数量和接机总容量最大的世界纪录，到 2007 年再创年接管机组 500 万千瓦的新世界纪录，再到 2012 年地下电站 27 号机组的成功接管，三峡电厂人均管理 5 万千瓦机组，三峡电站最终提前一年全部投产，且全部机组实现"首稳百日"目标，三峡电站真正进入到 4 个厂房、7 种机型、34 台机组群的全电站管理新阶段，极大促进了全国电网互联。

此后 17 年，"建管结合、无缝交接"做法成功复制到三峡集团在金沙江下游投资建设的四座梯级电站建设中去。

随着一台台机组的投产，要同步消化、吸收、掌握运用三峡工程所采用的水电新技术，逐步形成大型水电站运行管理的核心能力，实现创建国际一流水电厂的目标，他们面临着另一个挑战：如何确保巨型机组安全稳定运行。

对此，在三峡电站稳定运行阶段，三峡电厂又创新提出包括精确调度、精益运行、精心维护在内的精益生产理念。"精确调度、精益运行、精心维护品牌的形成，就是从'建管结合、无缝交接'开始的。"不少三峡电厂人这样说。

三

在三峡电站稳定运行阶段，三峡电厂继续牢牢把握坚持创建国际一流水电厂的目标不动摇，通过实施诊断运行、精益维修、风险管控、自主科研、安全与设备管理责任体系、6S 卓越管理等关键业务措施，形成了具有三峡电站特色的精益生产管理体系，为国内外大型水电站提供了可供借鉴和复制的运行管理模式。

运行维护人员就是电站运行设备的主治医生。人生病后的第一步是看门诊，而不是直接拿药或上手术台。设备也一样，首先要由运行维护人员把好"诊断运行"关，然后检修人员进一步确诊后消缺。

　　为此，三峡电厂按照精益运行、精心维护的要求，积极践行精益生产管理理念，在2003年"无人值班（少人值守）"的基础上，又提出"诊断运行"工作新思路，经过反复研究，于2005年正式全面推行。

　　"诊断运行"管理，就是在传统运行管理模式的基础上，生产技术人员通过在线监测与趋势分析等平台，结合实际运行经验，对设备运行参数进行综合分析，以准确判断设备运行状态，适时调整设备运行工况或尽早发现设备故障征兆，并及时处理的设备运行管理模式。

　　一句话，要将治病改为防病。

　　三峡电站累计安装8类共109套、用于监测机组运行状态的在线监测系统，可实时监测与分析所有主辅设备特征量的运行趋势，实现水电站运行管理从"事后处理"到"事前预控"的转变。

　　2018年汛期伊始，三峡电站迎来一波洪水，出现低水位、大流量情况。在当时的水流条件下，机组发电完全可以实现满发，但值班人员却发现一个问题：部分机组的发电效率跟不上去。

　　问题出在哪里？机械、电气、水工等专业人员开始检查调速器、机械设备、电气设备……问题倒是排除了很多，却还是没找到原因。

　　此时，三峡电厂运行部四值值班主任杨鹏正在出差的火车上。他反复苦

精益之路

145

思冥想。

突然，一个看似有些不起眼的小问题出现在眼前：三峡水库处于低水位状态，突然来了洪水，会不会是上游漂浮物被冲了下来，堵住进水口拦污栅，损失了水头？

他越想越觉得有可能，便嘱咐同事赶紧去看看。果然，上游垃圾堵住了拦污栅，导致拦污栅压差过高，损失了水头。"及时清渣后，机组发电效率提了上来。"杨鹏说。

诊断运行模式运行以来，共发现设备缺陷于萌芽状态近 2000 个，得出设备运行诊断分析报告 1460 多篇，得以受控的适时危险源 300 余项，及时分析发现重大设备隐患规避风险 30 余次。

三峡电站安全稳定运行，有杨鹏这样的直接"操盘手"，也有胡德昌这样的"家庭医生"。

胡德昌是三峡电厂机械水工维修部机械分部主任。机械分部主要负责检修维护三峡电站重要设备。三峡电厂实施以设备状态诊断和评估为基础的"状态检修"策略，优化了资源配置，保证了检修质量，控制了设备维修成本。

"简而言之，就是提前预判和评估可能出现何种隐患，然后进行检修，这与计划性检修不同。"胡德昌说。

一次岁修期间，检修人员发现一台机组的推导冷却器铜管出现破损，存在进水问题。经过分析发现，这个铜管材质不适合接触长江水，于是，他们更换了所有类似的设备。

"从第一个铜管破损开始，我们就会举一反三，形成一种诊断性检修法，对所有'家族性'缺陷进行处理，在缺陷爆发之前解决掉。"胡德昌说，"长江电力在长江上管理着几座电站，其他电站出现问题，三峡电厂也会对照检查，自我反省，自我诊断。"

如今，三峡电厂的"状态检修"策略已作为三峡模式，输送到了其他电站中去。

在拉动精益生产管理模式的"三驾马车"里，"精确调度"策略是核心部分。在该策略的指引下，长江电力形成了以三峡枢纽为核心的长江流域梯级联合调度模式，每年可增发约 100 亿千瓦时电量。

2017 年 10 月汛末，三峡水库已经蓄水至较高水位。偏偏这时，上游即将来一波大水。

此时，大部分三峡机组正处于检修阶段。水资源很宝贵，如果放掉，就不能生产清洁电能；但如果一直蓄着，等到机组检修完成再发电，则会因为水位过高，给上游地区带来防洪压力。

经过慎重讨论，三峡电厂领导层果断决定：与防汛调度上级部门、电力调度上级部门申请，推迟检修计划，及时恢复机组，在确保防洪安全的前提下，紧紧抓住发电有利时机，利用这波洪水，让大部分机组并网发电。这样，既可充分利用汛末中小洪水资源，还能避免因拦蓄洪水时间过长而造成防洪压力。

"情况紧急，工作量太大，全厂各部门都行动起来，效率很高，第二天就恢复了大部分机组。"三峡电厂电气维修部自动分部主任艾远高说。

这个 10 月，三峡电站生产约 150 亿千瓦时清洁能源，可替代约 478 万吨的标准煤，减少约 1237 万吨二氧化碳排放。

四

承担着保障电网安全和长江中下游数千万百姓安澜重要使命的三峡电站，因其特殊地位，一直高度重视安全生产工作。

"在三峡电厂，不允许在既有经验成熟的情况下还出现因疏忽而导致的安全事故。"三峡电厂运行部二值值班主任张晓宇自信地说。

他的自信，有据可查。相关数据显示，三峡电站一类非计划停运次数、等效强迫停运率等处于国际领先水平。截至 2019 年 6 月底，三峡电站已连续安全生产 4700 余天，未产生一度违约电量，未漏检任何重大缺陷，未发生一起安全事故。

如何才能将安全生产做到极致？在张晓宇看来，这与三峡电厂员工的自我加压有关。

"三峡电厂全体员工都知道，三峡电站代表国家形象，必须做到万无一失，让全国人民放心，比如实现零非停。"

事实上，无论是三峡集团下发的考核指标，还是国家标准，甚至世界标准，对于安全生产工作，都没有"零非停"这么高的要求。

夏季汛期内，三峡机组处于长周期大负荷运行状态，走进关键核心部位，随处可见仔细巡检的电厂人员。

在左岸电站中控室，值长杨鹏调出一个实时画面，说："你看，这是运行部一天的巡检量，一共 32 条线路。每组巡检人员，平均要花 2 个小时，才能完成一条线路的巡检。"

而负责管理监控等重要系统的电气维修部，在巡检工作中也承担着重大责任。

"绝大多数重要参数都汇集在监控系统中。34 台机组全开期间，一天要巡检 1000 多个重要参数。"艾远高说，"如果在冬天去机组风洞里巡检，可以说是冰火两重天。风洞内温度 40℃以上，刚钻进去几分钟就汗湿透了！"

三峡电厂运行部运行三值副值班主任江雨，向笔者讲述了一根"小螺杆"的故事。

2014 年 11 月的一个傍晚，江雨接到巡检人员曾勇的紧急汇报：有一台机组的发电机盖板内有异常声音！

江雨顿时警觉起来。哪怕只有一丝异常声音，也可能诱发重大安全事故！他赶紧嘱咐曾勇进行检查。

"在线监测系统已查看，机组振动摆度数据正常！""机械制动风闸位置节点已查看，无异常！"……

所有数据正常，但异常声音并未消失，这让江雨坐立难安："我得自己去现场核实一下！"

在现场，江雨和曾勇对异常声音进行反复分析，发现传出来的声音与金属摩擦声类似，有周期性，且音量有加强趋势，由此判断机组内部机械部分出现了故障。

他们迅速把情况上报，征得有关部门同意后，立即停机检查。

打开一查，却让两人惊出了一身冷汗。原来是发电机挡风板吊装螺杆已经断裂，因此才诱发了异常响声！

小小螺杆，更换起来不难，但却差点儿成为一场机组短路电气事故的危险源。"好在值班员具有高度责任心和过硬的业务水平，及时发现并处理了故障。"江雨说。

五

如今，三峡电站正以一种更加智慧的状态，履行着大国重器使命。

"三峡电站的安全高效稳定运行，源于对科技创新的不懈追求。"三峡集团党组成员、副总经理张定明表示。

在接机发电阶段，三峡电厂面临着时间紧、要求高、缺少大型电站和巨型机组运行管理经验等问题。他们主动与国际上影响力大的水电站对标，同时秉承三峡集团与设备企业联合组成攻关团队，对引进技术进行消化吸收再创新。

随着巨型水轮发电机组水力设计、冷却方式、电磁设计等关键技术突破，三峡电站不仅圆满完成高强度接机发电任务，提前一年投产发电，同时还实现了70万千瓦机组国产化，三峡集团依托三峡工程推动中国水电装备制造实现历史跨越，实现从跟随者到引领者转变，进入世界水电"无人区"。

推动互联网、大数据、人工智能和实体经济深度融合，是时代发展趋势。在工业转型升级外在推力、水电企业"创新驱动"内生动力的双重推动下，建设"智慧电站"，成为水电行业竞逐的一大方向。

新时代、新技术、新使命又摆在三峡电厂精益管理团队面前。

有了接机发电阶段出色表现的底气，进入全电站运行阶段后，三峡电厂创新抱负更大。他们力图打造一个"智慧电站"，让电站运行管理更加高效精益，形成引领水电行业"智"造的创新能力，向科技要生产力，真正实现将大国重器掌握在自己手里。

对此，三峡电厂提出"全面感知、共享整合、智慧管理、智能展示"的智慧电站建设规划，努力让电站设备"长脑子""会思考"。

他们成功应用世界首套巨型压力钢管检测机器人，可用智能化方式，对水电站流道进行快速安全高效的检测维护，不再需要人工冒险搭建脚手架进行维护，填补了行业技术空白，达到国际领先水平。

他们发明智能巡检机器人，可替代人工进入电缆廊道等部位，进行智能抄表、超声检测、瓦斯气体检测。基于虚拟现实情境下的人机交互巡检，可让运维人员直接进入数字化厂房监控探头视角，查看远距离巡检部位的实时场景，减轻巡检劳动强度。

这些国际一流的尖端技术，被三峡电厂率先运用到巨型机组的精益运行中，推动了国家水电装备跨越式发展。

如此智慧的管理，也让三峡电厂实现了人均管理 5 万千瓦装机容量的高效组织架构，数十项标准成为国家及行业标准，充分发挥了三峡标准、三峡模式、三峡经验的行业标杆作用。

"三峡智慧电站的近期建设已规划到 2020 年。到那时，可以再来谈谈三峡电站在行业中的地位。"三峡电厂副总工程师谢秋华说。

六

"我们自己迎难克坚，不仅取得了三峡工程这样的成就，而且培养出一批人才，我为你们感到骄傲。"习近平总书记视察三峡工程时，高度肯定了三峡人的专业能力与奉献精神。

人才是企业发展关键因素。三峡电站很大，大到可以称为"世界第一"，一个供电半径上千公里的三峡输变电系统腾空而起，水流转换成电能，瞬息之间，就能从高山峡谷传向辽阔的神州大地。但三峡电站也很小，没有一批忠诚的守护者，印证中国强盛与辉煌的三峡实力将无从谈起，"世界第一"的桂冠也将黯然失色。

依托葛洲坝水力发电厂人才储备优势，三峡电厂培养了一批科技创新型人才队伍，为运行好、管理好三峡电厂奠定了坚实基础。

继举世瞩目的三峡工程之后，金沙江下游开始吸引世人关注，目前已成为全球规模最大的清洁能源走廊。三峡集团在金沙江上开发的向家坝、溪洛渡、白鹤滩、乌东德 4 座梯级电站，总装机容量超 4000 万千瓦，均为"西电东送"骨干电源。2015 年底，三峡集团成功实施金沙江溪洛渡和向家坝梯级电站资产证券化、长江电力重大资产重组。此时，全球 99 台已投运的 70 万千瓦以上大水电机组中，长江电力拥有 58 台，世界前十大水电站中，长江电力拥有 3 座。

面对三峡集团和长江电力战略发展需要，三峡电厂结合金沙江梯级电站管理的人才储备和三峡电站长期稳定运行要求，进一步加强人才队伍培养。

人，是决定精益生产管理成败的关键因素。从葛洲坝电厂到三峡电厂，再到向家坝电厂和溪洛渡电厂，短短十多年里，三峡电厂从培养人、用好人的角度，进一步加大人才开发培养力度，创造人才培养机制，优化人力资源管理，着力锻造一支技术过硬、管理有方、志存高远的干部员工队伍，打造管理大型电站和巨型水轮发电机组的核心能力。

在三峡电厂干部员工当中，涌现出一大批杰出代表。

2000 年，装机容量创世界之最的三峡电厂开始筹建，这是国内首次引进 70 万千瓦巨型水轮发电机组。葛洲坝电厂输送出的技术人才李志祥，被选拔进入三峡电厂筹建团队，牵头组建三峡电厂运行部。随后 17 年里，他带领团队，为三峡电厂创造了多项技术革新和管理创新成果。

运行部的管理职责，是对三峡电厂所辖的机电设备和泄洪设施进行操作控制、监视控制、预测分析、事故处理与应急维护，保证三峡电厂机电设备能够安全、稳定、经济运行，实现最大经济和社会效益。2006 年 7 月 1 日晚 20 时 59 分，华中电网突发系统振荡，三峡电厂电压、频率经历了剧烈波动。此时，三峡电厂 12 台 70 万千瓦发电机组正满负荷发电。

险情出现，若不及时处理，可能导致 12 台机组被迫解列停机，华中电网乃至全国电网危在旦夕！

"立即退出全厂功率自动控制 AGC 和 AVC 装置！""调高运行机组无功功率，尽力抬高电压！""将 6 号机和 10 号机切到调速器手动控制模式，视系统频率试降有功！"接到值班主任汇报后，李志祥凭着多年积累的丰富经验，迅速做出判断，当即下达指令。

短短几十秒，李志祥带领团队，完成各项紧急调控措施操作，效果立竿见影。三峡电厂充分发挥大容量机组的巨大阻尼作用，最终平息了这次偶发性的系统低频振荡，得到国家电网调度中心的高度评价。

精益之路

2007年，三峡电厂正值接机和运行高峰，技术工人明显不够。李志祥带领团队，创新实施"大on-call"倒班方法这一值班新模式，在不增加运行人数和工作时间的前提下，集中并加强白天优势力量，晚上"on-call"中，有事立即召来即可。这一举措极大地缓解了运行部人力资源紧张的难题，并在全国水电企业广泛推广应用。

1982年，湖北省电业技工学校热能动力专业一个叫凌伟华的小伙子毕业了，分配进入葛洲坝电厂，从事水电厂调速器机械检修工作。

2001年，随着进军大三峡的号角吹响，为实现心中的三峡梦，他义无反顾奔赴三峡，成为长江电力历史上第一批实践"建管结合，无缝交接"的监理人员之一。

三峡机组国际招标被称为全球水轮发电机组界的"奥林匹克"，左岸机组均由国外引进，相关资料不齐全，且都是英文，人员又十分紧缺。摆在他面前的，是大工程，大电站，大机组，大难题。

为顺利实现接机发电，凌伟华常常在三峡工地一待就是几个月，白天收集资料，晚上抽空学习英文。从法国阿尔斯通接过来的图纸和资料都是纯英文版，这对一位年逾四十、不熟悉英语的老师傅来说，可谓困难重重，但凌伟华没有退却。每一张图纸、每一份说明书里的单词，他都会去字典里挨个儿查找，再在一行行英文单词下面，用铅笔做出一串串中文注释。

凭着这种钻研精神，他在安装监理、现场调试中发现了多项隐患，并及时提出反馈意见和解决措施建议，使问题得到及时解决，大大减少了设备设施接管后的改造工作。

在与外国厂家打交道的过程中，他经验丰富、认真负责，给外方调试人员留下深刻印象。外方厂家不记得他的名字，但记住了他的安全帽编号"133"。安装调试现场遇上麻烦事，外方调试工程师点名要求"133"号必须到现场。

凌伟华被称为检修现场的"定海神针"。调速器电磁阀衬套和阀芯的配合间隙，小到0.005—0.008毫米。一般人拆装电磁阀，整个过程要花费半天时间。凌伟华师傅凭着手感，在短短半小时内，就可精确完成拆装。

为练就这一手绝活儿，凌伟华花了整整30年，把毕生大部分精力都奉献给了三峡电站调速器系统专业。"设备也有生命，琢磨它的脾气需要我们沉下去，再沉下去。不能猴子掰玉米，心浮气躁。"

对青年员工关爱有加、悉心教导的凌伟华，还是三峡电厂导师带徒活动中有名的好导师。

凌伟华每年都会将青年员工收为徒弟，并毫不保留地向徒弟传授全身绝学。在生产现场，他指着一个个阀组，仔细地为徒弟讲解；在办公室里，他对照着一张张图纸，详细地为徒弟指点；每逢加班周末，他也不知疲倦地跟徒弟一起琢磨技术攻关……在他的悉心指导下，20多个徒弟迅速成长为长江电力不同专业的技术骨干。

像凌伟华一样，一批青年技术人员坚守在平凡岗位上，时刻为三峡电站稳定运行把脉问诊，发挥着一个个技术能手的榜样作用。

1992年出生的三峡电厂运行部员工段鹏，参加工作短短4年时间，就拿到了三峡集团"杰出员工"这一殊荣。

"他是我们值最杰出的员工！"大家这样评价他。

荣誉加身，并非偶然。因为段鹏有自己的工作原则：在岗一分钟，责任六十秒。

2016年11月，段鹏在巡检时，发现15号机组尾水管竖井内存在轻微

积水。他没有忽视这个现象，而是蹲下来仔细观察。

11月的宜昌，气温和空气湿度均较低，积水四周未见凝露现象，可以判断非墙体渗漏造成。那积水又从何而来？情况有异，他立即向上汇报。

经过检查，原来是一颗螺栓发生锈蚀，已经断裂。"厂房的很大部分位于水面以下，还好段鹏及时发现，否则可能会出现水淹厂房事故。"张晓宇说。

三峡电厂机械分部，是三峡工程防洪和发电设备设施的主要管理维护班组之一，承担着三峡电站34台巨型水轮发电机组在线监测振摆系统等的管理和检修维护工作。

17年来，机械分部在设备管理中，将机组诊断运行分析由单一当前数据分析转变为综合趋势分析，由事后处理转为事前控制；通过一系列自主科研创新，发现并解决进口密封国产化研究运用、机组顶盖密封换型改造、新型机组检修密封研究运用等系列难题；在实践中不断总结，努力提高检修技能和质量，仅2018年，机械分部办理工单2468张，为机组安全稳定运行保驾护航；自三峡电站投产以来，机械分部实现所管辖设备连续7年"零非停"……

经过17年历练，机械分部锻造出了一支具有核心战斗力的队伍，被评为三峡集团的"红旗班组"。2019年9月，中央企业先进集体和劳动模范表彰大会在人民大会堂举行，三峡电厂机械分部获"中央企业先进集体"称号。

金沙江、欧洲、南美洲……如今，三峡电厂培养出来的人才，正被源源不断地输送到新的"战场"。

七

作为全球最大水电站运行管理的直接责任单位，三峡电厂不断提升电站生产管理和设备管理水平，确保电站安全稳定运行，确保三峡工程惠及国计民生的巨大综合效益充分发挥。

17年来，三峡电站为共和国建设发展提供优质清洁电能超过1.2万亿千瓦时；三峡工程蓄水10年以来，累计拦蓄洪水48次，拦蓄量1475亿立方米，其中应对每秒5万立方米以上洪水11次，每秒7万立方米以上洪水2次，每年防洪直接效益可达76亿元人民币……在三峡电厂的精益运行下，三峡电站充分发挥综合效益，彰显了新时代大国重器的伟大力量。2013年6月，三峡电站被世界知名《能源》杂志评为2012年度"Top Plants（顶级电站）"称号。

17年来，三峡电厂全面深化改革，破解发展难题，坚持精益运行理念，多年来三峡电站一类非计划停运次数、等效强迫停运率、等效可利用系数、水能利用提高率等关键指标始终处于国际领先水平。

17年来，三峡电厂精耕现场管理，构建以"安全管理责任到岗，设备管理责任到人"为核心的责任体系，打造"以设备治理为主线、以科学管理为基础、以本质安全为标准"的安全生产管理体制，严格落实风险管控，从"抓好设备管理、优化机组运行、研究节能项目、加强科研攻关"等方面促进电站提质增效、节能减排。三峡电厂投产17年，共进行413万多项设备操作，2.6万多次开停机，4400多次闸门启闭，实现了"重特大事故为零、职工伤亡事故为零"双零目标，以及长周期、无缺陷稳定运行。

17年来，三峡电厂强化创新驱动，厚植发展根基，核心竞争能力得到新提升。三峡电厂拥有的核心技术在国内乃至国际同行业具有领先优势，形成以需求方为主体的联合创新机制，推动国内水电装备制造从单机容量30万千瓦到70万千瓦、再到80万千瓦，2021年即将达到100万千瓦，把中国水电装备制造运行带进世界水电"无人区"。世界首套巨型压力钢管检测机器人等科研成果在运行管理中成功应用，科技创新多项成果获国家级奖项，累计获得专利480余项、核心论文200余篇，持续引领世界水电行业创新发展。

17年来，三峡电厂着力打造本质安全型、和谐友好型、学习进取型、创新创效型、奉献社会型"五型"班组，带领群团组织依托"专家（博士）创新工作室""青年管理创新组"等平台，有效解决设备技术难题。自2011年以来，完成13项科研项目、47项重点技术研究项目，146项专利申报成功，多项科技成果获得国家能源科技进步奖、水力发电科学技术奖、全国电力职工技术成果奖。

17年来，三峡电厂以高素质的人才、精简的队伍、高效优质的工作顺利

精益之路

完成筹建任务，实现人均管理 5 万千瓦装机容量的高效指标，成为央企减员增效的示范者，在整个行业树立了电力体制改革的"标杆形象"。

17 年来，三峡电厂和谐企业建设迈入新阶段。在岗员工人均收入近年来保持持续增长，落实了"五险一金"、帮扶助困等机制，维护了广大职工利益，保持了和谐稳定发展局面。常态化开展"两学一做"学习教育，创新开展"鹰眼行动"等特色党日活动，党员干部在抗击特大洪水、应对极端天气、参与重大抢险等急难险重任务前勇挑重任。

17 年来，三峡电厂精益生产管理团队先后获得国有企业创建"四好"领导班子优秀集体、全国"五一"劳动奖状、中央企业思想政治工作先进单位等荣誉。三峡电厂有 21 项标准成为国家及行业标准，60 余人次获得国家级、省部级荣誉，33 项科技、管理创新成果获得省部级以上荣誉，培养出全国劳动模范、全国技术能手、荆楚工匠、电力行业楷模等一大批行业领军人物和技术骨干。

17 年来，三峡电厂在推进企业改革发展等方面开展许多开创性工作，突破了过去不可能突破的关口，解决了行业很多想解决而没能解决的难题，取得对地区和国家长远发展具有深远影响的历史性成就，形成以"廉洁三峡、安全三峡、责任三峡、卓越三峡、学习三峡、创新三峡、和谐三峡"为核心内容的 7 个三峡文化品牌。

17 年来，三峡电厂全体干部员工从零起步，以对国家、对人民负责的精神，依靠勤劳智慧，勇于探索创新，科学管理，认真钻研，努力攻关，致力于创建"管理领先、指标领先、环境友好、运行和谐"国际一流电厂，着力培育"精益、和谐、安全、卓越"的价值观，在成为"世界水电运行管理引领者"的道路上阔步前行。

屈子祠畔，大江奔流。流淌着三峡工程百年梦想，更流淌着三峡电厂管理三峡、保护长江的坚定信仰。

爱琴海畔的新神话

——中远海运比雷埃夫斯港管理团队的风雨十年

◎文 / 朱雪峰

这是两个文明古国的情感共鸣

这是两个航运大国的浪潮交响

这是东方和西方的相向而行

相会在"一带一路"的支点

在爱琴海畔

演绎出一个新时代的新神话

——题记

希腊卫城,爱琴海畔。夜幕初临,天边一抹紫霞余晖。

比雷埃夫斯港灯火渐明,远远望去,拉起一条阑珊的长线。长线绵延着,圈起整个港湾。

愈发深沉的蓝色夜空下,整个港湾泛着橘色的光,仿佛在这苍穹之下、地中海上,闪耀着一颗孕育千年的明珠。

码头上,巨型吊车和门机正在有条不紊地装卸货物,大工业化的旋律欢快而悠扬。今天是 2018 年 2 月 26 日,上午,比港集装箱码头第三个 2 万标准箱级集装箱泊位正式投入运营,并且迎来"中远海运金牛座"集装箱船。这是希腊航运史上第一次迎来 2 万箱超大型集装箱船舶进港。从今天开始,比港这座千年古港进入"20000TEU+"新时代。

白天庆祝仪式的欢腾喧嚣和空气中弥漫的彩烟还未散尽。傅承求打开办公室的窗户,远眺码头岸线,视线和思路一直延伸出去,似乎想触及久远的彼岸。10 年前,他临危受命,离开工作了 15 年的中远意大利公司来到比港,带领比港管理团队在希腊创造了一个新神话。此时,海风拂过他的满头白发,10 年悲欢涌上心头。

危机席卷

2016 年 2 月 18 日,中国最大的两家航运企业中远集团和中海集团重组,成立中国远洋海运集团。重组前的 2008 年 11 月 25 日,在时任中国国家主席胡锦涛和希腊总理卡拉曼利斯的见证下,中远与比雷埃夫斯港务局于希腊雅典正式签署比雷埃夫斯集装箱码头特许经营权协议。2008 年 10 月 30 日,中远以 4.98 亿欧元中标,从比雷埃夫斯港务局获得比雷埃夫斯港 2 号、3 号集装箱码头 35 年特许经营权,并成立中远比雷埃夫斯集装箱码头有限公司。

中远海运是一家天然具有全球化视野的公司。1961 年,公司第一艘远洋船"光华"轮首航,便是远赴印尼;1978 年,"平乡城"轮开辟了中国第一条国际集装箱班轮航线;1979 年,"柳林海"开通中美海上航线;1988 年,在英国成立了集团第一家海外独资公司;1993 年,成为进入海外资本市场的第一家中国国企。此次在希腊的行动,也是中国企业首次在国外获得港口的特许经营权。

希腊位于欧、亚、非三大洲之间，被视为西方文明的发源地。同时，希腊有着悠久的航运历史，航海远征故事流传至今。长期以来，希腊船东控制的船队约占全球商船队的四分之一，是名副其实的世界第一航运大国。

比雷埃夫斯港位于希腊萨罗尼科斯湾畔，是欧洲大陆地中海沿线距离苏伊士运河至直布罗陀主航线最近的港口之一。打开地图可以发现，比港北靠巴尔干半岛，南靠地中海，正好位于地中海的核心，既是欧洲的南大门，又是通往黑海的咽喉要道，是连接东方和西方的战略要塞和重要枢纽。凭借优越的地理位置和海运条件，比港曾经辉煌一时。

希腊政府从 2006 年就开始尝试比港的私有化，中远海运是最早接触并实现合作的外国投资者之一。收购比港初期，中远海运更多考虑的是码头业务的全球布局，构建便捷通畅的物流链。由于希腊所处地理位置的重要性和国家政治环境的稳定性，集团在战略决策中选择了比港。这不能不说是具有远见的一个决策，因为直到 2011 年，希腊政府为了应对主权债务危机，才开始全面将港口、铁路和空港进行私有化政策。中远海运抢先发力，既积累了经验，又抢得了先机。

但探路者必定会比别人碰到更多的坎坷。

2007 年中远海运进行收购谈判的时候，正逢世界经济增长的峰值。但 2008 年，国际金融危机爆发并迅速席卷全球，随后欧债危机接踵而至。2009 年，希腊整体经济态势不断恶化，在国际金融危机和自身债务危机的双重影响下，希腊各大行业均受到较大冲击，比港也未能幸免。一方面，海运业务量持续下滑、装卸费率急剧下降、船舶挂港急速减少；另一方面，港口自身设备老旧、客户流失、管理无序，甚至出现了巨额亏损。同时，当中远海运真正投资比港的时候，收购价迅速攀升。多重困难叠加，让即将踏入希腊的中远海运管理团队措手不及。"船到中流当奋楫"，团队选择了激流勇进、破浪前行。

罢工如潮

2009 年，中远海运对比港 2 号、3 号码头 35 年特许经营权正式签订。当时，位于 2 号码头西侧的 3 号码头还处于待建状态。协议规定，从 2009 年 10 月 1 日起，中远海运对 2 号码头的经济效益负责，但是没有经营管理权，码头维修、运营仍归原管理方港务局。如果亏损了，全部由中远海运承担，直至 2010 年 6 月 1 日中远海运正式接管。这 8 个月的时间为"过渡期"。

——这竟成了中远比雷埃夫斯集装箱码头公司所经历的"至暗时刻"。

回到合作的最初，双方的角色定位非常鲜明，一个是发达国家，一个是发展中国家。而这一刻，是发展中国家要收购发达国家的码头。当中国人表达这种合作愿望的时候，发达国家会认可吗？希腊人能理解吗？为什么把这么重要的一件事拿出来跟外国人合作？跟中国人合作？事实证明，希腊人民感到很意外。

彼时，正好又赶上希腊政府换届，各党派对港口私有化的问题存在较大分歧，反对私有化的声音有所扩大。而工人阶层，在荣誉感的驱动下，更是强力反对私有化。他们认为，希腊政府签订的是一个"殖民地条款"。

协议签署的消息一经发布，希腊的上空立即弥漫起浓浓的火药味。"出售港口是个错误，无助于带来增长！"比港港口工人联盟秘书长 George Gogos 率众抗议。

码头工人的游行随之开始。

大街上，浩浩荡荡的游行队伍中，"COSCO GO HOME"（中远滚回家）的红蓝相间的粗体字巨幅标语冲击着人们的视线，更刺激着人们敏感的神经。

码头上，第一轮 48 小时大罢工拉开序幕。没有人再愿意去工作，没有人维修保养设备，只有随时摆手不干的工人，只有随时被丢弃到垃圾桶的崭新备件。极少数人应付着码头的装卸作业，维持着"三天打鱼两天晒网"的状态，导致生产停滞、船舶压港，经营管理举步维艰。很多货船在港口一等就要一两个星期才能卸完货，直接影响到清关和免堆期，而堆场上集装箱堆积如山、混乱无序。很多船舶直接调转船头，扬长而去。

无休止的游行、罢工，断断续续长达 11 个月。

债务危机、经济崩溃、货量不足、客户流失、设备瘫痪、工会围堵、工人抗议……像汹涌的潮水肆无忌惮地冲击着码头。码头的运营很快陷入困局，年货物吞吐量从 2007 年时的 140 万标箱骤降到 40 万标箱。从 2009 年 10 月开始，每个月的亏损将近 200 万欧元。尚处于"过渡期"的中远比雷埃夫斯集装箱码头公司已需要为码头效益负责，这直接导致公司刚成立，就收到一张 1300 万欧元的亏损单。

正是在此时，中远紧急调动傅承求，以期其"救危难于水火"。2010 年 3 月 24 日夜，傅承求奉命离开意大利，作为中远"1 号机密"，悄悄地来到雅典。

双赢承诺

傅承求至今对第一次踏上比港的惨淡场景记忆犹新。

"如此美丽的港口，如此优越的地理位置，却因经常的罢工，因一己私利去争斗，结果走向了亏损，走向了衰败，太让人痛心了！"傅承求感慨万千。

当晚，傅承求彻夜未眠。

第二天早上，傅承求带领比港团队成员走入了罢工人群。经过深入了解，罢工最大的本质原因来自于"失业威胁"。希腊工人都知道中国是个人口大国，中国成千上万的工人到来，势必夺走他们的饭碗，让他们失去祖祖辈辈赖以生存的家园。

症结找到了，傅承求当即向港口工人立下四点承诺：

第一，我们会像爱护眼睛一样，像爱护自己的家园一样，爱护好比港。

第二，中方只派 7 名经理，不裁员，不派任何中方工人，所有工作条件、工作机会全部交给当地人。

第三，严格按照欧洲法律法规、希腊法律法规进行管理。所有的招投标都放在阳光下、台面上，经得起检验，经得起鉴定，经得起法律考验。

第四，大量投资港口设备，通过现代化的手段提高港口的装卸速度，带动更多业务发展，增加更多就业岗位，改善希腊经济。

中方7人团队成员当起了宣传员，磨破了嘴皮子，告诉所有希腊人：中远海运不是侵略者，而是投资者；中远海运来的目的不是夺利，而是"双赢"；比港过去属于、今天属于、将来也永远属于他们，特许经营权协议到期时，我们会留下所有先进设备，绝不会带走比港的一草一木。

傅承求把工人代表领到办公楼的会议室聊天，告诉他们：我们不远万里来到这里，两个开创古文明的国家走在一起，不应该有隔阂和纠纷。我们来投资，固然要追求上市公司的利益，但前提是帮助当地。在我们的管理下，不会轻易辞退任何人，因为你们是家庭的中流砥柱，是父母的宝贝儿子，是子女的当家人。我辞退你，就会影响你的家庭。只要你们热爱这份事业，我就不会轻易辞退任何一个人，说到做到。

面对面地交谈，心与心的沟通，比港当地员工慢慢地由抗拒到接纳，由接纳到欢迎。

言必行，行必果。很快，随着新设备的到位，大批国内熟练的技术操作工人来到比港，开展对当地工人的培训；当地一部分工人也被送到中国进行培训，自动化的港口先进管理理念逐步为大家接受，每小时操作箱量提高到一倍以上。在这个过程中，大家由陌生到熟悉，由相识到相知，成为了一个和谐的整体。

交心，换得了民心；信任，坚定了信念。

民众的反对尚在疏解，国内外的舆论又起波澜。2010年4月的一次西方媒体"抹黑"报道，让比港中方管理团队和媒体打交道的方式有了很大改变。七八月份，一家美国报社的记者提出要采访傅承求。接受采访的程序还在流转中，几天后，在没有等到傅承求答应采访的情况下，这位记者的文章见报，称中国人占领了希腊码头，中远比雷埃夫斯集装箱码头公司"回到18世纪"，管理霸道，对希腊当地工人进行严苛剥削，不让他们吃中饭，不修建厕所，给他们全世界最低的工资等，共计列出了13条罪状。

世界一片哗然，比港团队压力山大，从此改变方式，向媒体敞开大门，积极回应媒体查询，并主动邀请媒体走进比港，感受事实。尽管有些记者带着不同的目的而来，但团队成员笑脸相迎，主动宣传，让少数媒体意图丑化的空间被事实去否定。公司成立了外宣小组，团队成员集体出马，傅承求亲自担任发言人，阐述共赢理念，逐步获得了媒体和外界的理解。

比港收购过程中，换届政府迫于民间压力曾一度想推翻原先达成的协议。中方团队邀请希腊《自由报》等20余家主流媒体访问中国，参观集团总部，增进双方了解，回去后发表40多篇正面宣传报道，大大改善了舆论环境，舆论对中远海运的偏见快速转变。

霸王协议

2010年6月1日，本该是个大喜的日子，在中希合作的历史上将会留下浓墨重彩的一笔。这一天，将由中国人、希腊人共同组成管理团队，全面接管比港2号集装箱码头。中国人在欧洲发达国家经营码头，开创首例。

然而，就在此前，来自比雷埃夫斯港务局的一份"霸王合同"摆在中方团队的办公桌上。待签合同上写道：2号码头的现有设备，港务局的1号码头公司可以协助维修保养，但费用是每月17.5万欧元，这其中不包括备件费、加班费以及增值税，合同有效期两年。此外，中远海运每月还要从2号码头的货物吞吐量中安排不少于18000标箱的货量到1号码头操作，收入全归1号码头所有，否则立即中断对2号码头的维修保养。当时，整个2号码头的月货物吞吐量不过4万标箱上下。

这份合同犹如晴天霹雳！"它像是一条绞索，紧紧套住我们的脖子。"傅承求顿感无助。无助来自于残酷的现实：中远海运接手的12台桥吊中有4台使用期已超过30年，4台超过20年，最新的4台建造于2002年；而48台场地跨运车都超过10—20年。尤其是近两年来港务局未按规定对2号码头的机械设备进行定期维修保养，很多老旧设备要换新，但在市场上已经难寻踪迹。更不可思议的是，桥吊的相关维修记录及电子参数全部离奇"蒸发"。老旧失修的设备动不动就瘫痪，装卸货物的速度像蜗牛一样，港口里船舶滞留，码头上等着提货送货的卡车排起了长龙，堵塞了城市。

如果无法独立解决设备维修保养问题，中远海运团队的选择只有两个：

一是"寄人篱下",一是卷铺盖走人。港务局的经营者似乎稳操胜券:"这几个中国人如果不依靠他们,根本玩不转码头。"

怎么办?如果同意签订这份"霸王协议",那么今后的两年里,整个码头的命运将被完全扼制,无异于慢性自杀。如果拒签,就要面临因设备的损坏导致整个码头停业的巨大风险。

"战士打仗需要枪,枪不灵,怎么上战场?"曾在 20 世纪六七十年代有过 5 年军旅生涯的傅承求,将码头的设备比作战士手里的枪。他暗下决心,"活要活得像样,要死,也要死得像个样"。

紧要关头,傅承求带领中方团队回顾起了中国近代史。"越是遭遇封锁,越是被动,就越是奋发图强的关键时机,今天的我们又怎能碰到困难就屈服?!"大家群情激奋,针对眼前的势态,集思广益,最后一致认为,签了此合同就意味着放弃,必死无疑,唯有拒绝维修协助,坚持自力更生。

比港不是孤军奋战,身后还有祖国的后盾,还有集团的支持。紧急关头,中远海运集团集全集团之力、鼎力相助,以最快速度立即从所属泉州港抽调专家李建春直赴希腊。李建春下了飞机连口水都没喝就直奔码头现场,立即挽起袖子带上工具,登上已损坏的桥吊进行检修。烈日炎炎,酷暑难熬,他在 40℃以上的高温天气下,经过 4 个多小时的连续作战,第一台停工多时的桥吊成功修复!这不是一台吊机的恢复运转,这是全体码头员工士气的起死回生!

在接管后的前几个月里,中方团队争分夺秒,带领设备工程人员不分白天黑夜,渴了喝口凉水,饿了吃包方便面,困了就地躺一会儿,醒了接着干。傅承求通常晚上只能睡两三个小时,工作服穿破了 4 套。就这样度过了几十个日日夜夜,终于换来了所有设备的生龙活虎、上下翻腾。码头运营渐渐步入正轨,等候提货送货的卡车长队越来越短。

然而一波未平,一波又起。码头刚刚接管,原港务局工人突发"状况":卸下 100 多个箱子的货,均未如实地将相关数据输入电脑;而该装的货,也没有放到配载系统里。系统数据不全,电脑程序紊乱,导致卸船的箱子无位置可放,而需装船的箱子又根本无法找到。

所有人一下子傻眼了。装卸效率降至每工班每小时只有 4—5 个自然箱。

船舶压港严重，国外船舶公司的抗议信、警告信、罚款通知纷至沓来。在闸口那头，大批设备的损坏来不及修理，再加上场地经常出现卡车司机为找要提取的箱子，造成闸口拥堵，卡车排起的长龙超过了5公里，汽车喇叭的雷鸣声，卡车司机的怒骂声，声声逼人。

中希方全体团队成员心急如焚。在现场，管理层做出了大胆而果断的决定：全面停工停产，置之死地而后生！立即对整个2号码头现存近万个集装箱进行手工盘存！

现场的紧急状况和中方的决然态度，感动了当地的员工，很多人从家里赶到码头，150多名中希方经理及员工一起，将整个2号码头划起了责任区域，每个人在自己的区域打着手电筒，照着微光找箱子。30多个小时的连续奋战，熬红了双眼，跑软了双腿，硬是把上万个箱子查了个遍，一个个准确无误地靠手工重新输入电脑，使系统恢复了正常，使码头能平稳操作，又一次经受住了严峻考验。

或许曾经心存疑虑，但此刻，中希员工缔结了深厚的战斗友谊。而希腊员工那种同甘共苦的担当，更是深深地打动了每位中方经理的心。

约 3 个月后，2010 年 9 月底，码头开始扭亏为盈。

中国管理

比雷埃夫斯港务局经营的 1 号码头和中远比雷埃夫斯集装箱码头公司经营的 2、3 号码头，由一条近 3 米高的钢丝网围栏隔开。同根同源的两家人，越来越像"两个世界"。从 2010 年下半年开始的这几年里，1 号码头罢工不断；而自中远海运掌管 2、3 号码头的经营后，钢丝网的这一侧，再未发生过一次罢工。

在傅承求的眼里，这里发生的转变就像改革开放给中国人带来的变化，"制度改变了人"！

在海外，工会往往是站在管理层的对立面，争取更高的工资收入、福利待遇和工作环境的舒适度。如果这些问题不及时处理，工会就会领导进行罢工。罢工是他们的基本权利，政府不会帮企业解决罢工问题。这就是他们的制度。这和中国改革开放前一样。那时候，国企上班很多人就是一张报纸一杯茶，女职工打打毛衣，男职工玩玩扑克，一天就过去了，工资一分不少，干多了也是一样。因为那时候是计划经济。制度的改变会给企业效益的提升带来惊人的效果。改革开放以后，按工计酬，干的多拿的多，高产出高收入，再也看不到上班打毛衣、玩扑克的了。

比港在希腊一直以公有制的形式存在，员工的收入相差无几。较高的福利和国有化的"大锅饭"惯出了懒散。中方管理团队决定在比港实施中国的"改革开放"。首先是深化改革，精简优化公司组织架构，将原先的 54 个低效臃肿的部室架构优化为符合科学化管理需求的 22 个新部室；其次，按照多劳多得的私有化特点给员工发工资，表现优秀的员工工资收入上涨了30%，员工的积极性得到了充分调动。"人都是有良心的，你尊重他，你把制度说明白了，给他增长收入，他怎么会不干呢？"傅承求说，"希腊民众受教育程度高，他们的工作态度和职业精神，有很多值得我们尊敬和学习的地方，只要有先进的制度，我相信他们会展现全新的自己。"

队伍稳定下来，中方团队开始了对下一步的全新思考，从业务、人才、场地设施，制定了 5 年、10 年、30 年规划。特别是码头设备方面，中方团队对未来的思考甚至超过了 30 年。对于 3 号码头的设施配备，考虑到未来30 年船舶大型化的程度，把设备需求和世界船舶发展趋势结合起来，确保精细化。通过大规模投资新建的自动化系统、码头上的 31 座桥吊，技术先进程度至少超前了 10 年。后来几年的事实证明，随着比港的快速发展，船舶的大型化发展，码头的先进性优势凸显。通过实施国际船舶与码头安全费项目和采用进口重箱自动称重系统，比港在每年获得 370 万欧元净收入的同时，单箱外包成本从 36.6 欧元降到 15 欧元以下，成本明显降低。客户数量也稳步增加，稳定挂靠干线，辐射到远东、西北欧等地。

船长出身的傅承求把管理的最高境界称之为"爱"。首先是事业之爱，只有热爱航海，才能坚守船舶。其次是宽容之爱，百年修得同船渡，大家在一起不容易，各有各的难处，要宽容对人。在比港，他依然坚持船长作风。他带领管理团队，投入所有的精力去研究这个崭新的企业，熟悉所有的业务。在管理中，发现人，发现问题。同时，他主张为企业争取到了更多利益的同时，也要促进当地经济和就业，实现中希双方共赢。面对比港管理局等竞争对手，不搞"赢者通吃"，而是将部分业务分享给老东家，使他们也能够维持稳定增长。在选择供应商时，在同等条件下，以"希腊制造"和"中国制造"为优先考虑对象。譬如，2 号码头的改造工程和 3 号码头的全部工程，工程造价超过 1.5 亿欧元，通过公平竞争，交给了希腊的港口建设公司。

发展是硬道理。要让"中国管理"落地生根，还得拿出真金白银。企业亏损，一切都归零。

在经历了初始阶段的亏损之后，比港逐步走向平稳经营阶段，2010 年9 月，一个单月盈利了 18 万欧元。傅承求喜出望外，经过请示集团，把这18 万给员工发了奖金。"那是一个历史性的时刻！"傅承求看到了黑暗中的微光。

2012 年 5 月底，在正式接管 2、3 号码头不到两年后，中远海运弥补完前期产生的全部亏损，生产效益稳步提高。当年盈利 500 多万欧元，2013 年盈利 1500 万欧元，2014 年则增加为 2200 万欧元。虽然全球航运形势持续低迷、希腊整体经济环境持续恶化，但比港"风景这边独好"，于 2011 年、

2012 年连续两年夺得了全球前 100 大集装箱港口的吞吐量增长率冠军，并在 2013 年夺得了该排行榜的第十名，之后两年稳定增长，2016 年再次实现了两位数的增长率。成绩让世界航运界感到震惊。

中国温情

> 从我窗前，我飞吻出去，
>
> 一个，两个，三个，四个吻。
>
> 港口码头边飞行着，
>
> 一只，两只，三只，四只鸟。
>
> 我多么希望，我会有，
>
> 一个，两个，三个，四个孩子。
>
> 当他们都长大成年后，
>
> 为了比雷埃夫斯的荣耀而成为强壮勇猛的人。
>
> 无论怎样寻找，
>
> 世上没有任何一个港口，
>
> 像比雷埃夫斯这样让我醉心神迷。
>
> 随着夜幕降临，
>
> 歌声弥漫扑面而来，
>
> 随着 Bouzouki 的乐声，
>
> 年轻人们都在欢舞足蹈……
>
> ——《比雷埃夫斯的孩子》，希腊家喻户晓的民谣

2017 年 5 月 14 日，在"一带一路"国际合作高峰论坛，来自比港的商务经理塔索斯，把这来自家乡的民谣，带到了北京，读给了全世界。

央视主持人董卿邀请塔索斯到《朗读者》节目担任嘉宾。

塔索斯是中远比雷埃夫斯集装箱码头有限公司正式成立的第一天加入公司的一名希腊员工，是土生土长的比雷埃夫斯人。美丽的海港养育了一代又一代像塔索斯这样的希腊航海人。年轻时，他耳濡目染港口和船舶，长大后

跟随父辈的脚步加入了航运服务业的大军，一开始做航运中介和代理，后来做到了保加利亚国家海运公司的希腊总经理。2009 年加入中远海运，不久被任命为商务经理。他见证了中远海运初期的困顿，也经历过在办公室被工会工人撵出来的遭遇。那时的他，忧心而惆怅。中国管理者会如何反击希腊人？比雷埃夫斯的路在何方？

"但是，这种情况很快就改变了。中远海运的管理团队工作上是'雷厉风行'的高标准，但在生活中是'如沐春风'的家庭式关爱。他们不但平易近人、易于沟通，而且还信守承诺，真的只派了 7 名管理人员对公司进行管理。不但没有抢走我们的饭碗，还创造了新的工作岗位。"这一切打消了塔索斯所有的负面情绪，他真切感受到了中国企业所拥有的高效务实的东方文化和以人为本的管理智慧，并且把这份体会分享给他的同事和工友。随着比港的发展，塔索斯慢慢发现，他的同事对比港的信心越来越足，这一点让他很自豪。同时，他也越来越深刻感受到中方团队带来的"中国式温情"。

希腊公司没有设立食堂的习惯。公司码头周围很难找到吃饭的地方，员工吃饭很不方便，很多工人中午就带一根香蕉一个苹果，随便对付一顿。中方管理团队便决定由公司提供免费的午餐，每个人 7 欧元标准，并由员工组织了自己的午餐管理组织，保证餐饮的质量。有很多工人午餐不吃带回家，为的就是在孩子和家人面前"炫耀"一下公司对自己的尊重。

中方管理团队充分尊重当地文化习俗，将公司圣诞晚会结合中国传统"尾牙"文化，与员工打成一片、融为一体。每逢圣诞节，都会邀请员工子女和家属来公司相聚，给小朋友准备礼物。圣诞花环和中国结在公司门前遥相呼应。圣诞活动中，孩子们一手抱着中远海运的吉祥物"熊猫船长"，一手提着小灯笼，现场往往是一片欢声笑语。

公司建立了员工激励机制，每年都会评选"洋劳模"，奖励一周时间的免费中国行。还设立了员工子女激励基金，对员工中学习优秀的孩子进行奖励，颁发奖学金，让父母为孩子骄傲，让孩子为父母自豪，让希腊家庭感受来自中国企业的荣耀。

公司管理层特别注重希腊员工的生命安全和家庭和谐，为了确保安全，不放过生产环节的任何一个细小的隐患，让大家安心工作。针对一部分喜欢

"提前消费"导致资金周转困难的希腊员工，公司建立了灵活的机制，让他们可以提前预支部分工资，解决燃眉之急。

"中国温情"通过员工辐射到整个希腊。公司通过捐助希腊特奥会，为社区学校捐助取暖用燃油，为当地社区失业人员提供食品，为周边改善绿化覆盖等方式积极融入希腊社会。

傅承求经常讲："当我们的工人需求多一点的时候，适当多给他们一点，又有何妨呢？肥水未流他人田，肥肉还是熬在这个汤锅里边。"

润物细无声。"中国温情"换得了希腊民心。由于希腊国内经济不景气造成的全国性罢工，后来再未发生在中远海运比雷埃夫斯码头上。即使偶尔有外部工人前来阻挠内部员工的工作，他们也想出办法继续工作。比港工人自豪地把这些办法叫作"STRIKE FREE MODE"（无罢工模式）。

《德国之声》曾经采访过一位名叫克马提亚斯的当地人，这位出生在比雷埃夫斯老城区的出租汽车司机对记者说，"这些中国人非常友善，所有的这些要是来得更早就好了"。

"中远海运比港公司就是我温暖的家，是我的归宿。"公司希腊籍副总经理 Karakostas Angelos 说道。

再续姻缘

2011 年，希腊政府在债务不断恶化的刺激下，大规模私有化进程开始。希腊投资咨询专家莫萨斯当时说，现在希腊正在"全方位地开放"，正是"中国投资者进入希腊的好时机"。

此时，在接手 2 号和 3 号码头之后，摆在比港中方团队面前的最大难题，是如何在全球海运市场低迷的情况下，使港口业务尽快进入正轨并大幅盈利。要实现这一目标，傅承求和团队成员商量后，产生了一个"非分之想"，就是在现有两座码头的基础上，借助希腊推动国有资产私有化的机遇，进一步取得整个比港的经营权，实现规模效益。

傅承求的大胆想法有足够的实力支撑。中远海运在 2 号和 3 号码头上成绩斐然，市场开拓国际化带动当地上千人直接就业，管理的精细化大幅度提高了港口效率，地方的税收也翻了几倍。七八年的时间里，码头集装箱业务蓬勃发展，从当初只有 68 万标准箱的年吞吐量提升到了 2016 年的 200 万—300 万箱的吞吐量。

这些看得见摸得着的成果让希腊国家领导人感受到了中远海运到来的非凡意义，也催生了比港的进一步私有化。这为中远海运在 2012 年开始进行的收购比港港务局谈判奠定了良好的基础。

双方都在进行着激烈的思想斗争。对于希腊来说，比港不仅是一个重要的港口，也承载了希腊的历史，著名的萨拉米斯大海战就发生在比港。在这里，古希腊人战胜了波斯人。这种情结在希腊人心中根深蒂固。要把这样一个港口交给外国人经营，那是一个艰难的决定。

作为码头公司 CEO，傅承求也有自己的想法。码头公司每年要交特许经营费给港务局，那么如果把港务局拿下来，那就是左口袋交给右口袋，不会流到外人口袋，可以心无旁骛搞建设。如果港务局被其他竞争对手收购，那后果堪忧。想到这里，傅承求觉得这件事只能成功，不能失败。

关键时刻，希腊的政治动荡严重影响了整个谈判进程。

2015 年 1 月 27 日，希腊进行大选，齐普拉斯领导的左翼激进联盟党胜出，新政府宣誓就职当天即叫停了比港的私有化计划。

特别是在比雷埃夫斯市，对于中远海运的收购进行了相当激烈的讨论。这起收购案在当时的希腊曾被看作是"不可能完成的任务"。

俄罗斯卫星新闻网于 2015 年 1 月 29 日发表题为《比雷埃夫斯港——中国在欧洲的苦果》一文，文中认为"中国有可能再也吃不上'希腊蛋糕'，在比港的资产将遭损失，控股权的购买计划可能落空"。

谈判艰难而波折，危机下的希腊政治思潮像钟摆一样地左右摇晃。

2015 年底，希腊经过又一轮选举，齐普拉斯政府获得连任，政局开始走向稳定。于是私有化进程再度开启。

2016 年 2 月 17 日，希腊共和国发展基金宣布，中国中远海运集团正式成为比港私有化项目的"首选投资者"。

值得一提的是，在 2013 年习近平主席提出"一带一路"伟大倡议后，2015 年 3 月 28 日，国家发展改革委、外交部、商务部联合发布了《推动共建丝绸之路经济带和21世纪海上丝绸之路的愿景与行动》。而比港正处于"一带一路"的支点位置。这一点被比港团队称为"强大的后盾"。

谈判的最后条件是修改相关条约。

中远海运据理力争——

第一，这一协议是由欧盟和希腊国会批准、在中希两国领导人的见证下签订的；

第二，中远海运是通过市场竞争方式中标；

第三，如若希腊单方面毁约，势必影响希腊新政府在全球的信誉和形象。

2016年2月18日，中远集团、中海集团成功重组完成，全球最大航运企业中远海运集团在上海诞生。中远海运董事长许立荣全程主导，并与希腊总理齐普拉斯在集团总部深入沟通，表达合作双赢意向。

经过艰苦的谈判，最终，协议只字未改。

2016年4月，中远海运和希腊共和国发展基金签署协议，中远海运以3.685亿欧元收购比港港务局67%的股权。同年6月，希腊议会以大约90%的投票批准了这项交易。8月10日，中希签署比雷埃夫斯港务局多数股权交易完成备忘录，并购最终全部完成。

通过这项交易，中远海运成为比港港务局的最大股东，随即成立中远海运（比雷埃夫斯）港口有限公司（简称"PPA"）。这是中国企业首次在海外接管整个港口。

——希腊人民用他们自己的眼睛，选择了"共赢"。

许立荣承诺，本次股权收购完成后，中远海运将把握中国"一带一路"倡议的机遇，继续对比港基础设施进行投资，并致力于提升和优化港口运营能力，在促进亚欧经济贸易往来的同时，助力希腊经济复苏。

比港团队曾经对这次决定中国在希腊最大投资和最大基础设施建设项目能否成功的谈判进行了总结，归纳了一条重要的经验，就是：以诚待人，不打擦边球，不要小聪明。

PPA总裁傅承求举了个例子：对待希腊政党，要一视同仁。对执政党，必须充分尊重他们的体制和制度，做到绝对的依法合规，并且定期或者随时向其关联部门汇报情况。譬如公司和希腊总理府、基金会、海运部、经济发展部、旅游部、文化部等十来个部门保持着密切联系，动用他们的行政资源给予帮助，这就是"Business is Business"（公事公办）。公司专门建立了一个团队，去研究、去了解当地政府，去获得信息。对在野党，同样要和他们交朋友，千万不能冷眼看待。公司的发展规划，下一步的困难，包括在议会投票中寻求支持，都要请求他们的帮忙，这样才能获得广泛的支持。傅承求说："企业家，一定要具有政治家的智慧，还要有外交家的风范，才能让企业稳妥前行。"

文明交融

文化的力量，穿越时空，辉耀古今。

古希腊文化是整个西方文化的起点，也是欧洲的精神归宿。根据希腊神话，雅典娜女神和海神波塞冬都希望拥有雅典，为争夺庇护权，他们展开"民主竞选"。波塞冬用三叉戟敲击海面，海面上跃出一匹战马；雅典娜则将长矛立于地面，地里长出一棵枝繁叶茂、象征和平的橄榄树。人们渴望和平，于是这座城市归于雅典娜。雅典是一座热爱和平的城市。

强大的文化力量是任何武器都不能超越的，它能够感召充实人们内心的灵魂，引领走向文明光明的航向。这就是古希腊文明穿越千年所放射的光芒。而中远海运的到来，管理团队的十年耕耘，在这里谱写了两个文明古国在新时代和平和友谊的赞歌。

人心是相通的，PPA管理层坚信，只有两国文明的融合，才能换得企业文化的和谐。

首先要让希腊了解中国。

PPA管理团队传递给希腊的第一印象是中国的"一诺千金"。曾经许诺要把公司的就业机会给希腊人，在后期不仅兑现，而且为当地多创造了2600多个就业岗位。

为了让希腊当地更深入的了解中国，了解中远海运的管理文化，PPA管理层主动邀请希腊国内外媒体、当局政要、外国使节到港口现场参访，让他们深刻体验"百闻不如一见"。希腊议会第一副议长库拉基斯在参观完码头

爱琴海畔的新神话

后动情地说，之前他对中远海运接管比港是反对的，但看完比港现状后，改变了态度，"比港项目是希腊经济最黑暗危机中的火炬，点燃了希腊经济复苏的希望"。

2017 年是中希文化交流与文化产业合作年。这一年的农历新年，中国的锣鼓乐器在雅典奏响。整个剧院满场是中国浓郁的"年味"，观众们手里拿的是中国的大红"福"字，2000 多名希腊人、中国人随着舞台上音乐舞蹈的节奏欢呼沉醉。PPA 襄助了这台晚会，晚会的主题是"北京之夜"。当晚，一个文化深厚的古老民族与另一个文明璀璨的古老民族相互致敬。

奥林匹克运动会上"更快、更高、更强"的激烈竞争理念中，精彩的古希腊神话《荷马史诗》中，美轮美奂的希腊建筑雕塑所产生的视觉冲击中，都可以追溯希腊积极向上的文化基因。PPA 管理团队从罢工阴影中走了出来，对希腊文明和希腊人有了全新的认识。

"希腊人工作非常认真，从来不虚伪，不要滑。"傅承求感慨。遇到客人到码头参观，他总是请客人看看脚下的 3 号码头，告诉他们：这个码头的施工是希腊人的手艺，他们完全按标准、按规则去做，无论你检查还是不检查。我们中国人经常讲"有人在，没人在，要一个样"，希腊人真正做到了这一点。这样的工程质量完全吻合了比港的百年规划。

在 PPA，中希员工实现了共同的精神延伸。

语言是心灵的窗口。为了让中希员工的情感充分得以交流，PPA 团队特别重视双方本地语言的沟通。起初的时候，因为语言沟通不畅，曾经带来一些小误会。而这些小误会因为没有及时解决有时候又会带来新的冲突。

2017 年 11 月 9 日下午，孔子学院汉语班在 PPA 开班。"中国—希腊！希腊—中国！我是希腊人！我爱中国！"音韵铿锵的朗朗汉语读书声在 PPA 培训室响起。美丽的爱琴海边，孔夫子在两千多年前所说的语言，将在中远海运希腊员工的心里抽枝散叶，开花结果。傅承求在开班典礼上说："这是一个历史的开篇。"

一周后的 11 月 17 日，PPA 和北京外国语大学签署了《共建实习基地协议》。这个基地重点是为中国"一带一路"倡议的具体落实提供以语言文化为坚实基础的后援和支持。傅承求带头学习希腊语，他对希腊语情有独钟：

希腊语虽然属于"小语种"，但它却是一个文化根脉深厚、影响欧洲文明根基的"文化大语种"，了解了希腊语，才能够真正了解欧洲，才能够真正理解当代世界的东西方对话交流的大格局。

除此之外，公司还打造了一片"中希文化融合墙"，建立了一支"中希联合宣传队"。中希语言文化的融合，让民心相通成为必然。

希腊文化受过无数冲击，但是屹立不倒，对世界的影响力，无人可以贬低。作为拥有五千年文明的中华民族，历经磨难，但依旧屹立东方。当我们走到一起，就应该有一种崇敬的心理，傲慢绝不可为。

——这是 PPA 团队的共识。

每一名 PPA 团队都很清楚，自己终究是要回国的，在比港的时光很短暂，最终管理企业的还是当地人，比港只能"属地化"管理。傅承求说，当你把当地员工的积极性调动起来之后，这个海外企业就成功了。

在 PPA，不论是中方还是当地员工，都生活在"家庭式"的文化氛围中，希腊的文化、风俗、习惯得到充分尊重，希腊员工对人权、对自由、对法律的追求得到充分满足。中方团队和大家成了朋友，成了兄弟。希腊员工对能在 PPA 工倍感自豪。10 年来，希腊媒体采访中最大的感受就是：员工从最初的抵触，逐渐转变为同一个腔调——We are members of COSCO SHIPPING Family（我们是中远海运人）。

古港重生

10 年峥嵘岁月，在国家及各部委的持续大力支持下，中远海运集团将 PPA 作为公司"一带一路"业务布局中的"希望之星"，精心加以培育。新集团重组成立之后，更是将 PPA 作为"一号工程"，给予全方位支持。

10 年内，PPA 管理团队尽管有了人员的更迭，但从这里走过的每一个人都传递着赤子之心、担当之心、平凡之心。傅承求说："历史往往是由英雄铸成的，我们不是英雄，但我们踏石留印、打铁有痕，那么在历史的长河中，一定会留下我们的足迹。"正是这样一支执着的团队，正是他们对初心的守望，才打造出一张"走出去"的中国名片，才成就了"一带一路"浩渺星河中那颗最闪亮的明星。

爱琴海畔，他们用汗水书写了一篇源自中国的新神话。

他们用"精细化"刷新了中国形象。接管港口以后，不论是海面还是在陆地，整个港口 27 万平方公里，360 度现代化呈现，改变了传统码头的脏乱差。他们用"高效率"印证中国速度。所有设备 24 小时保持良好运行状态，挂靠船舶从最初 100 多艘达到几千艘。

公司硬件完备、生产恢复秩序后，管理团队领着市场部挨户登门拜访客户，通过各种渠道劝说那些曾弃港而去的公司再次回头。在他们的长期努力下，船东重新回到了比港。目前比港共有 30 家船公司，有 29 家在比港进行装卸作业。作为中国的海外公司，在当地既无背景又无资源，没有任何捷径可走，成功的唯一出路就是为客户提供最优的质量和服务——PPA 团队的感受比任何人都深刻。

10 年深耕经营，今天的比港再现昔日荣光——

集装箱吞吐量从原来的年 40 万箱猛增到 500 万箱；

利润由 2010 年亏损 811 万欧元增长为 2018 年的 7318 万欧元；

全球港口排名从 2010 年的第 93 位跃升至现在的第 32 位，成为全球发展最快的集装箱港口。

码头繁荣了，就业面得到了大幅提高。在此之前因为效率低下，相关业务只能提供 100 多个就业岗位。PPA 团队通过引进先进管理技术，大幅增加了集装箱业务，由此创造出产业链的集聚效应。落户至今，比港已经直接提供或间接创造超过 1 万个工作岗位，成为希腊人求职的"香饽饽"。"我们现在出去招聘，都不敢说自己是比港的了，"公司总经理助理邓昱说，"这次需求 200 多个职位，总共收到了 1 万多份简历。"

今年 34 岁的电工萨兰托斯·齐拉科斯 2011 年通过应聘来到比港，这几年亲历了中远海运比港项目的成长。稳定的工作给齐拉科斯的家庭带来了保障。在不少希腊年轻人推迟结婚、不敢要孩子的背景下，齐拉科斯已经有了一个 4 岁零 5 个月的女儿。这几年，他介绍了不少朋友来比港应聘。在他的心目中，中远海运就是希腊债务危机风暴中的"诺亚方舟"。

目前，比港已形成日益成熟的六大业务板块：集装箱码头、汽车滚装船码头、渡轮码头、国际邮轮码头、修船和物流仓储中心。

其中，集装箱码头将进一步发挥协同效应，未来 5 年内将达到 1000 万 TEU 箱量，成为名副其实的地中海第一大港，欧洲最大集装箱港口。

汽车滚装船码头每年装运汽车数量已突破 50 万辆，年增长率达到 20%，已成为地中海上最大的汽车码头之一。

渡轮码头承接了来往于爱琴海之间的轮渡业务，每年运送乘客高达 1600 多万，成为地中海第一大轮渡码头。

2018 年 4 月 13 日，随着"比雷埃夫斯 3 号"浮船坞从中国拖到比港，修船业务蒸蒸日上。

……

依托身处陆上丝绸之路和海上丝绸之路交汇地、古代"丝绸之路"和当代"一带一路"重合地的独特优势，比港已经成为"21 世纪海上丝绸之路"上的重要节点。傅承求说："我们正发挥着节点作用，作为一个先行者，带动了更多的中国企业来希腊进行投资，给他们把台搭好。"事实证明，比港不仅经营好了希腊的码头，而且通过码头给希腊经济带来更多机会。跟随着中远海运的步伐，惠普、华为、中兴、阿里巴巴、工商银行、国家电网先后进入，目前，中国在希腊的投资额超过 70 亿欧元，全面带动了希腊的产业升级。债务危机重创之下，希腊很多公司和商铺一家接一家关闭，但比港附近的商铺和公司则成了例外，不但没有关闭，生意还越来越红火，甚至开起了分店。希腊国有资产发展基金会航港总监利亚古斯说：现在很多中国游客到希腊的岛屿旅行结婚，我看到我们的日常，已经发生了根本改变。

和合共生，同舟筑梦。十年携手，创造神奇。

希腊前总理萨马拉斯说："中远海运比港项目是希腊经济危机中的唯一亮点。"

希腊总理齐普拉斯说："中远海运的投资给希腊最黑暗的经济状况带来了光明，给希腊人带来了信心。"

码头工人齐拉科斯说："比雷埃夫斯港从未如此荣耀。"

新的希腊

朵朵白云、点点白帆，无尽的蔚蓝、无穷的梦幻。如今，希腊这个神秘的国度，正在走出危机的阴霾，熠熠闪烁在爱琴海的环抱中。

2018 年，当各国的人们走进雅典卫城，当地的希腊籍导游会满怀深情地说："您看到的卫城是古老的希腊；远处的桥吊，那是中远海运，那是新的希腊。"

是的，以比雷埃夫斯港为枢纽，以"海铁联运"的形式实现"21 世纪海上丝绸之路"和"丝绸之路经济带"在欧洲地区的完美衔接正在全新铺开，亚欧第三运输通道正在形成，点线面辐射综合效应正在凸显，一个互联互通的"新的希腊"正在完美呈现。截至今年 5 月，中国已经是希腊排名第 16 位的出口目的地和第五大进口来源地，希腊也已成为中国在欧洲最重要的投资目的地国之一。

2014 年 12 月 17 日，李克强总理在贝尔格莱德集体会见塞尔维亚总理、匈牙利总理和马其顿总理，四国总理一致同意共同打造中欧陆海快线。

3 年后，中远海运中欧陆海快线平台公司正式成立。

中欧陆海快线是匈塞铁路的延长线和升级版，起始于比港，途经马其顿斯科普里、塞尔维亚贝尔格莱德，到达匈牙利布达佩斯。海运货物从比港登陆后，通过铁路运输至匈牙利、奥地利、捷克、斯洛伐克等中欧四国仅需 3—4 天，比起传统的中转途径，全程运输服务交货期可以提前 5—10 天。

中欧陆海快线实现海陆联运，带动了沿线国家产业，直接辐射人口 3200 多万。同时为中国出口至中东欧腹地的货源提供了便捷通道。快线开通以来，班次由每周 1 班增加到 22 班，客户由 2 家增加到 1100 家，今年 1—5 月累计完成货量 30139TEU，同比增长 22.6%。中欧陆海快线载着成千上万"中国制造"源源不断进入欧洲。

爱琴海畔的新神话还将继续——

2017 年 5 月 14 日，"一带一路"国际合作高峰论坛期间，习近平主席会见希腊总理齐普拉斯时强调：中希双方应着力将比雷埃夫斯港打造成地中海地区重要的集装箱中转港、海陆联运桥头堡、国际物流分拨中心，为中欧陆海快线以及"一带一路"建设发挥重要支点作用，带动两国基础设施建设、能源、电信、海洋等领域合作不断走深走实，让两国人民更多获益。

希腊总理齐普拉斯说：中远海运在比港的投资，对两国来说是互惠互利的，比港现在已经提升了自身的经济地位，这也是我们进行战略合作的开始。

近 70 岁的傅承求和他的团队依然奋战在路上。他们备感荣耀的同时，也感受到沉甸甸的责任背在了肩上。"这个港口承载了希腊人的光荣和梦想，但现在正在书写着中希文明的新篇章，"傅承求说，"我们会更加努力，让希腊人感受到，中远海运会在希腊待下去，中远海运能够承载他们的未来。"

傅承求的办公室里摆着一个特别的纪念品：船舶车钟。车钟控制船舶的前进速度。如今这座车钟挂满三挡，傅承求说，中希合作的大船此时正在"全速前进"。

在"一带一路"倡议提出五周年之际，2018 年 8 月 27 日，中国和希腊基于比港合作的成功经验，正式签署政府间共建"一带一路"合作谅解备忘录。

在中远海运集团董事长许立荣眼里，比港项目不仅能带动中希两国投资贸易合作，还将有力推动双方在旅游、金融、文化、教育和科技创新领域的交流，使中欧经贸关系变得更加紧密和富有活力。

希腊知名智库"经济与工业研究所"评估，比港项目为希腊财政增收4.747亿欧元，创造了3.1万个就业岗位，使希腊GDP提高了0.8个百分点，助力希腊物流产值从4亿欧元提升至25亿欧元。在2052年到期之前，可以为希腊的经济做出15亿欧元的贡献，并创造12.5万个就业岗位——中远海运的投资，已经成为中国资本输出在欧洲最成功的范例。

2018年12月25日，由国资委党委举办的"大国顶梁柱——第三届'央企楷模'发布仪式"在北京隆重举行。中远海运（比雷埃夫斯）港口有限公司项目管理团队以打造"'一带一路'共商共赢的样板"入列十大楷模。

发布仪式现场宣读了对比港团队的颁奖词——

雅典卫城之下，你们将东方智慧植入西方文明；

魅力爱琴海边，你们让千年古港重焕澎湃活力。

纵有万般难，一诺千金重，你们用真诚与睿智，赢得信赖和支持，让这颗"一带一路"上的明珠愈发光彩夺目！

古老海丝路上的新华章

——记招商局斯里兰卡科伦坡码头

◎文／郑亮

斯里兰卡是南亚热带海岛国家，位于印度洋中央，被称为"印度洋上的明珠"，是马可波罗眼里"世界上最美丽的岛屿"。它的战略位置极其重要，最南端距国际贸易主航道仅10海里，自古以来就在国际航运和贸易中发挥着重要作用，素有"东方十字路口"之称。斯里兰卡像一座桥头堡，屹立在南亚次大陆面向印度洋的最前沿，舞动着南亚对外开放的旗帜；又像一座永不沉没的灯塔，为来往商船保驾护航。千百年来，这里一直是来自东方和西方的商船队必经之地，商人们在这里休憩、补给、贸易，形成了一条沟通东西方文明的海上丝绸之路。

2013年，习近平主席首次提出"一带一路"倡议，得到包括斯里兰卡在内的许多国家积极响应。近年来，中斯两国政府和人民在"一带一路"倡议框架下，开展了大量富有成效的经贸务实合作，充分发挥斯里兰卡的优越地理位置优势，努力将其打造成为"21世纪海上丝绸之路"的一个关键节点和重要枢纽。坐落在斯里兰卡这个关键节点和重要枢纽上，有这样一个中斯合作的绿地投资项目，就像在"一带一路"沿线建成了一个崭新的重要驿站，热诚欢迎来自全球各地的往来客商——这就是由中国招商局集团和斯里兰卡港务局共同投资并运营管理的科伦坡国际集装箱码头项目。

斯里兰卡科伦坡国际集装箱码头有限公司（CICT）是斯里兰卡目前已成功运营的最大的外商投资项目之一。项目总投资超过5.6亿美元。招商港口持股85%，斯里兰卡港务局持股15%。该项目为BOT（建设、营运和移交）模式，特许经营期35年，也是招商局集团第一个海外绿地港口项目。本项目于2009年2月国际公开招投标，2011年8月签约，2011年12月开工建设，

2014 年 4 月竣工，仅用 28 个月即高质量完成建设，比斯方原设计工期缩短 53%（原计划建设工期为 60 个月）。CICT 码头岸线总长 1200 米，陆域面积 58 公顷，年设计吞吐能力为 240 万标箱。码头前沿水深 –18 米并配备 14 台大型岸桥，可停靠作业目前世界上最大型集装箱船。CICT 位于"一带一路"的重要节点，靠近国际航运主航道，集疏运体系完善，地理位置优越。码头正式运营三年半时间即达产，经济效益良好，现在码头每年利润达 5000 万美元以上。CICT 在给中斯双方股东带来良好回报的同时，也带动了当地经济和社会的发展，创造了大量就业，造福于当地人民，全面践行了"构建人类命运共同体"的理念，已成为"一带一路"倡议下中斯双方共商共建共享、互利互惠、合作共赢的成功典范。

海丝古港期盼复兴

斯里兰卡首都科伦坡，是一个带有传奇色彩的贸易和港口城市。两千多年前，就有来自罗马、阿拉伯和中国的商人利用科伦坡港，从事香料、丝绸等贸易。此后，印度、波斯商人也纷纷加入利用科伦坡港的大军，一些阿拉伯人还举家搬迁到此地，成为现在占斯里兰卡人口总数约 10% 的摩尔族人的祖先。直到今天，在斯里兰卡的穆斯林还发扬着头脑灵活擅长做生意的传统，在南亚商界里享有较好的声誉。进入近代，来自葡萄牙、荷兰、英国的殖民者先后来到这里，用坚船利炮逼迫斯里兰卡打开大门，科伦坡港逐渐成为斯里兰卡乃至整个南亚地区的门户和区域贸易中心，集聚了大量人流、物流和资金流，科伦坡逐渐发展成为斯里兰卡的首都和南亚地区著名港口城市。中国明代的郑和七下西洋时，曾有 5 次来到斯里兰卡。在其第二次抵斯时，在离科伦坡不远的海滨港口高尔竖立起一块石碑，用中文、古阿拉伯语和泰米尔语三种文字记录下郑和访问斯里兰卡的经历。这块宝贵的石碑现在就收藏在位于科伦坡的斯里兰卡国家博物馆。

1979 年，斯里兰卡政府将此前隶属于多个不同部门管辖的港口事务归口，成立斯里兰卡港务局，统一负责全国港口的规划、建设和运营事务。科伦坡港因应世界航运发展大趋势，逐渐向集约化、标准化的集装箱码头转

型，陆续在原有港口基础上建成几个集装箱码头，逐渐发展成为南亚地区的贸易中心和中转枢纽港。2000 年初，科伦坡港约 70% 集装箱量属于中转箱，其中 75% 转运至南亚次大陆，25% 转运至西非地区，在促进区域贸易发展方面发挥着重要作用。处于黄金位置的斯里兰卡具有发展港口及航运业的先天之利。

然而，多年的内战让斯里兰卡经济严重停滞，曾经的科伦坡港是世界上许多港口歆羡并争相学习的对象，当年的科伦坡港无论从货物量还是服务水平来看，比起世界一流的中转港如新加坡港或迪拜港，都已落后不少。错过了黄金发展 30 年的科伦坡港，还能够迎头赶上吗？地理位置与自然条件优越依旧，腹地市场横跨正处于经济快速发展阶段的南亚地区，但受近 30 年内战的影响，科伦坡港在 21 世纪初的全球港口竞争中落后了，港口建设严重落后，港口设施供不应求，老港港区陈旧，水深受限，设备老化，箱量已趋饱和，无力接泊最新超大型集装箱货轮，无法适应船舶大型化和船公司联盟的趋势，导致其市场份额不断下降。

在此情况下，复兴这个海丝古港，提高科伦坡港在国际航运界的地位，成了斯政府的当务之急。

高瞻远瞩逆势而上

2008 年，斯里兰卡港务局开始启动科伦坡港扩建计划，将原有老港区作为科伦坡北港，新建科伦坡南港，并计划在南港修建 3 个集装箱深水泊位，以提高科伦坡港的整体吞吐能力。

斯里兰卡政府随即在全球范围内开展南港招标，向全球有实力的港口运营商发出邀请，以公私合营（PPP）和建设—运营—移交（BOT）模式兴建新的集装箱码头。虽然当时斯里兰卡内战还没有结束，但已然看到了和平的希望，科伦坡港成了全球业界争相竞购的"香饽饽"，包括和记黄浦、新加坡港务局、迪拜环球港口等在内的国际一流港口码头运营商、航运企业以及本地财团纷纷表现出浓厚兴趣争相投标，竞争一度十分激烈，15 家公司通过了第一轮考核。然而，2008 年下半年，肆虐全球的金融危机爆发，给全球经济贸易走势蒙上阴影，各大企业的信心严重受损，纷纷采取收缩战线的策略，不再参与科伦坡新码头投标。

此时，正在谋划"走出来"、全面开拓海外市场的招商港口面临着一个重要选择，是与国际主流港口码头运营商一道，采取保守但安全的退出策略，还是迎难而上，综合把握全球金融危机带来的风险与机遇，实现逆周期的扩张。

现任招商局集团董事、党委副书记胡建华，当时领衔 CICT 项目组，他表示码头投资主要考量两个因素，一是码头的腹地经济，二是码头是否能成为枢纽港。在一次接受记者采访时，胡建华回忆起当时的情形称："从腹地经济看，我们分析，南亚地区有 16 亿人口，码头腹地经济增长潜力巨大。从航运角度看，斯里兰卡位于最繁忙的亚欧航线上，是南亚地区重要的枢纽港，但斯里兰卡乃至整个南亚都没有大型深水码头，一些本该在斯里兰卡中转的货源绕道到新加坡中转，这是供给侧出现了短缺的结构问题，对投资者来说是千载难逢的机遇。"

机遇总是垂青目光敏锐又有准备的人。招商港口项目团队与斯政府主管部门、行业协会以及中国驻斯里兰卡使馆经参处多次了解斯里兰卡有关情况和斯方对此的关切，并对国际经济金融贸易大周期进行了充分研究，最终做出了与众不同的重要决定：继续与斯里兰卡本地最大的财团之一 AS 集团合作，参与该投资项目投标。最终，在国际金融危机的不利形势下，招商港口及其联营体顶住压力，逆势而上，成为该项目唯一一家投标方。这在当时的国际航运界投下了一枚重磅炸弹，证明了中国央企非同寻常的魄力。同时，也为即将结束近 30 年内战的斯里兰卡投下了一枚弥足珍贵的信任票。

事实证明，当时招商港口在重压之下的决策展现出非凡的远见，高度契合了"一带一路"倡议，毅然行走在"21 世纪海上丝绸之路"建设的前列。

赢得认可项目落地

招商局港口是招商局集团的重要子公司，其愿景是迈向世界一流的港口综合服务商。通过实施国内战略、海外战略和创新战略三大举措，公司在全球港口集装箱输送量、市场占有率、港口综合开发业务收益、经营管理水准、资源利用效率、劳动生产率、品牌等方面持续提升至世界一流。截至目前，招商局港口共投资运营 18 个国家和地区的 37 个港口。

然而，时光退回至 2008 年，招商港口还是一个完全在国内发展、尚未走出国门的企业，国际业界甚至对这个公司并不熟悉，听闻该公司与斯方合作，心里不禁要打几个问号。这家公司是谁？他们为何敢于逆势而上，以唯一投标者的身份拿下项目？他们能做好吗？

招商港口为这个项目组建了强有力的工作团队。他们初次踏上斯里兰卡的土地还是 2008 年，当时正值斯内战临近结束前、战况最激烈的时段。来斯里兰卡不久，项目组成员就遇上过汽车炸弹袭击等事件，感受到了内战给斯里兰卡经济社会发展带来的严重不利影响。科伦坡虽然远离内战前线，但仍为不安的气氛所笼罩。项目团队并未因此退缩，坚持不懈地与斯方政府部门、合作伙伴以及中国驻斯里兰卡使馆经参处沟通协调，反复考察当地政治、经济、社会、文化等情况，按照行业标准反复权衡项目利弊，编制符合实际情况的投标方案，最终以实力、信誉和敬业精神逐渐赢得了斯里兰卡政府和合作伙伴的认可，成功拿下项目投资权。这对饱经内战之苦，渴望经济发展的斯里兰卡人民而言，无异于雪中送炭，一定意义上开启了斯里兰卡内战后快速医治战争创伤并重建的新篇章。

在项目推进过程中，因形势不明朗，也许是基于不看好这个项目，斯方合作伙伴 AS 集团提出退出该项目，并终止合作。在此情况下，招商港口审时度势，果断决策，买下 AS 集团所持 30% 的项目股份（对价为 500 万美元），招商港口持有的股份从原来的 55% 增加到 85%。

2011 年，CICT 项目成为斯里兰卡成功运营的最大的外商投资项目。经过与斯里兰卡政府多轮艰苦谈判，CICT 争取到了大量税收优惠政策——免征 25 年公司所得税；免征 25 年股东分红预提所得税；免征 7 年国家建设税等。

直面挑战艰苦创业

项目启动之初，困难很多，挑战重重。2007 年开始，CICT 项目还在招投标阶段，CICT 第一任 CEO 刘云树，那时作为项目负责人，开始频繁到斯里兰卡出差。那时，斯里兰卡内战尚未结束，飞机半夜降落，从机场出来漆黑一片，倒是能看到天上的星星。进入市区的路上，每隔几公里就是荷枪实弹的军警，马路中间设有路障，需要经过多次安检盘查，二十几公里路要花好几个小时。

与大多数南亚地区的政府一样，斯里兰卡政府办事程序烦琐，效率低下。为了尽快推动项目进展，抢占市场先机，项目组采用"人盯人"模式：项目审批每个手续落实到每个人；为了加快审批，项目组同事一大清早就到有关政府官员办公室门口等，办公室等不到，就找到家里；几个回合下来，斯里兰卡政府官员都认识了相关的办事同事。他们对中方同事认真执着的态度竖起了大拇指，"中国人，好样的"！自此以后，相关政府官员对项目的推进也开始给予积极支持。

身处异国他乡，生活上的挑战也不容小觑。热带的斯里兰卡，气候湿热，登革热疫情不时爆发，顽强的 CICT 人没有因生活条件艰苦、患登革热之苦而退缩。CICT 第一任 CEO 也是第一任党支部书记刘云树同志，在项目建设与码头运营的攻坚阶段，先后两次罹患登革热，他躺在病床上还坚持工作，一出院即回到工作岗位上，与大伙一起并肩战斗；还有许多中方外派同事都得过登革热，这让原本就不多的人手更加捉襟见肘，大家一边照顾病中的同事，一边加班加点与时间赛跑。有同事上午和下午各送一名患登革热同事去医院住院，到了傍晚，这名热心的同事自己也发烧得登革热住进了医院，前方团队几乎全军覆没。每当这个时候，同事们都是一个人身兼几职，不分昼夜地工作。他们不忘本色，以坚韧的斗志和毅力，克服疾病、语言、环境与文化差异等困难，全身心地投入工作，积极融入并带领斯里兰卡员工一道，风雨兼程，摸爬滚打，勇挑重担，攻坚克难。在远离亲人的异国他乡，默默实现人生价值。

从项目调研到完成签约，再经历开工建设，直到迎来开港运营三年半即达产，千辛万苦且不必说，蛇口模式、中国经验、国际合作终于在斯里兰卡结出甘甜的果实。CICT 这座年轻的码头，历经时间的洗礼和打磨，有为它奋斗十载光阴的项目团队，有为它守护一方热土的中斯方员工，更有为它青睐赞许的世界各地客户，每一个在 CICT 或是驻足，或是停留的人，都见证着它的每一次成长。

斯里兰卡工业基础薄弱，各类工程业务承接能力极其有限，且承包价格很高。针对此种情况，CICT 努力寻找各种途径，在节约成本上下功夫，积极开源节流。

码头前沿有大量的道路交通标识及标线每隔几年就需要重画一次，以保证其清晰度。在国内，像这种小工程一般会外包给第三方，CICT 初期也是按照惯例外包，但在操作中发现有几个问题，一是该类工程的外包市场价格太高，二是工程现场施工时需配合生产，而每日工程量不固定，外包公司作业会对码头的运营和生产带来较大影响，且存在安全隐患。经讨论，CICT 认为这种画线工程技术门槛不高，自有维保队伍可以尝试施工，一方面可降低码头维护成本，另一方面可根据画线磨损情况随时进行修补，提高效率。2018 年 11 月，公司购买了热熔釜、热熔画线机及冷喷画线机等设备，操作人员经培训后，较快地掌握了画线技术。经过相关人员的努力，利用码头生产的间隙，日夜施工，紧抓进度，较好地完成了相关画线工作。经测算，自行画线每米可节约 210 卢比，仅前沿区域的 1.44 万米拖车道线这一项，公司便节约支出 1.7 万多美元。整个码头区域可节省开支近 50 万美元。类似这种员工努力拼搏，节省成本的案例在 CICT 还有很多。

在海外扎根发展，经历不同政治、经济、文化冲击，经历了彼此尊重、相互融合的过程，CICT 才有今天企业的良性成长，企业发展、团队建设、文化融合、社会责任，以梦为马、上下求索，前进的路上，也许错过了太多风景，但是能够记在心里的、最温暖的，还是一路陪伴着拼搏着的员工。海外一家亲，在团队大家庭中，虽然创业艰难，却很快乐和欣慰，终究有一天每个人会成长为最强大的自己，为招商局的海外事业奉献自己最大的价值。

2013 年，在刚建好的码头 1# 泊位，靠泊了装载振华公司第一批岸桥的设备船，中斯同事们围成一圈参加卸船前的祈福仪式，聆听斯里兰卡高僧唱唱念念的经文。一个月后，这批设备被交付使用了，在 7 月 1 日这个特别的日子开港作业了 CICT 第一艘集装箱船。

在中斯财务同事无数个日夜的共同努力下，英文版的金蝶 EAS 财务系统、电子报销系统在 CICT 率先上线；系统化的内控流程得以完善搭建；各类财务报告和运营分析得以准确及时报送；而先进的管理理念和行之有效的管理技术也在这个过程中在 CICT、在斯里兰卡落地开花，深入人心。

CICT 自开港以来，吞吐量自 2013 年的 5.8 万标箱快速增长至 2018 年的 268 万标箱，CICT 未发生招商局集团规定的一般事故中的二级以上安全生产和财产损失事故，创造了良好的安全纪录，总体安全生产形势保持平稳。这一方面得益于各个部门对于安全工作的协助，更重要的是，公司领导对安全工作的高度重视，并且充分地保证了安全工作所需要的资源和人力配置。CICT 正引入招商局集团的综合安全观理念，降低海外文化冲突，最终做到文化引领、制度约束和责任落实的安全管理制度。

为健全安全队伍建设，加强安全管理力量，更好地落实"一岗双责"，让更多的一线员工参加到安全管理中来，CICT 增设了安全协管员这一岗位。CICT 从操作部和工程部基层一线，通过员工自荐、部门推荐、员工委员会推荐的方式，最终择优选拔 21 人担任安全协管员。CICT 还为安全协管员制定了工作职责、汇报机制以及激励机制。公司每季度将通过 KPI 考核的方式对该岗位任职人员的工作表现及业绩予以评估并相应给予奖励。

大家都有一个共识，CICT 是招商局的海外母港，是习近平主席视察过且高度肯定的地方，在这样的地方工作，大家都深感责任重大，使命光荣，工作只能干好，并且必须干好。

2018 年初，带着领导的嘱咐和重托，黄鹏正式接任 CICT 首席执行官。CICT 被集团确定为招商局海外母港及海外人才基地，拥有良好的业绩及高速发展势头，但也面临着一些问题。在总部支持下，他采取果断措施，成功化解了第三次工会危机；成功赢得 BOI 税收优惠的延续；就 CICT 西向延伸段，与 SLPA 达成共识，即将完成审批。

中斯员工一道，大家不舍昼夜地工作。在大家的积极努力下，CICT 这艘大船继续劈波斩浪，稳定向前：码头生产稳中有进，集装箱吞吐量继续高速增长；员工关系得以持续改善，公司文化气息浓厚，工作氛围和谐如初；公司各项工作有条不紊开展，推动公司发展的各战略性举措也稳步推进。

近年来，CICT 积极拥抱科技创新，大力推进质效提升工作，促进中斯员工融合，不断加强企业文化建设，致力于打造良好的企业文化，努力建设和谐高效的海外团队。

中国速度与质量结硕果

CICT 项目仅用 28 个月即高质量完成建设，比原斯方设计工期 60 个月缩短 53%，这让斯有关方面甚至英国设计方都感到不可思议。CICT 财务部现任总经理唐·贾亚瓦德纳是最早加入 CICT 的斯里兰卡本地员工之一。"港口建设的过程让我很吃惊。"他回忆说，"我发现中国工人每天每人拿着一瓶水就上工地开工了，他们花很少的时间用餐，似乎一切时间都在工作。我那时常常和我的朋友们感慨：'看看中国人是如何工作的！'在岸线只完工 400 米的时候，我们已经开始了商业运营，我们制订了一整套计划和方案，没有浪费一天时间。"而这主要得益于以下三个原因：

一是项目建设团队秉承招商局集团"时间就是金钱，效率就是生命"的理念，克服重重困难，低成本、高效率、高质量建设码头。一方面，斯里兰卡每年有长达半年的雨季，影响施工进度。项目建设团队精心组织施工设计，合理安排旱季和雨季的施工，加派人员，实行三班工作制，抓紧在有利于施工的天气赶工，将雨季的不利影响降到最低。另外，斯里兰卡当地资源匮乏，施工所需材料除沙石之外，全部需要进口，在统筹规划采购的同时，项目建设团队积极主动与斯里兰卡港务局、财政部、投资管理局、移民局等部门沟通，在没有先例的情况下，创造性地解决了一批问题，推动了项目的开展，从而克服了施工材料紧张的困难，也节约了成本。

二是项目施工管理采用 ABC 合作模式，即"美国监理 + 英国标准 + 中国速度"。项目聘请了世界一流的设计公司 Aitkens，码头建设采取英国标准，项目工程监理为美国著名工程咨询公司 AECOM。通过加强施工过程的监督，在加快建设速度的同时，保证施工工艺符合合同规定的英国建筑标准，保障码头在快速建设的同时有过硬的工程质量。

三是中国央企间通力合作和强强联合。负责码头投资的是深谙行业发展要求和规律的世界知名港口码头运营商招商港口，项目总承包商是在港口码头建设领域拥有丰富经验和良好声誉的中国港湾工程有限公司，码头设备和港机则是由与中港公司同隶属于中交集团的上海振华公司供应的。央企的强强联合在这一项目上甫一亮相，即收到令人惊艳的效果。

关山阻隔下步步为营

推行本土化管理，主动求变融入当地。中方和本地员工是否能和谐一体，需要建立共同认同并扼守的标准。这条经验是 CICT 在运行管理过程中逐渐探索出来的。初来乍到，语言是第一关。"中方员工的英语口语水平较本地员工有一定差距。首先我们需要解决认知问题。"第一任 CEO 刘云树回忆，"有个别同事认为听不太懂本地员工讲英文是因为他们带有浓厚的印巴口音，后来发现英国人与他们沟通溜得很，原来是我们自己的哑巴英语使然。"于是公司强制要求：中方员工参加英语培训，每周六的英语活动人人需要上台用英文演讲；英语为工作语言，哪怕是中方员工之间的邮件交流均须用英文，交谈时一旦有斯里兰卡员工在场，须全部改说英文等。日常交往不只靠语言。时任招商港口副总经理杭天深有心得："你到人家国家投资，想让人家买你的服务，你肯定是要融入主流，是你变成他，而不是他变成你。""融入主流，能力是一条，做派是一条。斯里兰卡政府部门里，男性都是西装革履，女性都是民族服装。你别看这只是一身装扮，事实上代表了某种态度。我们穿一件皱巴巴的衬衣出去，不会被别人当回事。这不是形象的问题，是礼仪的问题。"在 CICT 内部，类似的礼仪规范甚至以标准操作流程的形式制定了下来。

推进文化融合，提升团队凝聚力。因中斯两国文化差异较大，双方员工行为习惯和价值取向必然存在差异。为增强团队凝聚力，CICT 积极推进文化融合。公司以多种形式的集体活动为载体，搭建沟通交流平台，促进大家对彼此文化的了解和认识，逐步增进互信，实现相互认同、和谐相处。比如，公司每年都举办中斯员工共同参加的"家庭日"活动，中方员工也积极参加当地员工举办的传统节日活动，通过这些活动加强双方文化交流，一步一个脚印实现人文互通和融合互信。

人性化管理，增强员工归属感。现任 CEO 黄鹏每次出差回来，一定要去员工食堂转转，主动走进一线员工休息室，关心员工生活和工作的每一个细节。饭菜合不合口味，空调是否制冷，床垫是否合适，年假不休如何补偿，对福利是否满意，等等。对于发现的问题，他会指示有关部门和人员做针对性整改，并设定时间要求。他时刻不忘把员工利益放在心上，点点滴滴的关爱，逐渐赢得了信任，树立了威信。在 CICT，"打开门沟通"的文化已经深入人心，每位员工都知道，不管遇到什么问题，都可以去 CEO 办公室沟通交流。此外，CICT 还开发了一个叫作"Talk to CEO"的 App，方便员工随时与一把手沟通。把本土员工当作兄弟姐妹，平等相待并给予尊重和关怀，收获的是他们对中方的肯定和对公司的认同。"斯里兰卡的港口产业工人普遍比较年轻，而且英语好，在业内很受欢迎。"黄鹏说，"2018 年，当其他码头运营商到科伦坡招聘时，CICT 没有一个人选择离开。"正是这种人性化的管理，增强了员工的归属感，有效维护了公司人才队伍的稳定。

2019 年 4 月 21 日，在斯里兰卡遭受严重的恐袭后，全体员工没有退缩，CICT 的码头生产没有一刻停歇，中斯员工像往常一样以饱满的热情坚持工作。CICT 管理层中有多名高管主动轮值夜班，操作部多名员工由于家比较远，为了不耽误码头操作，节省路上的安检盘查时间，他们干脆就不回家，临时住在码头。危难关头，公司员工的坚守最好地体现了对公司较高的忠诚度。这与 CICT 致力于打造良好的公司文化是分不开的。

合法合规经营，为稳健发展保驾护航。公司注重按照当地法律法规的要求开展合规体系建设。企业管理制度的建设均因地制宜，处理好当地法律法规和实际工作需要的关系，做到合法、合规经营。比如，公司在法律部的基础上专门成立了跨部门的"合规检查专治小组"，定期召开会议检查有关协议执行情况。又如，在制定加班制度时，公司不仅按照当地法律规定计算加班工资，而且还想方设法让一些加班时间较长的员工补休，切实保障员工的合法权益。

维护行业利益，倡导"竞合"关系。在中国驻斯里兰卡大使馆经商处的指导下，CICT 积极参加斯里兰卡商会、航运协会等行业组织，及时获取当地政府、行业和企业的最新政策和信息，按当地惯例做事，使公司经营理念得到斯里兰卡各界认同。与此同时，公司与科伦坡港的同行建立了有效的沟通机制，以解决好共同关心的问题并倡导"竞合"关系，共同协调处理与社会各界的关系。

合理引导舆论，成功化解政治风险。2015年初，斯里兰卡总统大选结束，新总统上台以后开始重新审查中企投资项目。2015年3月，斯方就以环保问题为由，叫停了中方投资10亿美元的某大项目，部分政治势力也企图寻找CICT项目的各种漏洞，在对CICT签订的BOT协议、股东协议、融资协议、税务优惠协议等十几个业务协议清理没有发现问题后，又造谣CICT码头装卸走私军火，一时间部分媒体连篇累牍，混淆视听，大有风雨欲来之势。CICT在招商局集团和总部领导下，周密应对，有理有利有节地平息了舆论质疑。这场风波也让我们深刻领会到海外项目所面临的政治风险和其他意想不到的风险。

独辟蹊径开拓市场

CICT运营之初，科伦坡港的其他码头运营商对CICT非常敌视，担心CICT会抢走他们的业务。深知其他码头运营商的担忧，CICT依托招商局港口集团的全球网络资源，不和本地码头运营商争抢市场，而是主动在国际市场上开拓业务，联手国际航商改变传统贸易路径，为客户提供便利，把原本流到新加坡、马来西亚巴生、迪拜的货争取到科伦坡来。

就是这样，CICT不仅没抢本地集装箱码头的箱量，还赢来了更多的业务，推动科伦坡港全港箱量持续高速增长，并极大提高了科伦坡港在世界港航界的地位，使科伦坡港在世界上的排名从2012年的第33名提升到2018年的第22名，对推动斯里兰卡印度洋航运中心建设做出了重要贡献。CICT这种避免和本地同行抢市场，通过自身努力把市场蛋糕做大的业务模式，赢得了斯里兰卡同行们的高度认可和尊重。

如今的科伦坡港已是南亚区域的中转大港。2018年集装箱吞吐量705万TEU（其中中转箱量占80%，另外20%为本地箱），港口中转网络连接便捷度全球排名第 13 位。

天道酬勤永不止步

操作效率是客户评价服务满意度的重要指标。"一个港口先进与否，操作效率至关重要。"现任 CEO 黄鹏说，"航运是资金密集型产业，大型集装箱船一条造价 1 亿美元。在懂行的人眼里，在海上跑的不是一条船，是 1 亿美元，每天都有利息，都有成本。船公司自然希望这条船的运转越快越好，停下来不动的时间越少越好——船舶停靠在码头的时候是不产生任何效益的。"

CICT 高度重视码头操作效率的提升。为了挖潜操作效率进一步提升的空间，提高客户服务水平，现任 CEO 黄鹏经常深入码头生产一线调研，及时了解作业计划、调度指挥、设备运转等各个环节的情况，发现问题便及时召集会议研究解决。他创立并推行了现场桥吊司机操作效率排名激励机制，有效激发了司机的工作积极性，操作效率也相应提高。

目前，CICT 船舶操作效率为每小时 35 自然箱，达世界先进水平，保持在南亚区域最佳水平，得到了航运界的广泛赞誉。从 2013 年起，CICT 连年被斯里兰卡本地行业协会评为"操作效率最佳码头""客户服务最佳码头"等荣誉称号；2016 年获颁英国《劳氏日报》的"中东及南亚地区推荐码头"奖；2017 年、2018 年、2019 年 CICT 连续三次荣膺《亚洲货运周刊》"亚洲400 万标箱以下最佳集装箱码头"大奖；2017 年荣获招商局集团"精锐奖"；2018 年，CICT 荣获第三届"央企楷模"称号；2019 年，招商局科伦坡码头管理团队获评"2018 年感动交通十大年度人物"。这些荣誉的获得，既是对 CICT 的肯定，更是一种鞭策。

尽管获得了很多荣誉，但 CICT 并未满足现状。"创业不易守业难，好上加好更难。"现任 CEO 黄鹏如是说，"前任领导和同事们栽培了一棵大树，现在这棵大树结满了果实。但我们一定会继续努力，不会在大树下乘凉，不会只摘果子。我们一定会'兢兢业业、如履薄冰'，努力拼搏，永不止步，让 CICT 这棵大树更加枝繁叶茂，为客户提供更好的服务，为当地经济社会发展贡献更大的力量。"

经常在晚上 10 点钟，CEO 黄鹏办公室的灯还是亮着，周末及节假日加班工作更是中方员工的家常便饭，但他们却说"苦在其中，乐在其中"。中方员工敬业吃苦的精神感染了本土员工，带动了整个公司积极向上奋力拼搏的工作氛围。"想干事、能干事、干成事"，已成为 CICT 团队的真实写照。

乘"一带一路"东风蓬勃发展

2014 年 9 月 17 日，习近平主席历史性地访问斯里兰卡并发表题为《做同舟共济的逐梦伙伴》的署名文章，文中特别提到："我们要对接发展战略，做同舟共济的逐梦伙伴。'马欣达愿景'展现了斯里兰卡的强国富民梦，同中国人民追求中华民族伟大复兴的'中国梦'息息相通。斯里兰卡要建设海运、航空、商业、能源、知识五大中心，同中国提出的建设'21 世纪海上丝绸之路'倡议不谋而合。"而斯里兰卡也希望抓住"21 世纪海上丝绸之路"的历史机遇，恢复其国际航运中心地位。

CICT 就这样在起步后便乘上了"一带一路"倡议的东风，同时项目发展与斯政府借力"一带一路"实现自身战略愿景的期待相辅相成，加上 CICT 团队自身的努力付出和科学经营，使得项目能够快速稳健发展。目前已成为中国和斯里兰卡共建"21 世纪海上丝绸之路"务实对接标杆性项目。

CICT 从 2014 年 4 月开始正式运营，当年即完成 68 万标箱吞吐量；2015 年吞吐量突破 150 万标箱并实现盈利，比原来预计的盈利时间大幅提前；2016 年吞吐量达 201 万标箱；2017 年完成箱量 239 万；2018 年箱量为 268 万标箱；2019 年上半年已完成 137.50 万标箱。

贯彻绿色发展新理念

CICT 项目从建设到运营的 8 年时间内，一直运用新科技节能产品，努力追求环境友好。公司的绿色环保理念在设备设施的选配上可见一斑：码头集装箱堆场及堆场起重设备（场桥）的照明设备全部选用 LED 灯具；所有场桥设备配置了先进的电动吊具以取代传统使用的液压吊具等。

2016年公司决定启动场桥"油改电"项目,将场桥的作业动力源从柴油发动机组改为市电。凭借招商港口在国内多个码头实施的场桥"油改电"工程的丰富实践经验,CICT场桥"油改电"项目汲取众长,采用了滑触线直流上机的先进技术方案,兼具安全性能高及单箱作业能耗低的优点。"油改电"项目的工程队伍主要由当地人员组成,通过几位从国内借调的工程技术专家的"传帮带",为当地培养了一批技术骨干。改造工程既为当地提供了就业机会,也填补了斯里兰卡在码头场桥"油改电"这一领域的技术空白。

2017年11月,CICT完成了全部40台龙门吊及40个集装箱堆场的"油改电"改造,成为斯里兰卡第一家,也是南亚规模最大的绿色集装箱码头。斯里兰卡前港务局主席迪萨纳亚克博士这样评价,"斯里兰卡是一个非常重视环境保护的国家,CICT绿色码头为斯里兰卡港口航运业的其他企业做出了优秀表率"。"油改电"工程实施后,每年减少直接碳排放6502吨,综合碳排放减幅达57%,在带来绿色低碳的同时,CICT每年也节约成本支出150万美元,"油改电"创造了良好的社会效益和经济效益。

建设海外人才培养基地

作为招商局集团的第一个海外绿地港口,CICT结合港口未来发展战略和人才队伍现状,制定了中长期人才培养计划:一方面,重点培养高素质、复合型的海外人才队伍;另一方面,为斯里兰卡带来先进的港口运营管理理念,为当地培养与国际接轨的运营管理队伍。

按照"国际化、本土化"的导向,CICT积极做好后备人才队伍建设:一是邀请当地学者、专家授课。通过了解当地政治、法律、宗教知识和风土文化人情,教育员工尊重当地礼仪和宗教文化习俗。二是组织员工学习国际商务礼仪,要求大家做受人尊重的中方管理人。三是每两周定期组织中方员工进行内部培训,要求每位员工用英文演讲,以此促进中方员工的语言沟通交流能力。

授人以鱼,不如授人以渔。CICT十分重视对本地员工的培训,分批安排了当地优秀骨干员工到北京、深圳和香港等地免费学习，到中国内地、洛美、吉布提等招商局集团在全球运营的其他码头开展交流培训活动，在增强其知识技能的同时，也加深了斯里兰卡员工对中国及招商局文化的认知。年轻的贾那卡6年前加入CICT，并作为"种子选手"被派往深圳招商局西部母港进行培训。经过锻炼，他迅速由桥吊司机成长为培训师，并带出50名徒弟。如今，CICT已连年被斯方同行及行业协会评为"技能培训最佳码头"，成为了斯里兰卡港口行业的"黄埔军校"。

2018年以来，为扩大国际化人才的培养范围，CICT与国内的四川大学、大连海事大学、上海海事大学等加强合作，提供中斯双方的海外学习和实习机会，聘请斯方高专人才担任客座教授，并选派斯方高专人员参加招商港口的C-Blue培训项目，加强中斯双方对彼此文化的学习、理解和认同。目前已交流培训40余人次，双方交流人员拓宽了国际化视野，提升了跨文化工作能力，国际化人才储备成为公司国际化发展的助推剂。

几年来，已有43名员工（含19名本土员工）从CICT走出去，被派往其他岗位，其中有5名选调到招商港口总部从事更高级的管理工作，4名奔赴法国、多哥、吉布提等海外项目，34名调往斯里兰卡汉班托塔港工作。

积极履行企业社会责任

在做好码头运营管理的同时，CICT也积极融入当地社区，开展了一系列慈善活动和民生援助。连年开展"斯里兰卡光明行"活动，聘请国内眼科专家为斯里兰卡上千名白内障患者免费实施了复明手术；连年资助"轮椅网球"项目，让因战争致残的退伍官兵在体育运动中继续为斯里兰卡争光；在斯里兰卡遭受泥石流等重大自然灾害时，CICT及时伸出援助之手，为受灾群众送去急需物资和善款；另外还有儿童医院资助、乡村学校资助、庙宇修缮等。自CICT成立以来，累计为斯里兰卡慈善事业捐款超过500万元人民币。

CICT积极履行社会责任、支持社会公益项目、主动融入社区的行为，让CICT成为了"一带一路"民心工程，不但为自己赢得了好评与尊敬，也树立了当地社会各界对中国企业的良好印象，为"一带一路"倡议赢得了认可和支持。

促进当地就业及经济发展

CICT 为当地创造了大量就业机会，建设期与运营期可分别创造 3000 个和 7500 个直接就业机会。CICT 现有员工（含外包）1498 人，其中中方员工（包括高管在内）仅 27 人，员工的本土化率达 98% 以上。35 年特许经营期内，为斯里兰卡贡献的税收、外汇收入及其他收入将达到 18 亿美元，为当地经济发展做出了重大贡献。

在 CICT 项目发展过程中，国内各级领导、有关部委一直给予关心、鼓励和支持。

2014 年 9 月 17 日，习近平主席在时任斯里兰卡总统拉贾帕克萨陪同下，视察了 CICT。习主席指出，招商局今天的发展成就生动地体现了中国改革开放的成果，习主席同时高度赞赏 CICT 所取得的成绩："你们做得很好！"

党和国家领导人吴邦国、刘云山、俞正声等分别于 2012 年、2013 年、2017 年视察 CICT，鼓励 CICT 勇于担当，继续做出更大贡献。

驻斯里兰卡使馆和经济商务参赞处全过程指导和协助解决项目投资运营过程中遇到的各种问题和挑战，特别是在政治风险把控、防范不当竞争、社会舆论引导、履行社会责任方面与项目团队全面加强联系，及时通报情况，分析研判形势，提出意见建议，很好地起到了指导引领的作用。

目前，招商港口已确定 CICT 为其海外母港的重要组成部分，将以海外母港建设为依托，积极介入南亚新兴市场，如孟加拉、印度和巴基斯坦的码头业务投资和开发，以搭建区域网络，形成网络协同，最终成为南亚区域龙头，拥有业务话语权，挖掘区域市场价值，赢得更好的投资回报。

相信在"一带一路"倡议引领下，CICT 这个"21 世纪海上丝绸之路"新驿站，一定会继续服务好往来客商并造福当地人民，继续画好共建"一带一路""工笔画"，努力成为共建"一带一路"的示范项目，努力成为人类命运共同体理念的传播者，为"一带一路"沿线国家政策沟通、设施连通、经贸畅通、资金融通、民心相通做出更大的贡献。相信在各级领导的支持和指导下，通过广大员工的持续不断地进取和努力，CICT 一定会让合作伙伴受益，让当地民众和社会受益，也一定会创造更多佳绩来回报祖国，回报中斯社会，回报所有为了项目而努力拼搏的招商人。

这是一名 CICT 中方同事在 2019 年春节写给家人和朋友的一封信——

亲爱的家人朋友们：

2019 年是我来到斯里兰卡的第三年，因为工作原因，今年春节我将再次在这里度过。欣慰的是，我的心早已从开始的陌生、漂泊感中安定下来，从而享受在这里的工作与生活。

斯里兰卡与国内相距 4000 多公里，每一位招商局同仁远离家乡，在这里团结一心，组成了一个新的大家庭。他们不忘本色，以坚韧的斗志和毅力，克服疾病、语言、环境与文化差异等困难，在远离亲人的异国他乡，默默实现人生价值。在这片热土上，我不仅

能够通过工作实现个人价值、为斯里兰卡及招商局的发展尽一份力，更是交到了堪比家人的好朋友。

"陪都歌舞迎佳节，遥视延安景物华。"如今的招商局在斯里兰卡已硕果累累，我也祝福国内的家人、同事、朋友在新的一年里身体健康，再创辉煌！

时代楷模

致敬英雄

——中船重工第七六○所英雄群体抗灾抢险纪实

◎文／鹤蜚

    这里是中船重工大连第七六○研究所南码头，码头呈 L 形伸向前方。夏天早已过去，严冬悄然来临，此时，寒风中的大海显得格外宁静。然而，人们仍然无法忘记，在已经过去的这个夏天里，在这片海域里，发生的那场惊心动魄的生死大战。2018 年 8 月 20 日，受台风"温比亚"的影响，这里遭受到了狂风暴雨的袭击。如今，码头上被巨浪撕裂开的水泥地面上，仍然可以看到当时叉车被海浪冲走时，刻下的深深划痕，依然能看到被风暴摧毁变形的悬梯……

    由于当时风高浪急，停靠这里的国家某重点实验平台，出现了重大险情，这个实验平台是国家用于科研实验的专用海上实验装备，对于提升我国船舶核心关键技术水平具有重要意义。危机关头，担任七六○研究所党委委

员、副所长的黄群，带领十多名党员和同志，组成抢险队，对实验平台做加固作业。当时的海浪高达四五十米，由于狂风暴雨过于猛烈，在作业的过程中，黄群、姜开斌、宋月才3人被巨浪卷入海中，英勇牺牲，而他们守护的国家某实验平台却安然无恙。

危急时刻，国家利益高于一切。在国家财产遭遇危机的紧要关头，三个人用宝贵生命，践行了共产党员随时准备为党和人民牺牲一切的初心和誓言。

意外发威："温比亚"掀起惊涛骇浪

2018年的夏天注定是个不平凡的夏天，这个夏天里，台风格外任性，而位于辽东半岛最南端的大连，仿佛成了狂风骤雨恣意妄为的战场，"安比""云雀""魔蝎"等台风相继登场，一次比一次猛烈，一次比一次惊心。

8月17日，第18号强热带风暴台风"温比亚"从我国东部登陆。每遇台风来袭之前，位于大连南部海滨的中船重工七六〇研究所从上到下都高度警惕，停靠在研究所南码头上的国家某重点实验平台，凝结了全所职工的心血，不能有丝毫懈怠。8月19日傍晚时分，大连气象局发布了大风橙色预警。实验平台按照应急预案加紧部署，采取加装缆绳、更换钢丝扣等措施进行加固，并将实验平台夜间保障人员由2人增加到4人，24小时严密监控实验平台情况，做好抗击台风抵御风浪的一切准备，确保实验平台万无一失。

整个晚上，七六〇所规划处的副处长孙逊一直在手机上观察着卫星云图。白天，台风并没有往大连方向来，而是往天津和秦皇岛方向去了，孙逊还和天津的朋友们说：你们注意了，台风要到了。

后半夜两点多，孙逊发现卫星云图上风向开始变得捉摸不定，台风没有像白天预报的方向前行，而是突然开始转向。孙逊负责实验平台建设工作，他担心实验平台的情况，索性走出家门，在漆黑的夜色中顶着大雨开车往单位奔去。

孙逊后半夜3点到单位时，分管安全工作的副所长黄群和宋月才等相关值班人员都在，他们已经多次到码头上检查。此时，海上风只有8级，从值班室望过去，探照灯下的平台并无异样。

然而，到 8 月 20 日凌晨，台风"温比亚"不但没有像预报的那样逐渐减弱，反而使起了性子，突然发威，变换路径，掉过头来，向大连扑来。

海面风力渐渐增强，雨势越来越大，继而出现了前所未有的凶猛之势，一场罕见的狂风暴雨开始肆虐，仿佛一瞬间，海面上开始翻江倒海，一排排巨浪在码头上翻滚。正在实验平台上值班的刘子辉等 4 人，第一时间感受到了平台的异常，随着剧烈的震荡，码头上的缆桩发出断裂的声音。

9 时 30 分，天气更加恶劣，狂风呼啸，暴雨倾盆，岸边的大树被连根拔起，码头上狂风卷起海水，掀起一浪高过一浪的擎天水柱，不断拍打、撞击着停泊在码头的实验平台。对讲机里不断传来"2 号系缆柱变形""首部缆绳吃紧""2 号缆绳双系柱断裂""1 号系缆柱断裂"的报告，10 时 20 分，平台 8 根缆桩已断裂 4 根。

实验平台上传来的消息，让所有人的心都提到了嗓子眼儿。黄群和实验平台负责人宋月才、实验平台机电负责人姜开斌等当时在场的十几个人，焦急地聚集在岸边的三楼值班室，透过值班室窗户望出去，能看到大浪高过四五十米，直接从值班室楼顶呼啸而过，拍到后山，在窗户上留下模糊一片。

大海是天使也是魔鬼，它撕下了温柔的面纱，现出了恶魔般狰狞的面孔。此时，台风突然升级，让人猝不及防，早已严阵以待的实验平台也在巨浪的冲击下开始大幅度起伏摇摆。刹那间陷入了危险境地之中。

险情严峻，情况万分危急。如果不果断采取措施，可能会导致平台失控、毁损、倾覆、沉没，造成严重损失，不仅大家倾注多年心血的实验平台可能毁于一旦，平台上的刘子辉等 4 位值班同志的生命也会受到严重威胁。

前方告急！码头告急！实验平台告急！实验平台上 4 个值班同志的生命告急！

真的勇士：向死而生

险情就是命令。生死攸关的时刻，黄群、宋月才、姜开斌和孙逊等在场人员，默契又迅速穿上救生衣，携带备用缆绳，带上高频对讲机，毫不犹豫地向码头冲去，去捆绑加固实验平台，救援被困在实验平台上的 4 位同志。

狂风裹挟着巨浪像一堵堵坚硬的墙，急速地、排山倒海般地推移过来，砸向码头，雨水和海浪被狂风吹得像拉了丝一样，打在人的脸上如同刀割一般疼痛，根本睁不开眼睛，呼吸也变得非常困难。台风持续加大，巨浪不停翻滚，海天一片混沌，码头上涌上来的海水已经齐腰深，大家在码头上行进异常艰难，此时他们还不知道，气象台 10 时 13 分刚刚发布大风红色预警信号，黄海北部风力 10 级，局部阵风 11 级，最高达 13 级。

风浪太猛烈，无法前行，他们用叉车推着缆绳一起向码头行进，但风浪一阵猛过一阵，推着叉车根本走不动。谁也没见过更没有经历过这样恶劣的天气，他们在巨浪的间歇里往前冲。为了避免有人被巨浪击倒滑落海中，大家用同一根缆绳串连起来，共同牵挽，依次抓着缆绳，顶着风浪携手向前，一阵接一阵的狂风大浪不时地把人打倒在地，倒下，他们再爬起来，继续前行，再倒下，再爬起来，再前行！他们每向前一步都异常艰难，每向前进一步，就走向了更加危险的境地，但没有一个人退缩，大家低着头，躲避着不时袭来的巨浪，艰难地前进。

孙逊告诉我，当他走到 2 号泊位时，突然一个巨浪翻过码头扑过来，他大喊一声"来浪了"，情急之下，躲在一个集装箱后面。但是集装箱被海浪推移了两米多，他被打了个跟头，险些掉进海里，幸亏身旁的高天山处长一把把他拉住。

即使再大的风浪也无人退缩，被海浪打倒的人很快爬起来，继续坚定地向平台走去，雨越下越大，台风卷起一个又一个巨浪，一次接一次地强力拍打在他们身上，终于艰难到达实验平台旁，大家争分夺秒，分工协作，在身上系上绳索，另一端绑在桩上，冲在码头最前沿，也是加固作业最需要而又最危险的位置，他们在风浪的抽打中，弯腰低头，全神贯注，抛缆，系扣……

此时的他们哪里知道，更大的危险还在后面。

正当大家全神贯注作业时，又一个巨浪打过来，孙逊感觉后背仿佛有一面墙倒压过来，他使出浑身力气，闭上眼睛，死死攥住缆绳，突然袭来的巨浪瞬间把处在码头最边沿最前面抢险作业的黄群和姜开斌两个人卷入海中，几乎就在他们落水的刹那间，有人大喊"有人落水了，有人落水了"！这时，孙逊听到宋月才在狂风中几乎是失声一般大喊："快救黄所，快救老姜！"

一直冲在最前面的黄群和姜开斌两个人，被大浪打到了海里，落在了码头坚硬的水泥墙与钢质实验平台之间的海水中，汹涌的海浪推搡着两个人在码头与平台之间来回撞击，两个人处于极度危险之中。码头上的所有人焦急万分，他们冒着随时会被冲到海里的危险，不顾个人安危，拼命地搭救落水的黄群和姜开斌。他们不停地往黄群、姜开斌身上抛绳施救，让他们抓稳，想把他们拉上来。终于，他们两个人抓住了缆绳，但是，码头地面与海面落差高达3米，此刻，狂风暴雨中的码头如悬崖一般又陡又滑，海面波涛汹涌，海况越发恶劣，大浪不断袭来，一次次砸向拉着缆绳的黄群和姜开斌，一次次把他们打入海里。几度失手后，黄群在海里无力地挣扎着，而姜开斌则在海水的冲击中，时浮时沉，奄奄一息……

此时，已近60岁的黄超富情急之下抓住缆绳奋不顾身跳进海里，他游到最近的姜开斌身边时，姜开斌已失去意识，根本无法配合他的施救，他用尽力气把姜开斌向上托举，让姜开斌少呛点水，努力把缆绳绑到姜开斌的腰上。他一手抓着缆绳，一手抓着姜开斌，风浪实在太大了，缆绳根本套不住姜开斌，套上就松开了，一个浪接着一个浪打过来，黄超富在风浪中一遍一遍地尝试，他的两条腿死死地夹缠住水里的缆绳，一边紧紧抱住姜开斌，一边与海浪搏斗，但一个接一个不断翻滚的巨浪一次又一次把他俩打散……

此时，加固后已经稳定的实验平台上的4个人，一面保持与岸上值班室通信联络，一面帮助施救落水人员，在翻滚的海浪中救人的黄超富呛了水，体力严重不支。实验平台上的人向黄超富抛去缆绳，齐心协力将筋疲力尽的他拉上平台。他身上多处受伤，缆绳在他的腿上划了很深很深的伤口，腿上的肉都翻了出来，他的身上多处被绳子和海浪碰撞得鲜血淋漓，衣服全部刮碎打烂了，被海水卷得不知去向，浑身上下只剩下一条短裤。黄超富的心撕裂般的疼痛，眼泪止不住地流下来，他伤心不已，为自己无法救上黄群、无法救上姜开斌而难过。

不幸接踵而至，又一个大浪打过来，把正在码头上救援的孙逊和贾凌军、董江一起卷入大海。经过大家共同努力，贾凌军、董江二人被成功救了上来，而孙逊始终无法上来。

码头环境恶劣，狂风巨浪仍肆虐不止，为避免更多的人员落水，有多年航海经验的宋月才果断决定，码头所有人员全部撤离，并请求支援。

大家让宋月才一起撤退，但宋月才不撤，他坚持让大家先撤，他负责断后。他说"无论发生什么事情，我就是拼了命也要把平台保住"。

不知何时，巨浪把坚守在码头上的宋月才打落大海中。

生死大营救

刚落水时，孙逊还挺冷静，他是八〇后，身高体健，水性也好，一开始落水时，他还能抓住码头上抛下来的绳子往上攀，但每攀上一半，大浪就把他砸向海里，再攀再被砸下去，跌落海里，他就会被海水呛得喘不过气来，等他好容易浮上来缓口气，拼命拽着绳子再往上攀。大雨和风浪疯狂碰撞，左右开弓，他每爬到一半，都被浪头拍回海里。一次又一次攀爬，一次又一次跌落，海浪拍击着他的头，打得他晕头转向，几个回合之后，他的体力就被拍没了，严重的体力不支，到后来胳膊已无力去拽拉缆绳，当又一个巨浪袭来时，孙逊被抛出码头和实验平台的区域，直接翻滚进远离码头的大海中。

绳子再也够不着了，码头也越来越远，风浪中的战友已经变得模糊了，孙逊回头望了实验平台一眼，解开缠在腰上的缆绳，一边漂浮一边顺着海浪尽力向岸滩游去。

孙逊说，这是他平时轻松游过的距离。但在狂风骤雨巨浪滔天的情形下，孙逊的体力消耗殆尽，加上浪头打来时，整个人就会被海浪拽入水中，人就会不停地呛水，此时，离岸边几百米的距离对他来说仿佛是一道道难以逾越的鬼门关，一开始他还能看到岸滩上有人向他打手势，鼓励他坚持，示意他们会来救他，但渐渐地，他什么也看不见了，像一片随时会被狂风撕裂的树叶一样在大海里漂荡。他的意识有些模糊，海上礁石林立，如果这样随波漂流，很可能会撞上坚硬的岸礁而丧命，他只感觉到深深的绝望……

此时，得知险情的七六〇所车队队长阎堑赶到码头，当他看到巨浪中的孙逊，没有任何犹豫，绑上救生圈和救生绳，戴上泳镜，纵身跃入大海，奋力向孙逊游去。

孙逊时而清醒，时而昏迷，就在他感到绝望的时候，蒙眬中看到有人向他游过来了，孙逊的身体里突然涌出一股热流，他感觉到了生的希望。

孙逊任由阎堃抱着他向岸边游去，风浪太大了，两个人始终无法靠近岸边。在巨浪的不断拍打下，阎堃也没有力气了，眼看两人都已经筋疲力尽，好在离岸边已不远，同事们合力把他们两个都拉上了岸。

有时候，天堂和地狱只有一步之遥。不知过了多久，孙逊感觉到双脚已经触到了海滩，他瘫倒在海滩上，终于活着回来了。模糊中，他看到阎堃打开水镜，水镜里的眼眶周围和头上脸上全是沙子。孙逊看到围过来的同事无力地说："海里还有人，快去救他们。"孙逊并不知道，他在海里已经漂浮了两个多小时，他是最后一个被救上来的。

人类历史的长河中，不仅回荡着胜利的凯歌，有时候也包含着痛苦与悲伤的泪水。

当天中午，在七六〇所和当地多方救援力量的参与下，冲进码头抢险和实验平台上的值班人员以及参与救援的 14 名同志安然无恙，实验平台也安然无恙，而共产党员黄群、宋月才、姜开斌三个人却在抢险中壮烈牺牲。

无惧生死

一个有希望的民族不能没有英雄，一个有前途的国家不能没有先锋。祖国是人民最坚实的依靠，英雄是民族最闪亮的坐标。

——习近平

七六〇所南码头长度只有 300 米，从头走到尾只需要花费 5 分钟的时间，在这个码头边，有这样一群人，他们怀揣着梦想，坚守着责任和信念，把自己默默奉献给了祖国的船舶科研事业，如果不遭遇这场突发事件，也许很多人都不会认识他们，然而就在那一天，就在那个生死攸关的时刻，他们不顾个人安危，挺身向前，用果断的行动和无畏的精神，保护国家财产和人民生命安全，黄群、宋月才、姜开斌三个人更是用自己宝贵的生命，谱写出一首忠诚担当，许党报国的英魂赞歌……

黄群："随时准备为党和人民牺牲一切。"

"随时准备为党和人民牺牲一切。"这是 8 月 15 日那天，黄群在工作日记扉页上一笔一画、工工整整写下的入党誓言里的一句话，5 天之后的 8 月 20 日，他一马当先，挺身而出；英勇无惧，壮烈牺牲。在短暂而忙碌的一生画上句号的那一刻，黄群同志也用热血和生命书写了一名党员领导干部对党忠诚、许党报国的壮丽篇章。他用行动践行了这一誓言。

"他常说，'为官避事平生耻，在位更须有担当'。这是他的座右铭，更是他一生工作岁月的写照。我想，他的内心一定是溢满激情的。而他生前的同事、他一手培养起来的年轻人，只能在泪水中，一次次回想有关黄总的桩桩件件往事，还有他留给我们的点点滴滴温情……"中船重工七一九所质量部的章婷说。

2017 年 4 月，时年 51 岁的黄群，从七一九所副总质量师，提任七六〇所副所长，只身从武汉到大连任职，重新过上"单身"生活。这时，儿子已经到国外读书，爱人留在武汉，一家三口，天各一方。有人不解，告别年迈的母亲、爱人和牵挂的家人还有熟悉的工作环境，究竟图的什么？他在一封给儿子的信中写道："离开为之奋斗了二十多年的单位，毕竟是新的挑战，但我想，人生就是不断的挑战证明自己的能力，在挑战中实现自己的人生价值。"

无情未必真豪杰，怜子如何不丈夫。在妻子亢群的眼里，在风浪面前英勇无畏的黄群，却是生活中的暖男。

1992 年，黄群和亢群相识，两个人的名字中都带一个"群"字，这特殊的缘分让两个人一见钟情。结婚以后，黄群一直在葫芦岛驻厂，儿子 4 岁前黄群就没怎么在家待过。黄群工作之余，非常想念妻子，牵挂孩子。那时候，他几乎每两天就写一封信，每一封信都表达了他对家人满满的思念和牵挂——

"天气冷，一定要给儿子戴上围巾和口罩，实在太冷的话，如下雪，就用自行车推着送他，我送他时也曾看到有的妈妈就推着车子送孩子去幼儿园。"

"你瞧我说着说着又说到儿子身上了，因为我太爱他了，爱他，其实也是爱你的一部分，也是爱我们这样一个家，我一直想给你们带来欢乐与幸福。"

"亲爱的，转眼间，11 月 27 日就要到了，这是我们相识纪念日，我在日历上做了记号，从前还保存着这一天的日历（这点小秘密我一直未告诉你），所有这些年的事情都深深地印在我的心里……"

1989 年，品学兼优的黄群从华中理工大学（现华中科技大学）毕业，分配到七一九所工作。那时的所里，科研任务不饱满，为给员工发工资，所里不得已搞起了第三产业，开始生产洗衣机、塑钢窗等。和黄群一起分到所里的大学生，流失过半。而黄群拿着微薄的工资却干劲十足。有人劝他跳槽，他不为所动，他对同学说，能参与"国之重器"的研制，我觉得自己很幸运。

因常年在外驻厂，每次当黄群归心似箭地从现场赶回家时，好几个月没见面的孩子竟睁大双眼，一脸戒备地将他当成陌生人。虽然驻厂艰苦，但黄群想的是，能到现场跟船，完成一次从建造到航行实验的全过程，是年轻人难得的学习和成长机会。刻苦的学习钻研，过硬的技术，使他很快在同龄人中脱颖而出，成为当时七一九所最年轻的主任设计师。

"立标准，建体系，细检验，重过程，一丝不苟严谨认真难计量；出关山，入紫阳，迁藏龙，转滨海，一路征程以身许国军工强。"这是七一九所微信公众号里的一份留言，难抑悲痛的同事用一副对联，寄托对黄群的崇敬和哀思。

黄群是个念旧的人，他经常去看望已经年迈的中学语文老师；他惦记年近 80 的老母亲，每天晚上都会定时打电话向老母亲报平安；他想念妻子和儿子，每天晚上都会和他们微信视频聊天……

从黄群家里的阳台上南望，是黄群曾经工作过的七一九所老办公楼。曾经很多年，黄群每天下班回来简单地吃口饭后，再回到所里加班，那时候儿子在读高中，等到十点多时，亢群看着时间差不多了，就热好了饭菜等着爷俩儿，黄群几乎和放学回来的儿子前后脚进门，然后全家人一起吃饭聊天，亢群说，那是一家三口最开心最快乐的时候。

8 月 19 日晚上，黄群发送给妻子的一条消息中写道：今晚台风，我又去办公室值班了。认真负责的黄群，熬夜加班是他的工作常态，然而谁也想不到的是，就在这条消息发出 12 个小时后，他义无反顾地冲入了风暴中心，把自己献给了一生钟爱的船舶事业。

亢群经常在阳台上凝视着不远处的大楼，想着黄群的一切，想着无数个温暖的日子。如今，她与黄群，已经是咫尺天涯，夜晚等待的灯光变得昏暗，悲伤像身体里的痛，在身体里慢慢扩散，又集聚。往昔的岁月里一家三口相互等待的美好时光，永不再现。

亢群告诉我，黄群自小体弱，为了增强体质，他养成了锻炼身体的好习惯，身体也越来越强壮。他喜欢跑步，经常到家附近的大学操场上跑步，在外地进修，就到驻地附近的大学操场上去跑，到了大连后，他仍然保持着跑步的习惯。黄群对大学有感情，武汉是大学城，黄群有一个愿望：要跑遍武汉每一所大学的操场。

亢群站在家附近的学校操场旁，仿佛看到了黄群奔跑的身影，那身影要多矫健，就有多矫健；要多温暖，就有多温暖……

宋月才："小黑"之家的"老船长"

2011 年底，已经退休的宋月才接到邀请，请他参加中船重工第七六〇研究所国家某重点实验平台建设，他兴奋不已："太好了！我太熟悉了，闭着眼睛我都能摸到每一个角落！让我来招兵买马吧！"陆陆续续，实验平台的人招来了，组成了"小黑"之家。

"小黑"是宋月才给实验平台起的名字。其实"小黑"不小，它的身长超过 70 米，绝对算得上庞然大物。叫它"小黑"，不仅因为它有着通体黑色的皮肤，更是因为七六〇所上上下下都把实验平台当作自己的孩子，宝贝得不得了。宋月才将实验平台团队的微信群命名为"小黑之家"，给自己起了新名字"老船长"。

"老船长"出生于 1957 年 1 月，18 岁时，到农村插队落户，1976 年应征入伍，从此与海军结下不解之缘。1979 年他考入军校，1991 年再次深造。从一名普通战士成长为舰船负责人，每一步他都走得坚实有力。

在同事们的眼里，"老船长"宋月才言语不多，几乎没有什么业余爱好，天天都是"三点一线"，除了在实验平台工作、食堂吃饭，就是一个人钻在

办公室里，埋头编写平台操作培训教材，用"二指禅"往电脑里敲字，几年下来，积累了几十万字，装订成7本厚厚的教材，这些教材，既是工作标准、操作规范，也是实验平台的安全保障、生命所系。

今年4月，老战友宋良见到宋月才，说："老哥，怎么看到你的身体大不如从前了？别干了，要多休息。"宋月才悄悄说："查出糖尿病了。我现在必须给平台带出一支政治过硬、业务过硬、作风过硬的队伍，再干几年，等平台走上正轨，一切运行正常，找好了接班人，我就回家歇着去。"

"小黑"已经6岁，已经长大了，谁也没想到，老船长却与小黑永久别离了。这六七年，老船长对小黑付出了太多心血。老船长对平台的各方面都了如指掌，因此，从一开始，他既要当甲方，严把技术质量关，又常常给船厂出谋划策，提出改造建议，做了乙方的义务技术指导。船厂的同志哪怕是一个小小的希望和要求，他都主动配合帮助，除了技术质量，再没对船厂提出任何个人要求。因此，船厂负责改造项目的上上下下，对他都是一个字，"服"。这个服，不只技术上，更是钦佩老船长的敬业精神和人品。

宋月才的儿子想起小时候的点点滴滴，至今也无法从悲痛中走出来。他回忆说：我出生的时候，是早上 6 点多，我三姨给爸爸打电话，当时爸爸正在旅顺的老虎尾工作，他接到电话后很兴奋，为了庆祝还专门去理了发，给战友发烟发糖。记得上小学一年级的时候，我爸回家休假，到学校接我，当时我说要买书，姥姥家附近刚开了一家新书店，我看上了一套中国民间故事系列，一套 7 本，每本 15 块，总共 105 块，我爸二话不说就给我买了，这套书至今还在我的书架上，这是爸爸给我买的第一套书，当时他的工资不高……

在儿子眼里，父亲宋月才永远是懂他爱他的好父亲。

作为一个老艇长，他曾在穿越台湾海峡时面对巨浪，把自己捆在舰桥上指挥作业，曾在南沙巡逻时周密计划保证航海安全，何曾惧过风浪与生死？8 月 20 日，他在大风大浪面前冲锋向前，勇敢坚守，直到生命的尽头。

九〇后的李克忠跟老宋最亲，他清楚地记得，宋月才曾跟他说，等咱们的实验平台工作完成了，大家一定好好约上一场酒，好好聚一聚。

"宋叔，现在平台工作还没完成，您却走了，等平台工作完成的那一天，我会带上一瓶酒洒进海里，跟您说咱们的小黑长大了。宋叔，我知道，您就在那里，宋叔，我们很想您！"李克忠每每想起老船长，心里就无比难过，他说，虽然老船长再也不能听见，再也不能看见，但是，请老船长放心，有我们在，小黑会完成他的使命的！

"对党绝对忠诚，平时看得出来，关键时刻站得出来，危急关头豁得出来。"同事宋健说，"老宋把生命中的 35 年，都奉献给了他所热爱的船舶事业，把生命中的最后 7 年都奉献给了实验平台。老宋，当初我就该拼尽全力拉着你离开。可是我知道我做不到，因为你的同事、战友还在大海里，你的'孩子'还在被风浪冲击。我知道他们在你心里的地位是多么重要，再大的阻力都不可撼动。而我现在终于明白，你当初说的爱，就是那份刻进骨子里，甘愿为了国家的船舶事业牺牲一切的挚爱。"

姜开斌：老兵一生最恋大海

姜开斌出生在农村，家里有 6 个兄弟姐妹，他最小，老小应当是最受宠，然而，在他 1 岁的时候，父亲就去世了，他过早地体味到生活的艰难。姜开斌从小就有一个梦想，就是成为一名军人。1976 年，他如愿参军，来到大连，成为一名海军战士，参军第二年，就加入了中国共产党。他聪明好学，喜欢钻研，1978年以优异的成绩，考入海军工程学院。在校期间，他成绩优秀，毕业时，学校要留他当教官，但他想念部队，想念朝夕相处的战友，想念大海，更有一份难舍的情怀在心里，他说："我是部队培养出来的，我要回到部队去。"

姜开斌是性情中人，他为自己是一名军人而骄傲自豪。他最喜欢穿着海魂衫、穿着军装照相，照片里的他英姿勃发，豪情满怀。他太热爱大海，太热爱部队了。学成归来后，他工作起来劲头十足。海上训练特别枯燥和艰苦，但他总是乐在其中，从不叫苦叫累。有一次执行特殊任务，他甚至带头写下了遗书。作为一名共产党员，在他的心里，早就准备好了，时时刻刻要为党为国献出一切。他勤奋好学，喜欢钻研，功夫不负有心人，很快练就了一身绝活。比如动力系统出现故障，他仅凭耳朵就能判断问题出在哪里，他发挥才能，学以致用，很快成为技术和业务上的行家里手，并担任了潜艇机电长。

后来，女儿出生了，女儿出生后体弱多病，经常会半夜三更地去医院，爱人身体也不好，母女俩在湖南常德，而他远在大连，千里之遥，他有劲使不上。爱人让他转业，他却始终不舍得离开部队。姜开斌爱人珍藏了近百封家书，那是姜开斌当年写给家里的信。他在给爱人的一封信里写道："我们是新时代的青年，应该志在四方。历史上的一些伟人，都是奔走在外，很少人在家乡搞出一番事业来。我当然不能与历史上的伟人比，但我想，我们应该想远一些，想开一些。"在他的一封又一封书信里，蛰伏着他的梦想，暗涌着无尽的激情，深埋着理想和志向。

但家里的实际困难在那里摆着，他很矛盾，他一边为家里的困难揪心、牵挂着女儿，一边又不舍得离开部队，毕竟成为军人是他一生的梦想。但姜开斌又是个重情重义之人，他对爱人对孩子全心全意，在长时间的纠结和煎熬中，姜开斌只好向部队提出了转业要求。

1989年，在部队工作了13年之后，他从大连海军某部机电长的岗位上转业，脱下了雪白的海军军装，万般不舍地离开了部队，离开了他朝夕相处的战友，离开了他深爱的大海，离开了他心爱的机电长岗位，回到湖南省常

德市，做了一名物价局的公务员，从此把梦想深深地埋在心中。

回到地方后，姜开斌心中的军人情结从来没有断过，每天早上还像在部队一样5点钟起床锻炼。他干一行，爱一行；钻一行，精一行。他经常说："当过兵的人，就没有干不了的事。"不到三个月，姜开斌就对与工作相关的政策和法规了如指掌。

常德地处洞庭湖西侧，沅水、澧水横穿而过，1998年洞庭湖发大水，按照上级部署，物价局负责湖区安乡县一段堤坝的防汛工作。姜开斌知道后，主动报名，要求到防汛第一线。那段时间他吃住在大堤上，查管涌，排险情，泥里水里，一马当先。回到家后，人瘦了一大圈，皮肤也晒得乌黑，身上到处都是蚊虫叮咬留下的疙瘩。

2008年1月南方遭遇冰灾，整个常德天寒地冻，道路结冰10厘米厚。姜开斌预感到由于春节临近，恶劣气候有可能导致市场价格混乱，于是他主动要求带队到城乡去检查物价。

姜开斌始终以曾经是一名军人而自豪，他特别喜欢别人称他"斌哥"。经常，他抚摸着珍藏多年的海军服，默默沉思，他一直保留着读军校时的学习笔记，经常看那些从部队带回来的海军书籍、舰船书籍等，这些书籍总是摆在他家里书橱最醒目的位置。有了外孙后，他经常叮嘱女儿，等两个小外孙长大后，一定要考军校当海军，他特意给两个小外孙每个人买了一套海魂衫，他要让两个小外孙继续圆他的军人梦。

去年底的一天，已经退休的姜开斌接到老战友刘子辉的电话，这个电话，点燃了他心中深埋已久的梦想。当他知道国家的实验平台需要他这个有经验的老兵的时候，想到自己所掌握的技能还能为部队装备研发贡献力量，姜开斌开心极了，要知道，他做梦都想重回军营，重新开始军旅生涯，重续那份割舍不下的军人情结。

刘子辉记得当时在电话里对姜开斌说，我们这么大年纪了，还能走过去的路，还能干过去的工作，是不是特别有意义。姜开斌听了特别高兴，他说退伍这么长时间了，可能很多东西都生疏了，但他想着部队，怀念部队的生活。当时刘子辉还担心他去大连会不习惯，姜开斌却说，大连是他的第二故乡，他爱这个工作，爱大海。

大连，他一定要去。

到海上实验平台工作需要严格的身体审查，他担心自己不能过关，积极加强锻炼，保持着旺盛的精力。2018年3月，姜开斌接到了正式工作邀请，重回大连。此时，他离开部队已经29年了。

去大连的前一天晚上，姜开斌十分兴奋，就要回到他眷恋一辈子的大海边，他无法不激动。他不停地给亲戚和战友们打电话，说："我要奔赴新的战场了！"这一天他似乎等了好久，好像时刻都在梦想着，准备着重回到国防一线，回到祖国的万里海疆。

面对姜开斌的选择，家人都舍不得，他的女儿姜微非常不理解，她多次问姜开斌，为什么要这样？家里也不缺钱，过去家里最难的那些坎儿都跨过去了，现在正是应该好好享享清福的时候，却要一个人去那么远。姜开斌对女儿说："我是个老兵，当兵报国是我的理想。现在你大了，该到我继续为理想奋斗的时候了。"

姜开斌离开家乡，离开爱人和女儿，离开他非常疼爱的两个小外孙，还有他在家乡那些亲密无间的好友，跨越2000多公里，回到他魂牵梦绕大连，来到他熟悉的实验平台，回到他无比挚爱的机电长岗位。

也许，作为军人，姜开斌从来没有甘心过那种一眼望到底的生活；也许，作为军人，他心中储备了太多的能量，有着聚集已久的激情与渴望。回到实验平台，姜开斌立即全身心投入到工作中，他经验丰富，熟悉设备结构，对轮机、电路等系统非常精通，他指导年轻人完成了各种高难度任务。尽管实验平台活动空间闷热潮湿，狭小局促，但他并不在意，一门心思投入到工作中，享受着工作的快乐。

姜开斌平时在家里，绝对称得上是好儿子，好丈夫，好父亲，好外公，夫妻感情很深，突然远行离家，家里人都十分牵挂，他们每天都要准时通过微信视频聊天。20号那天早晨，姜开斌和爱人通话，他说"大连今天有台风，外面风大雨大，我和其他同事都在值班"。没想到，这竟然是夫妻俩最后一次通话。

8月16号那天，姜开斌通过微信向党支部交了自己最后一次党费。

姜开斌性格非常豪爽开朗，他是战友中公认的开心果，每隔一段时间，他们战友就要聚一次。姜开斌遇难后，大家都不敢相信是真的，有一个老战友说："在战友们经常聚会的地方，在他常走的路口，在他经常锻炼的小树林里，总感觉到斌哥会从哪个拐角，笑呵呵地走过来。"

姜开斌去世后战友们第一次聚会时，在饭桌上专门为姜开斌摆上一套餐具，倒上一杯酒，战友们齐声喊着他的名字："姜开斌，第一杯酒，我们敬你！"

致敬英雄

三位英雄去世后，七六〇所在距离码头1海里处，举行了集体海上祭奠，为英雄送行。九〇后的李克忠跟老宋最亲，他清楚地记得宋月才曾跟他说，等咱们的实验平台工作完成了，大家一定好好约上一场酒，好好聚一聚。他在祭奠现场几度哽咽："宋叔，现在平台工作还没完成，您却走了，等平台工作完成的那一天，我会带上一瓶酒洒进海里，跟你说咱们的小黑长大了。宋叔，我知道，您就在那里，宋叔，我们很想您！"李克忠知道，虽然老船长再也不能听见，再也不能看见，但是，他要让老船长放心。"有我们在，小黑会完成他的使命的！"

2018年9月14日，为贯彻落实习近平总书记重要指示精神，中央宣传部在中央电视台时代楷模发布厅，向全社会公开发布中船重工第七六〇研究所抗灾抢险英雄群体的先进事迹，授予他们"时代楷模"称号：

> 8月20日，今年第18号台风"温比亚"过境辽宁省大连市，受其影响，停靠在中船重工第七六〇研究所的国家某重点实验平台出现重大险情。在危急紧要关头，第七六〇研究所党委委员、副所长黄群等17名同志，面对台风和巨浪，挺身而出、英勇无惧，对实验平台进行加固作业。作业过程中，黄群、宋月才、姜开斌被巨浪卷入海中，英勇牺牲。习近平总书记做出重要指示，褒扬他们用实际行动诠释了共产党员对党忠诚、恪尽职守、不怕牺牲的优秀品格，用宝贵生命践行了共产党员"随时准备为党和人民牺牲一切"的初心和誓言，他们是共产党员的优秀代表、时代楷模。

不久前的一天，孙逊陪同某单位党建活动的一群年轻人，来到中船重工第七六〇研究所的南码头上，向他们讲述那场惊天动地的英雄壮举。作为一个在狂风巨浪中落入大海长达两个小时、与死神擦肩而过的人，每每想起那场惊心动魄、生死一瞬的海上保卫战，想到永远离去的好领导、好战友，孙逊总是情不自禁悲从中来，泪满衣襟。孙逊说：人们常说，男儿有泪不轻弹，但那是未到伤心动情时。我的领导和战友们以英勇无畏、舍生忘死的悲壮行为，生动具体地告诉了我，究竟什么才是对党绝对忠诚，什么才是真正勇于担当，什么才是生死与共的战友之情。也许，在强悍的大自然面前，人的力量显得非常渺小和脆弱。尽管每次回忆都很痛苦，但孙逊愿意向人们讲述那场惊心动魄的战斗，愿意把英雄的铁骨丹心壮举告诉人们。他还要把战友间的生死情义高声歌颂，更要把英雄们未竟的事业完成。

他要告诉人们，是什么让这些英雄们如此挚爱国防军工、船舶建设，时时为先锋、处处做表率？他要告诉人们，是什么让这些英雄们视党的事业如生命，视身边同事如亲人？他要告诉人们，是什么让这些英雄在生与死的考验面前舍生忘死、毫不犹豫？是信念，是精神。是英雄们拥有对党忠诚、许党保国的坚定信念；是英雄们拥有不忘初心，牢记使命的政治品格；是英雄们拥有冲锋在前、率先垂范的先锋本色；是英雄们拥有恪尽职守、勇于担当的职业风范。

他要告诉人们，无论何时，我们的英雄们永不退缩！我们共产党员永不退缩！

8·20抗灾抢险英雄群体，是一个镌刻着满满爱岗敬业的精神标杆，是一座高扬着艰苦奋斗、无私奉献旗帜的高山，是一个蕴藏着对党忠诚、热爱祖国深厚价值的富矿。

让我们记住这些英雄吧！

黄群，一个优秀的共产党员，英雄团队的带头人，"随时准备为党和人民牺牲一切"；宋月才，军人出身的硬汉，在生死关头让他人先撤、自己断后；姜开斌，"花甲不是界限、忠诚永不退伍"的老党员。还有黄超富、孙逊、阎堃、高天山、李克忠、贾凌军、宋健、王贵龙、李雪冰、董江，刘子辉、蔡国安、李晓、单正磊等，他们在国家财产面临巨大威胁的时候，在战友生命面临巨大危险的时候，个个奋勇向前，不怕牺牲，无畏无惧！

致敬英雄！

不忘初心　点亮万家的追梦人

◎文／唐俊德

10月1日，在庆祝中华人民共和国成立70周年大会群众游行中，34号"不忘初心"方阵彩车在质朴欢快的乐声中缓缓驶来，全国优秀共产党员环立山腰，挥舞着鲜花，不断向欢呼的人群微笑致意。

作为电力系统的优秀代表，张黎明在焦裕禄、孔繁森、杨善洲等党的各个时期优秀共产党员彩塑下，与全国优秀共产党员代表一起，展现共产党员全心全意为人民服务、承诺如山的风采。

这是张黎明工作以来的第32个国庆节。与这次国庆节不一样的是，以往的31个国庆节，他都是在抢修值守中度过。作为国网天津滨海公司运维检修部配电运检室党支部副书记、配电抢修班班长、滨海黎明共产党员服务队队长，张黎明工作32年来，手机每天24小时开机待命，除接到正常抢修任务外，更多的是群众打来的求助电话，这些人有企业客户，也有普通居民用户，大多和电有关，也有的是请求帮助以解燃眉之急的电话。

张黎明，怀着一名共产党员的赤诚之心，以电连接万民之心，用爱和真诚架起了党与百姓的"连心桥"。

不忘初心　为民服务的"红色先锋"

黎明伴着渤海之滨的破晓，为天空染上一抹朝霞。踏着大海捧出的一簇簇浪花，他们喊着"黎明出发，点亮万家"的号子出发了。

1987年，张黎明在天津塘沽参加工作。那正是塘沽改革开放深层次发展的关键时期。随后成立的天津滨海新区是我国第一个综合改革试验区。

短短十几年时间，张黎明脚下这片曾经的退海滩涂之地迅速崛起，成为一颗冉冉升起在渤海湾畔的明珠。正是有张黎明这样的滨海电网人，才让滨海的夜璀璨夺目，让滨海成为经济繁荣、社会和谐、环境优美的宜居生态型新区。

张黎明总会给人说起他最初参加工作时的一幕。

1989 年初冬，张黎明刚参加工作没两年。一场大雷雨后，"韩大线" 219 铁塔绝缘子遭雷击，造成严重缺陷。他和几位老师傅前去抢修。寒风中，他们坐在抢修车的露天车斗里，赶到事故现场时，大家手脚早就冻僵了。由于暴雨，故障铁塔下原先的小水坑变成了一个大池塘，要想越过去爬上铁塔，他们所带的梯子长度根本不够。

按照带电作业规程，操作员必须穿干燥的衣服，保证绝对安全。就在大家面面相觑、束手无策的时候，两位 50 多岁的老师傅二话没说就毫不犹豫地跳进了一层薄冰的水塘里，踉踉跄跄地向水塘中央走去。北方的低温下，站在岸上都觉得寒风凛冽、瑟瑟发抖，进到齐腰深的水里更是感到冰冷刺骨冻得直打哆嗦。两位老师傅咬紧牙关，硬是用肩膀扛住梯子架起了一座"人桥"，让张黎明他们几个年轻人能够带着工具从"人桥"上快速地通过……

爬过这条颤巍巍的"人桥"，张黎明感受到了老师傅们传递给他的精神力量。

1990年的夏天，塘沽地区接连下了好几场暴雨，线路事故频发，运行班已经忙得"开了锅"，张黎明和师傅们马不停蹄好几天都没怎么休息。一天凌晨，暴雨还在哗哗地下，他跟着几位师傅赶到一个新的事故现场，大伙不禁被眼前的情景惊呆了，在六道桥到中心庄一带的10千伏高压线路上，由于连日暴雨许多电线拦腰断在了稻田里，即使没断也摇摇欲坠，急需马上抢修。前面全是泥泞，车已无法行驶，张黎明毫不犹豫，抢先跳下车，将抢险工具、备件和电线从车上卸下来，马上投入到抢修施工中。

多年后的今天，已经当了师傅的张黎明，每当回想起老师傅搭"人桥"的感动瞬间，都会无限感慨，"当年老师傅们为了快速抢险，为了他人安全，关键时刻甘做'人桥'，这种勇于担当甘于奉献的精神，给我的感受，不亚于看到电影中王进喜跳进泥浆池所带来的震撼。是师傅们给我上了人生第一课，告诉我怎样才是言传身教、履职尽责，怎样才是拼搏奉献。30年来，这些回忆一直鼓舞激励着我。也正是那个时候，我便深深地爱上了我的工作，我觉得电力抢修是雪中送炭、救人危急的事，再苦再累也值得。这份工作是实实在在解决老百姓的事的，干着光荣，有价值"。

一代人有一代人的使命，一代人有一代人的梦想。这梦想是建立在强烈的使命感基础上的。"我父亲那一辈人赶上了好时候，他们是新中国第一代产业工人。我呢，也赶上了好时候，是改革开放后新一代产业工人。"张黎明说。

张黎明的父亲是中建六局的管道技术工，也是个老党员、老班长。他的工作性质就是与建筑队伍一起在全国各地进行建筑工程的施工，四海为家。

"我的老家是河北沧县，我出生在内蒙古海勃湾，现在叫乌海市，我的儿童少年时期是在湖北的十堰长大，上学是在天津市河东区，工作到了滨海新区。"张黎明说，从煤矿的建设、丹江口水库的建设，以及1976年天津的抗震救灾和后来的引滦入津工程，父母用行动教育我，服从国家的需要就是我的初心——我是革命一块砖，哪里需要哪里搬。

2012年，张黎明父亲病重住院。白天，张黎明去抢修，晚上，就守在老父亲病床前。因为太累，每次到病床前，他倒头就睡着了。有一晚午夜，手机来电震动，他全然不知。父亲轻轻把他拍醒，小声说："电话。"他接通电话后，得知一个小区变压器出了故障，得立即赶去抢修。当他站起的那一瞬间，看到父亲慈祥的眼神，张黎明落泪了，说："爸，我，我对不起你呀。"父亲微笑地用头示意，嘴唇动了几下。那时，张黎明心如刀剜，为父亲掖了下被子，抹泪点头离开了病房。

父亲出院在家卧床，大热天身上也冰凉，张黎明每次回家，就把父亲的脚捂在胸口。如今，回想那一幕，张黎明将目光看向办公楼外的滨海新区，突然说了一句："我才明白一句诗的意思，什么叫'衣带渐宽终不悔'。"干了供电抢修这一行，就得有一种十头牛都拉不回的倔劲。干了供电抢修这一行，张黎明说，他不后悔。

张黎明服务的辖区驻有世界 500 强企业 140 多家，他让党旗飘扬在了改革开放的最前沿，全面参与了中新天津生态城、自贸区工程等大项目建设、港口岸电、电动汽车"充电桩"建设等绿色能源推广项目；他走进了石化企业、"大火箭"基地等大客户，确保安全供电，全力助推天津地方经济社会发展。

2007 年 7 月的一天傍晚，热了一天的城市终于在落日后有了一丝凉气。夏季高温，正是保电的关键时刻，如今，城市里的人们一刻也离不开空调。

忙了一天的张黎明回到家，妻子李海春早将他的晚饭准备好了。张黎明一到家，就对妻子说，有事要谈。李海春纳闷，往常张黎明一到家就得吃饭，今天咋回事？

"海春，单位成立了以我的名字命名的共产党员服务队。不过，我又从管理专责变成班组长了。"

"这是好事啊，不过这样压力更大了，你身体吃得消吗？"

"百姓认可咱，领导信任咱，咱得好好干。"

"党员就要到组织需要的地方去，只要是组织需要，管理岗和工人岗对我都不是问题。我喜欢抢修工作，我愿意到第一线去，领导放心吧！"回到单位，打定主意的张黎明字字铿锵地向领导表明了态度。

就这样，国网天津电力心连心（滨海黎明）共产党员服务队成立了，在管理岗位上干了5年的张黎明人往"低"处走，又回到了工人岗位。

在此后的十多年里，不论在滨海新区重点项目建设工地上，还是在塘沽居民社区和困难群众家中，或是在攻坚克难的"节骨眼"上，都活跃着黎明共产党员服务队"红马甲"的身影。凭借着对党的无限忠诚、对事业的坚定执着、对百姓的绵厚深情，张黎明所带领的共产党员服务队的良好口碑，在群众心目中树起了一面响当当的旗帜。

抢修工作没有固定时间，来了就得干。这么多年来，张黎明手机从来没关过。遇到天气不好，还会习惯性地把手机握在手里，为的是第一时间接到电话，第一时间赶到现场，第一时间解决问题。

刚开始，妻子李海春没少埋怨他。张黎明理解妻子。月子里落下了病，夜里电话一响，总休息不好。李海春工作第三年就下岗了，后来又干过临时工，摆过小摊，做过保洁。没有工作，她心里苦，有疙瘩。"我的工作，没日没夜的，家里照顾老人和小孩，都是她。"说到此处，张黎明眼中满是愧疚。

12年来，国网天津电力心连心（滨海黎明）共产党员服务队由最初只有几个人的小队伍，逐步发展到20支服务分队，遍及滨海新区的塘沽、汉沽、大港等，服务面积2270平方千米，服务人口近300万，黎明共产党员服务队的名字在滨海新区乃至天津市都家喻户晓，他们以实际行动搭建起了国家电网服务民生的"连心桥"。

"从参加全国劳模表彰会、建党95周年大会到党的十九大、全国道德模范，2015年到今年，我先后7次到人民大会堂，多次现场聆听'不忘初心，继续前进''不忘初心，牢记使命''不忘初心，方得始终'，中国共产党人的初心和使命就是为中国人民谋幸福，为中华民族谋复兴。我的初心和使命，有老师傅们的身体力行，有父亲的言传身教，还有让老百姓想用电时就有电的职业理想，这些始终在引领着、激励着我永葆初心。这些年，我一直信奉人民的评价是最高标准，人民的检验是试金石，并不断告诫自己要坚持把人民群众的小事当作自己的大事。人民电业为人民，绝不是一句口号，它是我们用实际行动在老百姓心里画出的感叹号！"张黎明满怀深情地道出了他对初心使命的理解。

牢记使命 爱岗敬业的"一线尖兵"

东南风携着大雨迎面扫来，城市的灯光反射到黑云滚滚的夜空中，闪着异样的光，雷电之后是倾盆大雨，直愣愣地泼向城市。滨海很多低洼地带的街道，成了河道。

2017年7月19日22时，坐在值班室里的翟世雄心急火燎，报修电话一个接一个。第一次同时遇到这么多故障，值班的几个人都蒙了。就在这时，门开了，张黎明出现在门口，肩头已经被雨水打湿，还冲他们笑着说："带上工具，走吧。"大家一下子有了主心骨，跟着张黎明冲进雨里，东奔西跑，直到凌晨4时多，共抢修十多处故障。

第二天早晨上班，早到的翟世雄推开门，一下子愣住了：张黎明一手捏着半个煎饼果子，一手攥着手机，歪在椅子上打着鼾，湿透的工作服还"滴答滴答"地滴着水。"叮铃铃，叮铃铃"，张黎明手中的手机突然响了。翟世雄刚想上前关掉，张黎明一下子坐直身子，说："好，我们马上到！"然后就冲同事们招手，"走，上车！"

提起暴雨中的供电抢修，张黎明说："不信您留意，这些年，京津冀地区在7月20日左右都会有大雨，我们抢修班不能有人请假，得严阵以待。那天是场'大战役'，我得排兵布阵。"滨海有十几条线路，遇到暴雨，总爱跳闸。哪一条电路该派谁去，张黎明心里有谱。大雨后，天气异常闷热，这时候又会有几条线路跳闸，这也就是大战役之后的一场小战役了。"大战役一般得30多个小时连轴转，没有时间休息。"张黎明说。

"春有鸟害夏有雨，冬有污闪秋有风，最怕雷击造事故，定好措施好预防。"抢修苦，抢修累，张黎明却胸有成竹，从这些苦和累中总结出了经验，还编成了这句顺口溜。一年四季，什么节气有什么特点，什么地方哪些线路容易发生哪些故障，要做哪些准备，张黎明心里都有一本账。按照"账本"干活，活儿就干得有板有眼，有张有弛。

2012年入职的翟世雄说起张黎明师傅来，竖起了大拇指，那叫一个佩服！

5 年前才入职的王立国提起师傅，满是感激。他拿着一枚奖牌给我看——这是一枚国家电网公司青年创新创意大赛的金牌，闪闪的金光和王立国眼中的光一样，那么耀眼，透着成功的喜悦。"您瞧，这是我人生中第一枚奖牌，是师傅带着我们得的。"王立国说。

　　王立国大学毕业到了国网天津滨海公司工作，进班组前就听说，师傅张黎明是"电力名人"。他特别好奇，也有点不服气，一个学历不高的班组老师傅，怎么就成了名人？

　　到班组的第一天，满墙的锦旗、感谢信和专利证书，当时就把他震住了！第一次跟师傅进社区抢修，很多居民围过来，像围着明星，和师傅拉手说话，"黎明来了，我们就放心了！"顿时，王立国觉得师傅的气场好大！

　　有天晚上，王立国和张黎明去一个巷子排除故障送上电已是半夜，天突然下起大雨。看他穿得单薄，张黎明脱下上衣披在王立国身上，冒雨骑着自行车先送他到宿舍，自己才回家去。"我落泪了，望着大雨中师傅艰难骑行的背影，默默地立下誓言：师傅，我跟定您了！"王立国眼里满是泪水地说。

　　说起徒弟们，张黎明很是欣慰。三十二载春秋，他带的徒弟先后走上了滨海供电公司乃至国网天津电力的管理岗位。然而，他依然坚守在供电抢修岗位。

　　抢修，"抢"的是时间，"修"的是技术。没有"金刚钻"不行。张黎明是怎么练就"金刚钻"的呢？

　　他说，"就是要脚不脱泥、手能绣花、扎根一线、追求极致，真正做一个勤勤恳恳的'老实人'"。

　　刚参加工作没几年的一个冬天，有位同事因家中有急事请假没来，张黎明就主动替他去巡查共有 77 根电线杆且路途较远的军粮城——大沽线路。他骑上自行车，冒着凛冽的寒风，直奔高压线下。

　　干过这项工作的人都知道，线路巡查是个良心活，如果想投机取巧、半路偷懒，既没人看得见，也没人瞧得出，只有将来线路发生了事故，才可能从事故中分析出来。

　　那天巡线非常冷，但张黎明依然严格按指定的路线巡查，不放过每一个疑点。当他巡到中心庄路段时，线路周围全是稻田地，还有一道水渠，上面已经结了一层冰。

水渠虽说不宽，但自行车肯定是骑不过去的，张黎明没有打"退堂鼓"，他把自行车举起来扔过水渠，然后想自己跳过去，没想到正好跳到水渠上，把冰砸裂了，掉进了水里，寒冷的冰水一下子就把他的棉裤浸透了。但线路还没巡完，他艰难地爬上岸后，忍着逐渐结冰的棉裤所散发的刺骨寒气，骑着车子硬是把整条线路每段不落地巡查完毕。

同事们知道了这件事，因为心疼这个"傻"孩子而"教育"他。听到有人说"偶尔被意外耽搁了，少巡一点线路不会有事"时，张黎明就憨憨地回上一句："要是不巡完，我不放心！"

正是这股实在的"傻"劲，让张黎明在一步一步坚守中成长，在一分分耕耘中收获。每次巡线，张黎明都带着笔记本，沿着不同的电力线路走，还时不时地掏出小本，记录所辖线路的沿途地理位置及周边环境，从老式28自行车到电动自行车再到抢修汽车，把道路从草路骑成了土路又开成了柏油路……

每次回家，张黎明都把一条条线路图精确地绘制下来，并弄清所有配电线路所带的用户及用电性质。慢慢地，他对单位所辖线路的全部参数指标、安全状况、沿线环境及用户特点等情况了然于胸。

张黎明的爱人李海春曾讲过这样一件事，一天深夜，张黎明正打着呼噜，突然手机响了，原来是班里同事打来的，有个故障地点比较偏，抢修人员找了半天也没找到，只能向他"求援"。只听张黎明说："往东走，300多米，旁边有个养鱼池。"电话一摞呼噜声就又响起来了。李海春很担心："这迷迷糊糊的，能说对吗？没准儿过一会儿电话还得响。"可是，电话还真就没响。抢修人员按黎明师傅说的，很快就找到了故障地点。

简单的事情重复做，重复的事情用心做。慢慢的，当时区域内的8条220千伏、8条110千伏、32条35千伏、58条10千伏线路，都装在了他的脑子里。结合长期的抢修实践，他还练就一手事故诊断的绝活儿，根据停电范围、故障周围环境、天气情况、线路设备健康状况以及线路保护动作情况等，迅速判断出事故的基本性质和位置，甚至能准确判断出故障成因和故障点，为高效完成抢修任务赢得宝贵时间。

虽然有这个"绝活儿",张黎明在工作上依然丝毫不敢马虎懈怠。他说:"把岗位的活儿干好了、干出彩,就是讲诚信、尽本分,这就是我所理解的履职尽责。"无论什么时间,无论哪儿的线路出了故障,他在及时组织人员抢修的同时,自己更会抢先到达现场,细心做好抢修现场勘察和预案工作。同事们说:"有张师傅在,再大的问题、再难的故障都能很快查出病因,他就是名副其实的主心骨!"

从塘沽区到塘、汉、大组成的滨海新区,张黎明始终坚守在他热爱的抢修岗位,他的足迹遍布这里的每一寸土地。32年来,他累计巡线8万多公里,相当于绕地球赤道两圈。成为天津电力抢修一线的"活地图";他累计完成故障抢修、倒闸操作等2万余次,从未发生安全事故,梳理分析上万个故障,练就了快速处理故障的绝活儿;他编制抢修《案例库》《百宝书》,提出并实践现场工作"十二条纪律"……这些看似辛苦、重复、枯燥的工作,让张黎明摸到了干好工作的"门道",也走上了一条能快速提高业务能力和工作水平的"直道"。张黎明说:"简单的事,天天做实了,就不简单;容易的事,天天做好了,也不容易。"

"让80多万企业用户和近300万居民想用电的时候就有电用。"这是张黎明最质朴的职业理想。他说,伟大的中国梦是靠千千万万个劳动者用勤劳和智慧托举起来的,作为劳动者大军中的一员,在电力行业干着自己的本职工作,能为服务百姓民生发挥自己的微薄作用,他感到很自豪,无论何时何地,他永远初心不改,以更大的干劲、闯劲、钻劲,用更优质的服务、更精湛的技术,干好电力抢修工作,这是他作为一线产业工人必须时刻牢记的使命。

矢志创新　勇于探索的蓝领工匠

十九大报告指出,要"建设知识型、技能型、创新型劳动者大军,弘扬劳模精神和工匠精神,营造劳动光荣的社会风尚和精益求精的敬业风气"。2019年新年贺词中,习近平总书记提道:"我们都在努力奔跑,我们都是追梦人。"激励着每一个人在奔跑中拥抱梦想、成就梦想。伟大事业都是"始

于梦想，基于创新，成于实干"。

"爱琢磨、爱鼓捣"的张黎明认为，作为一名新时期的电力工人，不光要懂技术、精技能，还要不断创新。随着科技日新月异发展，设备和技术更新飞快，无论哪一个行业的产业工人，面对技术问题将不再是"做精做细"那么简单，而是要自主研发，实现"从无到有"，在努力钻研，实现"从有到精"。他说，"时代的变革让我深刻地感受到了电力技术发展带来的巨大变化，像我们班组用到的设备，基本上 2—3 年就要更新换代，而且数字化智能化水平越来越高。只有紧紧扭住创新这个'牛鼻子'，我们才能抓好历史机遇期，掌握发展主动权。"

"张黎明是个特别聪明的人。"说到张黎明，他身边的人给出的评价也是出奇的一致。

怎么个聪明法？滨海供电公司党委党建部主任王谦说："这么说吧，他遇事好琢磨，爱钻研，肯动脑子，他遇到困难，都要琢磨着解决问题、总结方法甚至创新提高。"

妻子李海春说："黎明 15 岁参加中考，那可是汉沽地区第一名，本想上塘沽重点中学，可是因为户口原因，最终选择了电力技校。不管在哪，他都能干出个样子来。"

徒弟王立国说："师傅常对我说'干活要讲究，不能将就'，得用心想。"

早年间，电力维修施工条件很艰苦。三伏天爬杆作业，电杆的温度高达四五十摄氏度，遇到雨天，工人们手和脚能泡到发白，冬天干活儿满头汗，风一吹冻得打哆嗦。但是，这些艰苦还不算什么，最关键的还是电力维修期间人员的安全保障问题。"可以说，维修期间每出一次小问题，都有可能是血的教训，造成人员伤亡。"张黎明说。

要保障电力维修高效、安全，就需要在工作中时刻留意细节，不停地琢磨着如何进行创新。

而张黎明的创新阵地就在他的工作场所。他总是随时随地想，随时随地试，时刻留心工作、服务中的"疑难杂症"，用心琢磨，常将点滴创新"火花"变成创新"火炬"。他有一双厉害的眼睛，总能在寻常之处发现问题，创新能力让人惊讶。张黎明身上常带着一块橡皮泥，可以随手捏出工具模型，跟同事和徒弟讨论新想法。

说起自己创新的出发点，张黎明依然记忆犹新。一次抢修工作中，他发现社区用电超负荷，遇到暴雨雷电天气时，线路变压器就容易发生保险片短路烧毁故障。这个时候就需要作业人员爬到电线杆上临近带电更换保险片，正常抢修时间约需要 45 分钟。而一台变压器出故障，起码会影响 150 户居民正常用电。

停电作业会给居民带来不便，而带电作业又需要出动带电作业车，耗费不小的人力物力。遇到难题，一下子就激起了张黎明的兴趣。他反复思考试验，对刀闸进行优化改造，利用物理学重力跌落原理巧妙地将刀闸设计成可摘取式，让抢修队员不用爬电杆，在地面就能摘取更换，修复时间缩短至 8 分钟，既安全又省时。该成果获国家专利并得到推广应用，仅这一项小革新每年就可减少因停电带来的损失超过 300 万元。

看到自己的创新有了这么大的成效，张黎明的劲头更足了。在滨海供电公司的一次安全生产分析会上，一个问题引起了他的注意。他发现在计量装置 1679 次运维抢修工作中，有 346 次属于"用户在插卡输入电量时，购电卡不慎掉进表箱内需要开箱取卡"的报修。通过进一步了解，这样的报修滨海地区月均发生 400 余次，一年下来就有近 5000 次。这个数据让张黎明很是惊讶，仅仅是这样的小麻烦，每年就要花费大量的人力、物力去处理，真可谓是"小题大做"啊！

会是开完了，但这个问题却被张黎明牢牢地记在了心上。针对这个现象，张黎明思量了一番，很快有了主意。他找来与购电卡同样材质大小的塑料硬卡片，将两张卡片用钢环相连，其中一张卡片为购电卡，另一张为服务宣传卡，上面印有网上购电和服务热线等便民信息，这样就保证了用户在将购电卡插入电表卡槽的时候，由于另一张卡在表箱外面的牵制，就不会有掉卡的风险了。

"孪生卡"就这样诞生了。虽然只是一个小小的创新举措，却一举两得解决了用户掉卡的麻烦事，同时还避免了抢修队员因此产生的抢修处理工作。

张黎明总是随身携带螺丝刀、小剪刀等，一有创意点子就着手试验。有一种特殊手提箱就是这样被设计出来的，并成为抢修专业的必备装备，这就是"黎明急修 BOOK 箱"。

这种新型工具箱，如同一本"工具书"，将工具和常用备件分门别类地放置在适当的"页面"上，到了现场可以很方便地"翻阅"、提取，工具缺失也可随时发现。"急修 BOOK 箱"自问世后，在天津电力系统得到广泛推广应用，成为了抢修一线员工的随身"宝贝"。

"以前，我们装工具都用电工兜，装的工具很有限，有时缺少哪件工具也不容易被发现。"配电抢修班老师傅杨伟华说，"这种'急修 BOOK 箱'将专业知识与抢修工具融合在一起，为一线抢修人员带来极大的工作便利。"

创新之路也会遇到种种困难，而此时，张黎明总是告诫自己不要气馁、再坚持一下，"创新本身就是一个不断试错的过程，所以要容许失败。经历过失败，反而意味着你离成功又近了一步"。

张黎明在长期抢修实践中发现，鸟害是危及输电安全的一大隐患。为了解决这个电力隐患，他时常会一个人对着成群鸟类盘旋的电线杆愣神，有时他甚至会登高观测鸟的习性。他发现飞机场声音驱鸟，果农的药物驱赶，电线杆的风扇驱赶，在大面积的鸟害面前都已不能奏效了，还会对鸟类造成不必要的伤害，只有采用新的思维模式，切实让飞鸟没有立锥之地，才能奏效。

创意想出来了，如何设计，用什么样材质，做成什么形状又成了大问题。张黎明开始研究用各种材料做样品，无数次的安装、测试，伴随着无数次的失败。但是他总是微笑着说"再试试下一个，说不定这次能行！"经过上百次反复试验，终于找到了最佳材质——玻璃钢材质，并制作出防鸟害、防锈蚀、防污闪的"三防凉帽"，如今已经推广到了天津市许多电力线路上。

不仅在技术创新上有一手，张黎明在管理创新上也很有一套。他经常将管理学书籍中的管理经验应用到实际工作当中。他带领团队制定了《抢修服务一日标准化工作流程》，总结提炼出"服务态度主动化、服务手段现代化、程序标准规范化、管理方式军事化、延伸服务人性化、特殊对象亲情化"的"六化"工作法，不断提升工作效率、服务质量和客户满意度。

初心映照未来，使命激荡力量。张黎明时常思考在这样的新形势和企业背景下，自己作为一名央企工人、一位蓝领创客、道德模范，如何发挥更大的作用。他觉得对于一个企业来说，一个人的成绩和力量实在是太微不足道了，让更多的人发挥作用，投身企业建设才是企业发展的根本。

2011年张黎明的创新想法得到了实现，以他名字命名的劳模创新工作室正式成立。班组里的任何人有了想法，都可以进行头脑风暴并将创意付诸行动。一项项创新成果就从这里诞生了。这些年来，依托张黎明工作室，8年来滨海公司累计开展技术革新400余项，获国家专利168项，带动9人获天津市五一劳动奖章，850人次提升技能、职称等级。

最近，张黎明又将自己获得天津市"海河工匠"的奖金20万元全部捐出来成立张黎明创新基金，用于鼓励创新项目研发和创新人才奖励。

在张黎明创新工作室的辐射带动下，滨海公司先后孵化班组级创新工作坊10个，与天津公司职工创新孵化基地形成"地、室、坊"三级联动机制，为勇于创新和乐于创新的基层创客们搭建了很好的创新平台。张黎明曾对徒弟和同事们说过，创新要不怕小，解决实际工作中的问题，就是创新；创新

不忘初心 点亮万家的追梦人

还要不怕大，要敢想、敢干、敢突破。这才是新时代产业工人该有的样子。

凭着一股执着创新的倔劲，张黎明从一名普通工人成长为行业里响当当的电力"蓝领创客"，成为知识型、技能型、创新型新时代产业工人的典型代表，先后被授予中央企业"百名杰出工匠""中国质量工匠""津门工匠""海河工匠""国网工匠"等殊荣。

张黎明常说他成绩的取得离不开组织的培养，老师傅的指导帮助。老师傅给予他的不仅仅是技术，更重要的是那种毫无保留的"传帮带"的精神，他也将倾尽心力把自己的经验、技术传授给矢志创新的优秀青年，让更多的人参与到创新工作中。看着逐渐壮大的创新队伍，他内心无比欣慰，因为通过创新实现了"百花齐放春满园"，为公司发展注入了新活力。

与时俱进　永不止步的电力创客

随着产业结构快速转型升级，电网从传统电网向坚强智能电网转型。国网公司主动迎接新时代变化，创造性地提出"三型两网、世界一流"战略目标，积极推进坚强智能电网和泛在电力物联网融合发展，聚合产业动能，带动产业升级。

滨海新区作为"两网融合"先行先试"探路者"，将率先建成运营坚强智能电网和泛在电力物联网，这给了张黎明更高的追求目标和创新突破的勇气。

当今时代，人于一部智能手机，"滴滴打车""支付宝""网店"等基于智能手机的互联网＋生活实践，已经在我们的生活中比比皆是。张黎明也是一名"手机控"，技术沟通、知识分享、生活感悟……他都通过手机实现。用的多了，他那颗"不安分"的心开始"驿动"了。

"现在咱们抢修也有PDA了，交流沟通也有班组微信群了，也确实体会到了其中的便捷性。不过根据我这几年的调研学习和观察，手机APP在咱们行业的班组管理中的应用还是空白，咱们基层的班组管理手段还是相对落后啊。"在一次班组创新研讨会上，张黎明说出了压在心头许久的困惑。

发现了问题也就找到了创新工作的突破点，他深知自己在软件研发方面的弱势，于是，2016 年的一天，他联系了老同事、老朋友，滨海供电公司运检部状态评价班班长董学永。

"老董，我想在班组管理方面搞一个创新，方向就是手机 APP 应用，计算机方面你最在行，要不咱俩一起合计合计？"

"你来得正好，老张，我也正想针对班组管理搞一个移动办公平台。"

"那太好了，有你这个计算机专家做后盾我就放心了！"

两个人通过几次深入讨论，征求了所在部门的意见后，决定通过建立跨班组的创新小组来实施班组移动办公终端研发工作。

就这样，由张黎明总牵头，董学永做技术支持，创新小组具体实施，通过广泛调研，多次研讨、测试，克服种种困难，历时两个多月后，终于研发成功了班组移动办公终端。经过实践应用，此移动终端能够实现班组工作任务的精准下达、关键业务环节的实时推送、班组成员的工作量化积分、班组基础资料的分类存储等，以无纸化、移动智能化和人性化的班组管理让班组人员在兴趣中开展工作，在工作中获得快乐。

张黎明人称"活地图"，但是地图只在他脑子里，其他人也不是随时都能用上。如果再赶上老旧设备的图纸由于年代久远标注不清，即便是张黎明也要费一番力气。

面对这一困境，张黎明"爱琢磨"的劲儿又上来了，这一次他的创新灵感来自于已经应用广泛的百度、高德地图。考虑到公司为抢修人员配备了智能终端 PDA，在"互联网＋"技术发展日新月异的今天，是不是也可以研发一个定位配电室、环网柜等配电设备的 APP 呢？

想法一有，马上行动。张黎明立刻集合队员开始研究。通过不断的探讨，最终张黎明和队员们结合现场确定出 APP 功能模块，并充分发挥老师傅丰富的抢修经验和年轻队员在智能设备技术上的优势，地图服务应用 APP 应运而生。通过在抢修专用移动终端上导入 GIS 系统内设备位置数据，在现行通用的地图上进行显示，实现配网设备快速定址定位。

APP 一经投用，抢修速度显著提升，设备定位时间下降 60%，大大提升了抢修效率。工单回复时间、到达现场时间及故障处理时间、用户投诉件数均大幅下降。如今，装有地图服务应用 APP 的 PDA 俨然已经成为抢修人员

不忘初心 点亮万家的追梦人

手中的"利器"，成了他们的抢修"掌中宝"，有了它，人人都是"活地图"的梦想就这样成真了。

在三十多年的工作经历中，张黎明始终秉持一种工作态度，那就是："工作是快乐的，创新，让工作更快乐！"他不但在自己所在的抢修专业潜心钻研，也常常想着如何解决其他专业的一些问题。

带电作业一直是电力行业最危险的工种之一，不仅有触电、高空坠落等危险，而且厚重的绝缘服、笨重的绝缘手套让作业工人辛苦不已。

2016 年 7 月的一天，张黎明骑着自行车巡线，在 10 千伏 153 线路 7 分支 1 号杆，他看到带电班的班长邵桂彬正带着班员在进行带电搭火作业。

绝缘斗臂车上，两个工友穿着厚重的绝缘服、戴着笨重的绝缘手套在进行导线的剥切工作，虽然上午的日头不是很足，但没一会儿，师傅额头沁出的汗水就已开始顺着脸颊往下淌。

等两个小时后张黎明巡线归来，已是骄阳似火，带电班的师傅们也终于完成了工作，此时他们已是大汗淋漓、浑身湿透，脱下防护服就如同从热水桶里捞出来一样。

看到大家艰苦而危险的作业环境，张黎明心里一紧，为大家揪起了心。如何解决同事们的难题，降低带电作业的危险性，成了他萦绕心间挥之不去的一个问题。

在研究了广泛应用的各类带电作业操作法后，张黎明发现只要是由人来操作的，就很难避免带电作业危险系数高、作业条件苦这一难点，那要如何才能解决呢？当他在读到一篇人工智能的文章时，忽然心中一亮，如果能将人工智能和带电作业结合起来，由机器人来代替传统的人工在配电网上做"微创手术"，这样既提高效率，又解决安全问题，岂不是两全其美嘛。

想到这儿，张黎明一下就兴奋起来，觉得这是条可行之路，立刻着手研究起"人工智能"这个听起来十分高大上的新事物。查资料，到厂家参观学习，实验研究，大半年的时间很快过去了，人工智能配网带电作业机器人慢慢有了雏形，初步确定机器人由无线控制系统、智能路径规划系统、机械臂、剥皮工具、搭接工具五大部分组成。

但是机器人到底应该什么样，张黎明的创新团队又遇到新问题。采用仿人仿生学的双臂机器人结构在作业时更加稳定，但是由于绝缘斗臂车的承重限制，这种双臂设计达不到要求。

"国内外现有的带电作业机器人都是采用了双臂的设计结构，但也都没有真正实现作业人员远离高压线的目标。""双臂主从控制方式称不上智能机器人。"……面对大家你一言我一语的激烈的讨论，张黎明大胆地提出要打开思路，结合传统人工绝缘杆带电作业方式，在机械臂前端加装绝缘短杆。方案确定后不久，第一代机器人就在大家的努力下，从图纸走进了现实。"当时我们还给它起了个洋气的名字，导线上的'钢铁侠'。"张黎明说。

"钢铁侠"主要作业是搭火。所谓搭火，通俗点说就是配电设备接电源线。这就离不开对线路的切割和绝缘保护。2017年6月，机器人研发进入到了最关键的技术攻关阶段，遇到了切割难题。剥切工具的效果总是不理想，刀口切割不均，绝缘皮有黏连的部分难以脱落。

发现这个问题后，张黎明团队立即召开小型研讨会，决定改变现有的刀具排列方式，经过多次试验，最终将三角排列改为水平排列。更换完新刀具，大家满怀着热切期盼又一次进行了试验。机器人将导线抓住之后，整个实验室的空气仿佛凝结了一样，随着导线上的绝缘皮应声脱落，实验室沸腾了，这时时钟已经指向了凌晨2点。

"现在的剥离装置，厚度2.5毫米或3.4毫米的绝缘皮都能完美剥落，这在以前也是必须有丰富的实际操作经验的专业工人才能做到。"张黎明自豪地说。

2017年9月，配网带电作业机器人成功在室内理想环境下完成了作业基本动作，并一举获得国家电网公司第四届青年创新创意大赛金奖，随后被天津市科委立为天津市重大科技项目，推行产业化发展。

室内作业成功，并不代表室外就一定没问题。张黎明与他的创新团队，没有停下创新的脚步。"进决赛、拿金奖只是实现了咱们的一个'小目标'，大家千万别忘了研发带电作业机器人的初心，是要解决带电作业中'危险系数高、作业条件苦'等实际问题的。就目前来看，咱们距机器人真正的现场实用化还差得远呢！"

2017年10月，作为十九大代表，张黎明在人民大会堂现场聆听了党的

不忘初心　点亮万家的追梦人

十九大报告，"习近平总书记在报告中 57 次提到了'创新'，并提出要'建立以企业为主体、市场为导向、产学研深度融合的技术创新体系'。带电作业机器人正是加强与高校、科研机构合作，践行产学研深度融合的具体实践，这更加坚定了我推动带电作业机器人实用化、产业化的信心"。

面对机器人依然存在的电磁兼容及绝缘，智能程度低、还不能完全实现自主作业这些问题，张黎明和他的团队开始了对"钢铁侠"的升级换代。经过数月的头脑风暴，他们决定采用激光雷达、双目等精度更高的多维传感器，结合人工智能算法，实现机器人全自主作业。

2018 年 11 月 13 日，"钢铁侠"二代到了研发的关键节点，开始测试室内全自主作业。大家怀着激动且紧张的心情，看着张黎明按下了"开始"键，机器人开始作业，当第一个机械臂自主识别成功抓住引流线时，实验室里顿时出现"要成功了""太好了""抓住了"等鼓舞人心的声音！还没来得及高兴，当看到机械臂抓住引流线准备穿入安装工具时，张黎明大喊"停"，这一刻实验室里瞬间平静了，因为大家都明白，视觉识别出现了问题，引流线没有对齐安装工具接口处。

实验失败了，团队的年轻人纷纷开始找问题，优化传感器、改善算法、训练模型，一次又一次的测试，但是成功率总是在 70% 左右徘徊。张黎明却独辟蹊径，在安装工具接口处加一个锥形的导入口，引导引流线对齐接口处，这样速度快，准确度高，载重也不会增加多少。2018 年 11 月 25 日，当看到引流线成功穿入加装导口的安装工具并完成首次穿刺方式接引线作业时，整个实验室再次沸腾了，"钢铁侠"完全实现了自主带电作业。

2019 年 1 月 17 日下午 5 点，第二代配网带电作业机器人迎来了一位尊贵的客人。习近平总书记来到天津视察了滨海—中关村协同创新展示中心，全过程观看了带电作业机器人单相搭火作业演示，作业流畅顺利，全程只用了 2.5 分钟。

"总书记看了以后很高兴，并勉励我们国家电网人要'继续努力，再创新高！'这沉甸甸的 8 个字寄托了总书记对我们的殷切希望，更加燃起了我努力锻造技能、创新奉献的热情与激情。"张黎明说。

2019 年 4 月初，张黎明加快"钢铁侠"研发步伐，开始进行室外测试。

让他没想到的是，在测试中发现，穿刺方式接线，会出现载流量较小、线夹发热等问题，同时阳光强烈也会存在识别不准等情况。针对这些问题，研发团队集中攻坚，全力开发自动剥线装置，大到整体结构设计，小到刀具的选型测试，终于在5月底，开发出了首个自动剥线装置。

"视觉识别方面，我们为视觉传感器制作了一个双层遮阳罩和一个单层遮阳板。"张黎明查阅大量资料并与研发团队沟通研讨，解决了这一问题。在接下来的第三代人工智能配网带电作业机器人进行的接引线作业测试中，测试表明机器人线夹接线及视觉识别效果良好，接引线成功率达90%以上。

"目前，我们采用激光雷达、双目等精度更高多维传感器，结合人工智能算法，实现了机器人剥线方式下全自主作业，已经可以在实践中应用了。"张黎明激动地说。

2019年8月25日至9月1日，全国第十届残运会暨第七届特奥会在天津举行，滨海新区承办了第七届特奥会所有比赛。张黎明主持研发的第三代全自主配网带电作业机器人终于迎来了显露身手的大舞台。就在比赛开赛前两天，"钢铁侠"正式"上岗"开展带电作业。在机械手臂的抬升帮助下，机器人在靠近供电线路的地方自主识别到导线位置，自动剥切导线绝缘层，然后成功完成线路搭火作业。一系列动作如同绣花般精细。

"随后，机器人陆续在天津地区各区县试点应用，目前已经开展实际带电作业15次，为下一步在北京、冀北、山东等10个网省公司推广打下基础。"张黎明说。

一花独放不是春，百花齐放春满园。研发"钢铁侠"的各项创新技术，在10月1日新中国成立70周年前，又被应用到公交充电站智能巡检机器人上。

9月27日，中新天津生态城泰八路公交站内，随着机器人机械臂自主移动，精确地将充电枪插入一辆纯电动公交车充电口内，自动完成插接并充电，调试人员使用手机远程操作机器人将充电枪拔出。

"这标志着智能公交充巡检电机器人试运行成功，实现了技术链和产业链的延伸。"张黎明说，这个机器人搭载了智能机械臂、视觉传感器、5G通信模块等先进设备，可以智能感知公交车辆停靠位置并准确识别车辆充电口，利用机械臂完成插枪充电至满电拔枪的全部充电过程，彻底代替人工。

"作为创新型一线劳动者代表，更应充分展现新时代产业工人优秀品质，始终站在时代前沿开展创新攻关。"心无旁骛的张黎明说，"创新的过程必定是艰苦的，却是我们解决困难的金钥匙。走创新之路不易，尤其是当前新兴技术迅速发展，日新月异，身在传统电力行业，确实需要我们敢想、敢干、敢突破！只有精益、善学，与时俱进，以螺旋式上升才能不断推陈出新，才能当好新时期的产业工人。"

点亮万家　乐于奉献的"光明使者"

2011 年的夏天，滨海新区龙都社区筹划了一场"感党恩、颂党情"纪念建党九十周年文艺晚会。

"当时我们社区将演出场地选在一个花园。因为演出当日的灯光布景需要有电源接线，我们与周围几家单位联系，都因为电线要横穿公路，或是因为电源容量不够，被婉言回绝了。接电可成了我们的大难题。"这让当时在该社区工作的何丽一筹莫展。

万般无奈之下，何丽拨打了 114，查找到电力公司电话。从天津市电力公司到滨海新区电力公司，再到黎明共产党员服务队张黎明的电话，看到记在本子上的手机号码，何丽又犹豫了："当时已是周五下午，我不知道这电是否还能接上，晚会是否还能如期举行？"

抱着试试看的想法，何丽还是拨通了张黎明的电话。

正在天津市区开会的张黎明回复："你们别着急，晚上我回塘沽，明天一早儿就去看。"第二天一早儿，张黎明和两名服务队员带着电缆和工具准时来到了现场，顶着炎炎烈日一直忙到快 12 点钟才接好了电，他们却一口水都没顾上喝。

周日晚上，晚会如期举行。张黎明又带着服务队员来到演出现场，但他们不是观看演出，而是怕电源出现问题进行巡查保电，直到晚上 10 点多晚会结束才离开。

几天后，何丽用大红纸写了感谢信送到滨海供电公司。"那是我第一次

走入黎明共产党员服务队，一进门，我就发现了满屋子的锦旗，还有很多荣誉证书和奖牌。看到这些，我的心情久久不能平静，我想那些锦旗、证书和奖牌的背后，应该会有许多更加令人感动的故事吧。"

的确，这只是张黎明践行"人民电业为人民"企业宗旨和百姓情怀的缩影。

2007 年，黎明共产党员服务队成立伊始，张黎明就对队员们说："服务队的成立，是一份光荣，更是一份责任、一种鞭策。这几个字的分量很重，这面旗帜既然打了出来，就意味着责任和奉献。"

那是 2008 年，家住杭州道小区的郑奶奶，发现抽油烟机漏电，以为是机器坏了，因为家里孩子都不在身边，就找来街边卖抽油烟机的人给换一台。结果花了好几百块钱，新抽油烟机还是漏电，卖机器的人鼓捣了一会儿，也没修好，无奈之下，又把旧机器换了回去。这下更糟了，家里所有电器的外壳都带电了，摸哪儿都麻手。

万般无奈之下，老人抱着试试看的心情找到黎明服务队寻求帮助。按说这样的事不属于电力公司管辖范围，但是服务队对老百姓有延伸服务的承诺，看到老人找上门来，张黎明马上带着队员来到老人家中。

经过检查，张黎明和队员们发现了漏电的原因，是郑奶奶家中的电源插座存在接线问题，他们不仅动手把漏电的问题解决了，还把老人家中的各处电线开关检查了一遍，以确保用电安全。临走前，郑奶奶特别感激，拉着张黎明和队员们的手说："还是公家的队伍好，你们说到做到，是实实在在给老百姓干实事的！"而张黎明也从郑奶奶的话中感悟到重诺守诺的力量，正所谓"金杯、银杯，不如百姓的口碑"。

看到百姓对用电服务的需要，黎明服务队主动向社会各界公布了服务热线电话，张黎明的手机号出现最多的地方，是社区敬老助残服务卡、街道市民服务手册和便民爱心卡上。社区服务中，张黎明经常处理的都是用电和帮困助残等看起来很小的事，但老百姓都看得出来，张黎明是真心实意为大家服务，人们打心眼儿里敬重他、亲近他，对他的称呼也从"张队长""张师傅"变成了亲切的"黎明"。

"张师傅，快来救救我，我心脏不好受，喘不上气，儿女也联系不上。咳咳咳……"

2015 年 3 月的一天，黎明服务队的一位帮扶对象，家住丹东里社区 70 多岁的陈雨兰大娘打来电话求助。从大娘有气无力的声音里，张黎明意识到了情况的危急。他二话没说，与队员们驾车迅速赶到陈大娘家。看见突发心脏病的陈大娘满脸大汗、呼吸急促地靠在椅子上，偏瘫的老伴齐大爷也无能为力，张黎明急忙拨打了 120 救护热线，可收到的回复是到达丹东里至少需要 20 分钟。如此一来，很有可能由于治疗不及时，造成不可挽回的后果。但是如果服务队员们送大娘去医院，就要承担很多意想不到的风险。

怎么办？张黎明与队员们不禁有瞬间迟疑。时间就是生命，看着大娘痛苦的表情，略一思索，张黎明斩钉截铁地作了决定："见死不救不是咱们共产党员的作风，大娘的情况不能耽误，咱送大娘去医院！出了事，我担着！"他立即背起大娘，从三楼健步下来，开车不到 5 分钟，就赶到了医院急救室。急诊医生一听是志愿者送病人来的，立刻一路开绿灯，没让交医药费，就给大娘治疗。事后，大娘的孩子来到黎明共产党员服务队，紧紧拉着张黎明的手说："谢谢您啊，黎明队长！大夫说，是您救了我妈一条命！不然我就见不着我妈了！"说着说着哭了起来。

每当说到这事儿，张黎明都会淡然一笑，说："我是为民服务，没有顾虑。

很多问题，有了积极的态度，都能解决。下次遇上救人的事，我还得干。"

2014年，一个居民社区内，物业公司将电停了。一位住户家中因为有癌症病人，冰箱里冷藏着治癌症的靶向药，所以和物业公司起了冲突。居民给张黎明打电话，他套上共产党员服务队的红马甲，匆匆赶往现场。一到现场，纠纷双方立刻不吵了，听他指挥，问题很快解决。

"我还纳闷为什么大家能听我的。"张黎明说。后来，那位住户望着他说："看到党员徽章，知道你们是电力公司的共产党员，我们心里就踏实了。"当时，张黎明心中十分震撼："党在老百姓心中的威信真高呀！"作为一名基层普通共产党员，通过自己的行动，能让群众认可，他感到无比自豪。从此，他更加注意服务队的着装，要求队员必须穿红马甲。

一条风雨兼程路，走出万家灯火情。没有一丝犹豫，张黎明在服务群众时也是如此坚毅果敢。

2016年11月20日夜间，天津迎来入冬首场降雪，某配电线路掉闸，水木清华小区停电，严重影响居民的冬日用电。接到保修电话，张黎明的抢修车不到半小时就赶至水木清华小区。20多户居民不顾风雪，焦急地等在小区门口。

安抚了大家情绪后，张黎明火速开始排查，发现是一段埋在地下的电缆出现故障，只要爬到电线杆上将相应刀闸断开进行隔离，小区立刻就能恢复供电。

可当张黎明和同事走到电线杆旁时却犯了难，只见电线杆已经在风雪中结冰，摩擦力太小，用于登杆的脚扣固定不牢，难以攀爬。经过紧急商议，张黎明决定砸开一段冰层，装上脚扣，3名抢修队员用肩膀牢牢顶住脚扣，"搭人梯"托举他举着加长至5米的拉闸杆儿上杆作业。此刻风雪正急，冰冷飞舞的雪花不停地刺向张黎明的脸。周围的群众看着张黎明艰难地举着杆子，这心也提到了嗓子眼，直到张黎明平安下来大伙儿才松了口气。

心里装着群众。张黎明总是说，"只要对社区居民有利，我们就做"！多次到老旧小区抢修或者看望孤残老人时，张黎明发现楼道总是不"敞亮"。居民尤其是老人，本来上下楼就不方便，再加上光线不好，行动就更为困难了。这成了黎明的一块"心病"。

不忘初心　点亮万家的追梦人

一天下班早，他骑车去了灯具大市场。回家时，自行车的车筐里多了一个大黑塑料袋。他买了各种节能灯泡回家，准备试验，最终，将目光锁定在一种既便宜又省电的声光控灯泡上，一个灯泡一年电费才1块多。为了鼓励邻里间互助，他捐出了自己获得滨海新区文明个人奖励的1万块钱奖金，成立了"黎明·善小"微基金，用来购置节能灯具等。他和居委会商量，共同入户走访，寻找自愿接电的居民做志愿者，服务队免费给"黑楼道"安装照明灯。

这个活动，一经倡议，得到了很多人的支持。邻里间纷纷抢着承担电费，从自家接电。2016年，这件好事带动了社区居民志愿互助、共建文明的热情，推广到了全天津市，成为"黎明出发　点亮万家"惠民志愿行动。

"其实，黎明解决的，不仅仅是一个'黑楼道'照明问题，他是把供电企业、居委会和社区居民的心紧紧连在了一起，更是把老百姓的心紧紧地连在了一起，让更多的人打开了'心门'。"何丽说。如果说灯光照亮的是美丽的夜空，那么黎明点亮的就是居民的心田。

"灯有没有坏的？""那些上了年纪的大爷大妈用着方便吗？"……点亮了楼道里的灯，张黎明仍然放心不下，时不时就得到处看看。

"大娘，这儿的楼道灯修好了吗？""好了好了，10月1日当天就亮了，大过节的你还惦记着，中午一起过来吃饺子。"2018年10月3日，刚刚参加完在北京举行的国庆招待会回来不久的"时代楷模"张黎明一大早就来到了天津滨海新区民安里12号楼3号门的刘大娘家，询问楼道灯有没有修好。虽然是国庆假期，张黎明仍旧奔走在社区里巷，最挂念的是居民的用电问题是不是在第一时间得到解决。这栋楼的楼道灯刚好在张黎明参加国庆招待会时发生了故障，刘大娘通过连心卡联系到了张黎明，张黎明立即叮嘱共产党员服务队的队员们抓紧去处理。虽然当天就修复了楼道灯，但张黎明还是放心不下，从北京回来后就赶快过来看看，确定没有问题后才离开。

还没走几步，张黎明又被一位居民叫住了："我们楼道的灯关不上，您能不能给看看？""没问题！"张黎明跟随这位居民快步走到了另一楼门。

原来，这里的楼道照明由传统的触摸式开关控制，由于开关老化，反应不灵敏，所以灯一直关不了。"您别担心，我把有问题的楼层都换上我们研发的楼道专用灯泡，只要光线暗或有声响，灯就会自动亮，您再也不用摸黑找开关了。"边说边干，张黎明和队员们不到半个小时就把这栋楼上有问题的灯泡全部更换完毕。看着崭新的灯泡，居民连连致谢。"我们社区还有好多楼道存在照明问题，你们都能给解决吗？""解决，都给解决，这上面有我的电话，您让邻居们遇到用电问题随时打电话。"张黎明边说边将连心卡递到居民手中。

灯泡换完了，张黎明却陷入了沉思。群众有呼，服务队就要及时有应。"就这简单的转了一圈，就有群众需要服务。但是我们队员不可能 24 小时都在社区里打转啊。"张黎明思考着服务队员不在社区时，群众有需求怎么办呢？

恰巧此时，滨海新区新港街找到了滨海供电公司，希望张黎明共产党员志愿服务队能够加入到街道正在推行的为民服务网格中，提供服务。这正与张黎明的想法不谋而合。"这样谁家有用电需求，哪家有困难，通过网格我们都能及时了解到。"张黎明当即带领队员愉快地加入其中，"群众的需求反映给网格员，我们服务队员就能够及时跟进服务，畅通了群众与我们的沟通渠道，真正打通了服务群众的最后 1 公里。"

加入了服务网格后，张黎明更进一步，又主动联系到自来水公司。而这还是源自一次意外的紧急抢修。

"好在黎明服务队的队员们及时帮助，帮助我们第一时间移走了影响维修的电线杆，破裂的主干供水管道才能在最快的时间内被修好，没有影响到居民的用水。"从清晨开始连续 8 个小时的不间断作业，黎明共产党员服务队的队员们的兢兢业业让供水公司的领导竖起来大拇指。但却没有让张黎明完全满意。

"别看作业只用了 8 小时，但从管道破裂到我们了解情况，再开展工作，却耽误了近一天的时间。"如何让这段时间也缩到最短呢？张黎明开始在脑中重现事故维修的每一个细节，琢磨更优的处置模式……

2018 年 10 月 30 日上午 10 时左右，滨海新区塘汉路一条直径 1 米的供水管道突然发生爆裂，现场瞬间变成一片"泽国"。中法供水维修人员赶到现场抢修时发现，管道破裂处上方有一根电线杆，如果不移走，就无法进行挖掘维修。

求助电话打到了滨海供电公司，找到了正在宣讲中国工会十七大精神的张黎明。事故维修耽误不得，张黎明立即安排配电方面的工作人员赶往现场，协助抢修。

要移走电线杆，就必须停电，这将影响周边居民、企业用电，需要进行停电申请，并提前公示告知。第二天天还没亮，完成停电申请的黎明共产党员服务队队员们就出现在爆裂现场。电线杆下分布着电缆、天然气管道这些密集的市政管网。线路怎么改，新杆立在哪儿……队员们从勘察设计到制订方案，从移走老杆到立起新杆，连续不间断作业8小时，为供水维修解了燃眉之急。

管道顺利修复，事故得到解决。如果能够建立水电之间的绿色通道，打破信息壁垒，一定还能够更快地完成抢修。想法一出，张黎明马上就行动，他积极与塘沽中法供水公司沟通衔接，商讨合作事宜。

11月9日，在张黎明的倡导下，塘沽中法供水公司供水管网党员服务队与国网滨海电力共产党员服务队签署结对共建协议，共同建立起协调联络机制，整合服务资源，优化服务流程，探索一体化联动服务。

"水电气热这些都是和老百姓息息相关的公共事业，要是能将这些都协调联动起来，搭建起滨海新区公共服务事业的新平台，一定能更好地提升服务水平，满足人民群众的需求。"张黎明心中还有更宏伟的蓝图等着他去实现。

自从"黎明出发　点亮万家"惠民志愿行动开始后，张黎明带着326名共产党员服务队员，义务为老旧楼道安装节能灯具，形成了电力企业提供技术和设施、居委会组织协调、居民志愿者交费的三方联动送温暖机制，改善了50多栋老楼160多个黑楼道照明，让2000多户居民受益。

多年来，服务队员的红马甲，已经成为天津滨海新区一道亮丽的风景。大街小巷，到处可闻，"黎明共产党员服务队好啊！""黎明把党的温暖送到咱百姓的心坎上。"

黎明共产党员服务队成立十多年来，党员服务队累计开展志愿服务近万次。"黎明出发　点亮玩家"在滨海新区家喻户晓，黎明共产党员服务队用实际行动，诠释着"客户所需、党员所及，让党旗飘扬、让百姓满意、让爱心传递"的郑重承诺。

从北京参加完庆祝新中国成立70周年活动回来后，张黎明再次主动联系了民主街社区的支部书记王丽，了解老旧小区有没有社区百姓用电问题。

"王丽书记反映说楼道里又有盏灯坏了，需要维修。"张黎明赶紧带着服务队员紧急处理了几处损坏的楼道灯故障。

维修时，社区居民刘乃民一下子认出了张黎明："黎明，我在国庆阅兵式上看到你了，没想到你从北京回来，还能来小区做电力维修，你没变啊！"

张黎明说，我是不会变的，我永远是那个以百姓需求为己任的张黎明。

一名共产党员，在关键时刻，不考虑个人得失，一切从老百姓的利益出发，张黎明，就是这样的一名优秀的共产党员。

2016年6月30日，作为全国优秀共产党员的代表，张黎明走进了人民大会堂。他一身米色工装，佩戴共产党员服务队的标识，第一次近距离见到了习近平总书记。

"总书记，我是天津来的，我是共产党员服务队的，我是电力工人。"面对总书记和蔼亲切的笑容，张黎明迅速自我介绍，心中无比激动，浑身充满了力量。

那次，他记下了习近平总书记的嘱托：不忘初心，继续前进。

2017年10月，作为党的十九大代表，张黎明第三次走进人民大会堂，现场聆听了习近平总书记的报告，真切感受到了党对新时代产业工人的重视。

2018年5月28日，张黎明被中宣部授予"时代楷模"称号。12月18日，庆祝改革开放40周年大会在北京隆重召开，张黎明作为"改革先锋"再次现场聆听了习近平总书记的重要讲话。

2019年，新中国成立70周年前夕，张黎明又被授予"第七届全国道德模范""最美奋斗者"称号……

这些年来，张黎明获得了多项国家级荣誉称号，随之而来的也让许多人产生了疑问："张黎明还会是以前的那个'张黎明'吗？"每当这个时候，张黎明总是淡然一笑，"这些荣誉很崇高，也让我自豪，但是我不会因此骄傲，更不会因此改变，我依然是我。否则，对不起党员这个身份，对不起自己30

不忘初心　点亮万家的追梦人

247

年来的岗位付出，对不起同事、百姓的期望，更对不起组织的关心培养。人总是要坚守一些情怀的，喜欢抢修、喜欢创新、喜欢为百姓服务，扎根在一线干最接地气的事是我坚定的信念，也是我快乐的源泉，更是我不变的初心。无论何时何地，这份初心都不会改变。"

32年，他用双手为家人创造了一个富足安乐的港湾；32年，他身体力行为单位打造出一支家喻户晓的队伍。张黎明，以电力人的初心点亮了万家灯火。他的工作赢得了政府和百姓的赞誉，获得了国务院政府特殊津贴、全国劳动模范、全国优秀共产党员等系列荣誉称号。

问起张黎明还有什么想法，他说："科学技术飞速发展，成为知识型、技能型、创新型劳动者，是我们这代产业工人肩负的崇高历史使命。"

望着窗外的万家灯火，望着对面大街幕墙上巨幅张黎明广告宣传画，张黎明感叹："我们这代人，赶上了好时候。一名普通劳动者，通过不懈努力，也能成就精彩人生，伟大的中国梦我们一起努力，共同实现。"

图书在版编目（CIP）数据

大国顶梁柱："央企楷模"报告文学作品集（第二辑）/ 国务院
国资委党委宣传部主编 . -- 北京：作家出版社，2019.12

ISBN 978-7-5212-0803-0

Ⅰ . ①大… Ⅱ . ①国… Ⅲ . ①报告文学 – 作品集– 中国 – 当代
Ⅳ . ①I25

中国版本图书馆 CIP 数据核字（2019）第 274458 号

大国顶梁柱："央企楷模"报告文学作品集（第二辑）

编　　　者：国务院国资委党委宣传部
责任编辑：史佳丽
装帧设计：百丰艺术
出版发行：作家出版社有限公司
社　　　址：北京农展馆南里 10 号　　　　邮　　编：100125
电话传真：86-10-65067186（发行中心及邮购部）
　　　　　　86-10-65004079（总编室）
E-mail:zuojia@zuojia.net.cn
http://www.zuojiachubanshe.com
印　　　刷：中煤（北京）印务有限公司
成品尺寸：170×240
字　　　数：234 千
印　　　张：16
版　　　次：2020 年 1 月第 1 版
印　　　次：2020 年 1 月第 1 次印刷
ISBN 978-7-5212-0803-0
定　　　价：80.00 元